Der Sklave des Pharaos

Birgit Furrer-Linse

Birgit Furrer-Linse

Der Sklave des Pharaos

Historischer Roman

Bibliografische Information der Deutschen Nationalbibliothek:
Die Deutsche Nationalbibliothek verzeichnet diese Publikation in der
Deutschen Nationalbibliografie; detaillierte bibliografische Daten sind im
Internet über http://dnb.dnb.de abrufbar.

Fotografie Cover Birgit Furrer-Linse

Herstellung und Verlag: BoD – Books on Demand, Norderstedt

ISBN: 978-3-7557-0758-5

1.

Mein Name ist Khafra.

Ich wurde als Sklave geboren.

Und als Sklave werde ich mein Leben wohl auch beschließen. Doch wenn mir heute jemand meine Freiheit bieten würde, ich wüsste nicht, ob ich mich darüber wirklich freuen könnte?

Es gab Zeiten in meinem Leben, da habe ich die Tatsache, mein Leben als Sklave fristen zu müssen, als demütigend und bedrückend empfunden. Dann wieder hat sie mich zornig und wütend gemacht. Oft glaubte ich, an meiner eigenen Hilflosigkeit dieser Gegebenheit gegenüber ersticken zu müssen. Doch letztendlich ist von all diesen Gefühlen nur Resignation geblieben und die Einsicht, dass dies wohl mein von den Göttern gewolltes Schicksal ist. So werde ich die mir noch verbleibenden Tage in dieser Einsicht in der Abgeschiedenheit des Dorfes Hut-nesu als Sklave im Dienst des Tempels des Gottes Horus verbringen, dem mein Herr mich bei seinem Tod zum Geschenk gemacht hat.

Und wie immer er auch gewesen sein mag, mein Herr, selbstsüchtig, skrupellos, arrogant, selbstherrlich, überheblich, jähzornig und grausam, aber auch tatkräftig, willensstark und auf seine Weise genial, so hat er es bei seiner letzten mich betreffenden Verfügung vielleicht doch endlich einmal gut mit mir gemeint. Hier, in dem kleinen Tempel des Gottes Horus, weit ab vom Geschehen, das das Land Ägypten betrifft, habe ich meinen Frieden gefunden. Vielleicht ist dies am Ende eines langen Lebens das Wichtigste, was ein Mensch finden kann. Plötzlich verblassen alle noch vor kurzem so bedeutend erscheinenden Ereignisse vor der Tatsache, dass alles im Leben vergänglich ist. Der Tod löscht alle unsere Bedürfnisse aus, rafft sie hinweg, als hätte es sie nie gegeben. Was bleibt, ist der Nil, der auch nach unserem Tod über sein Ufer treten wird, und den schmalen Streifen Land, der Ägypten am Leben erhält, fruchtbar werden lässt, ebenso wie der feine Wüstensand, der, getragen vom Wind, im Laufe der Zeit alle Erinnerungen an Vergangenes unter sich begräbt.

Der Ägypter lebt und sorgt Zeit seines Lebens für sein Leben nach dem Tod, fast so, als wäre dies weit wichtiger als das hier und jetzt. Ich habe das nie verstanden. Vielleicht liegt dies am hethitischen Blut, das in meinen Adern fließt. Aber ich glaube, auch mein Herr hat am Ende seines Lebens Zweifel daran gehegt, ob es dieses Leben nach dem Tod wirklich gibt und sich all die Mühen, sich eine Wohnstätte für die Ewigkeit zu schaffen, wirklich lohnen. Ich weiß es nicht. Mir hat er sich nie anvertraut. Doch ich ahne, dass zu seinen vielen Zweifeln am Ende auch die Furcht kam, auf der Waagschale der Maat nicht als gerecht durchzugehen in Anbetracht all der Dinge, die er in seinem Leben veranlasst oder selbst getan hat. Wer vermag dies zu sagen? Mein Gebieter ließ niemanden in sein Innerstes blicken. Die meisten Mächtigen verschließen ihre wahren Gedanken vor der Welt aus Angst, angreifbar zu werden, wenn sie ihrer Menschlichkeit nachgeben. Darum verschlingt sie im Laufe der Zeit eine tiefe Einsamkeit. Misstrauen jedem gegenüber beherrscht ihren Tag, und Furcht lässt sie nachts nicht schlafen. Dies mag der Preis der Macht sein, die sie doch mit jeder Faser ihres Seins anstreben und dann gegen alles und jeden verteidigen. Letztendlich habe ich dies begriffen.

Wie viele von den Mächtigen habe ich im Laufe meines Lebens kommen und gehen gesehen? Ob erfolgreich oder gescheitert, alle sind sie schließlich einsam gestorben, in der Stunde ihres Todes verlassen von ihren Getreuen. Noch vor dem letzten Atemzug des Sterbenden wurde um dessen Erbe gestritten, Töchter verschachert und die Macht neu verteilt. Schließlich geht das Leben weiter, auch ohne den, der sich zukünftig mit Re des nachts durch die Unterwelt zu kämpfen hat, um am nächsten Morgen erneut die Sonne über Ägypten aufgehen zu lassen. So jedenfalls behaupten es die Priester. Und ihnen und ihrer Macht wagt in Ägypten inzwischen keiner mehr die Stirn zu bieten. Sie sind erneut eine Macht im Staat geworden, die niemand herauszufordern wagt. Das Chaos ist besiegt, der alte Glaube zurück, und der Ketzerkönig und seine Nachkommen aus den Königslisten getilgt.

Und all das ist vor allem meinem Herrn zu verdanken.

2.

Meine Mutter war eine hochgeborene und gebildete Hethiterin. Sie wurde in der Regierungszeit von Pharao Amenophis III. bei dem Überfall einer Räuberbande auf die Karawane, der meine Eltern sich angeschlossen hatten, an der Grenze des hethitischen Reichs zu Mitanni gefangen genommen und als Sklavin an phönizische Händler verkauft. Diese brachten sie auf einem ihrer Handelsschiffe nach Memphis, wo sie auf dem dortigen Sklavenmarkt zum Verkauf angeboten wurde.

Mein Vater, einer der Noblen des hethitischen Reichs, wurde bei diesem Überfall ebenfalls gefangen genommen und von den mitannischen Räubern aufgrund seiner heftigen Gegenwehr wie ein Hund zu Tode geprügelt. Dass meine Mutter der Ermordung meines Vaters hatte zusehen müssen, hat sie zeit ihres Lebens nie verwunden. Die grausamen Bilder haben sie für den Rest ihres Lebens verfolgt.

Meine Mutter war eine sehr schöne Frau, die in der Blüte ihres Lebens stand. Eigentlich hätte sie gute Aussichten gehabt, einem wohlhabenden oder noblen Ägypter zu gefallen und von diesem ein annehmbares Leben als Geliebte geboten zu bekommen. Oder sie hätte als Dienerin einer der vornehmen Ägypterinnen ihr Auskommen finden können. Doch da war der Makel, der sich auf ihrer Verschleppung an den Nil allmählich immer deutlicher herausstellte und bald nicht mehr verbergen ließ. Meine Mutter war schwanger. Dies senkte ihre Aussichten auf einen guten Käufer erheblich, denn welcher Mann wollte schon das Kind eines anderen Mannes mit erwerben? Welche wohlhabende Ägypterin wollte eine Dienerin um sich haben, die sich mehr um ihr Kind als um das Wohl ihrer Herrin kümmerte? Außerdem konnte eine schwangere Frau während der Geburt sterben, was durchaus häufig der Fall war. Darüber hinaus würde sie die nächsten Jahre ein Kleinkind an ihrem Rockzipfel haben und ihre Liebe und Aufmerksamkeit naturgemäß diesem Kind schenken, anstatt sich auf die Bedürfnisse ihres Herrn oder ihrer Herrin zu konzentrieren. Nein, die Chancen meiner Mutter auf einen guten Käufer, der sie für ihre Dienste entsprechend gut behandeln würde, waren durch meine Existenz restlos verdorben.

Auch wenn die phönizischen Händler mürrisch auf ihren wachsenden Bauch schielten, ließ meine Mutter sich durch deren Flüche nicht beirren. Sie freute sich auf das in ihr heranwachsende Leben, das künftig die einzige Verbindung zu ihrer früheren Existenz sein würde und hoffte inständig, dass sich ein Käufer fände, der nicht nur sie sondern auch ihr Kind akzeptierte. Dies war jedoch keineswegs selbstverständlich. Viele ungewollte Kinder wurden gleich nach ihrer Geburt ausgesetzt, entweder den Fluten des Nils übergeben oder in der Wüste den wilden Tieren zum Fraß überlassen. Doch an einen solchen Ausgang ihrer ohnehin schon traurigen Geschichte wollte meine Mutter nicht denken. Darum beschwor sie täglich ihre hethitischen Götter und bat um deren Beistand. Tapfer wollte sie ihren tiefen Fall meistern und sich mit ihrem Sklavendasein abfinden, wenn man ihr nur ihr Kind ließ.

Lange stand meine Mutter auf dem Podest, auf dem die Händler ihre Waren ausstellten. Doch jeder, der sich, angezogen durch das hübsche Gesicht meiner Mutter, für diese interessierte, verlor dieses Interesse sofort wieder, wenn er den Zustand entdeckte, in dem meine Mutter sich befand.

Inständig flehte meine Mutter schließlich zu Hepat, der hethitischen Muttergöttin, sie möge doch Mitleid haben und wenigstens sie und ihr Kind vor allem Ungemach beschützen, wenn ihr der Gatte schon auf so grausame Weise genommen worden war. Ihr war keineswegs entgangen, dass der Händler, der sie zum Kauf anbot, zu dem Schluss gekommen schien, einen weitaus größeren Gewinn mit meiner Mutter zu erzielen, wenn er deren Niederkunft abwarten und sie erst danach zum Erwerb ausstellen würde. Einzig das Risiko, seine Ware bei der Niederkunft vielleicht ganz zu verlieren, schreckte ihn noch etwas ab. Und gewiss wäre es so gekommen, und mein Schicksal wäre, noch bevor es überhaupt begonnen hatte, besiegelt gewesen, hätte nicht ein ägyptischer General, der in Memphis in der Division des Ptah diente, meine Mutter trotz ihres Zustands gekauft und als niedrige Küchenhilfe auf sein Landgut nach Hutnesu bringen lassen. Dieses bewirtschaftete seine Gemahlin Hatnefer zusammen mit einem Verwalter, während General Min in der Armee Pharao Amenophis III. diente.

Was immer ihn bewogen haben mochte, meine Mutter trotz ihrer Schwangerschaft zu erwerben, vermag ich nicht wirklich zu sagen. Doch ich vermute, dass die vielen Fehlgeburten und die anhaltende Kinderlosigkeit seiner Gemahlin, die diese in eine tiefe Schwermut hatte fallen lassen, ihn auf den Gedanken brachte, ihr eine Schwangere zu schicken, damit sie ihre nicht befriedigten Muttergefühle an deren Kind ausleben konnte.

Bis zu ihrer Niederkunft ging es meiner Mutter daher dort gut. Hatnefer ließ ihr einfache Arbeiten zuweisen und sie ausreichend ernähren, um die Chancen auf eine leichte und unkomplizierte Geburt zu erhöhen.

Schon bald begann meine Mutter zu ahnen, dass die Herrin des Hauses es auf eine Inbesitznahme ihres Kindes abgesehen hatte. Zwiespältige Gefühle beschlichen sie daher meine Zukunft betreffend. Wie jede Mutter liebte sie das in ihr heranwachsende Leben und wollte es um nichts in der Welt einer anderen überlassen. Andererseits wusste sie genau, dass sie mir als einfache Sklavin keine Zukunft bieten konnte und für mich froh sein musste, wenn sich die Herrschaften des Hauses meiner annahmen. Mutterliebe und Verzicht stritten in ihr miteinander. Doch letztendlich ahnte sie, dass sie diesbezüglich ohnehin nichts entscheiden könnte. Der Wille der Götter würde geschehen, und wenn es deren Wille war, dann würde man ihr ihr Kind entziehen, und sie würde nichts dagegen tun können. Aber war dies für mich nicht allemal ein besseres Schicksal, tröstete sie sich, als mich ausgesetzt und damit dem sicheren Tod geweiht zu wissen? Immerhin würde sie mich aus der Ferne heranwachsen sehen. Dies war mehr, als sie noch vor wenigen Wochen zu hoffen gewagt hätte. Also war sie um meiner Willen letztendlich bereit zu verzichten. Nie würde sie meiner Zukunft im Weg stehen wollen.

So wurde ich wenige Wochen nach der Ankunft meiner Mutter Innar auf dem Landgut des Generals Min und seiner Gattin Hatnefer geboren. Es war eine schnelle und unkomplizierte Geburt, die meine Mutter ohne weitere Beschwerden überstand.

Die Herrin des Hauses ließ mir den ägyptischen Namen Khafra geben, denn nichts sollte in Zukunft an meine hethitische Herkunft erinnern. Aber durch mein Äußeres unterschied ich mich dennoch von ägyptischen Säuglingen, denn meine Augen waren blau nicht braun und die Farbe meiner Haare bräunlich anstatt schwarz. Daher konnte jeder auf den ersten Blick erkennen, dass ich kein reinrassiger Ägypter sein konnte, sondern im besten Fall ein Mischling, in dessen Adern das Blut zweier verschiedener Völker floss.

Hatnefer ließ mir ein Zimmer im Herrenhaus herrichten, und meine Mutter durfte nur zu mir, um mich alle vier Stunden zu stillen. Sie fügte sich widerspruchslos, denn sie gönnte es mir von Herzen, auf eine gute Zukunft hoffen zu dürfen. Und Hatnefer blühte in ihrem gestohlenen Mutterglück auf. Ihre Schwermut wich einer fröhlichen Ausgeglichenheit, die General Min bei seinen Besuchen auf dem Gut darin bestärkte, das Richtige getan zu haben.

Bis zu meinem dritten Lebensjahr hätte ich keine besseren Aussichten für meine Zukunft haben können. Ich wurde von

Hatnefer geliebt und umsorgt, und meine leibliche Mutter ließ es widerspruchslos geschehen.

Doch dann sollte mein Schicksal eine drastische Wende erfahren. Mag sein, dass es an der plötzlichen Unbeschwertheit meiner Pflegemutter lag, an dem Glück, das sie nach allen Seiten hin ausstrahlte. Wie auch immer. Bald nach einem der vielen Besuche des Generals Min auf seinem Gut war sich meine Pflegemutter Hatnefer ganz sicher. Sie war trotz ihres fortgeschrittenen Alters guter Hoffnung. Erst wollte sie es nicht glauben, denn bezüglich eines eigenen Kindes hatte sie nach den vielen Fehlgeburten, die sie in der Vergangenheit erlitten hatte, bereits alle Hoffnungen aufgegeben. Doch nun schien die Göttin Hathor ein Einsehen mit meiner Herrin zu haben und ihr endlich eigene Mutterfreuden schenken zu wollen.

Hatnefer war mehr als glücklich, auch wenn die hinzugezogenen Ärzte dieser Schwangerschaft mit Skepsis entgegenblickten. Im besten Fall würde es zu einer erneuten frühen Fehlgeburt kommen, hofften sie. Schlimmstenfalls aber fürchteten sie um das Leben meiner Herrin und des Kindes, sollte sie das Kind bis zum Ende der Schwangerschaft austragen können. Und auch auf der Stirn meiner leiblichen Mutter zeichneten sich plötzlich Sorgenfalten ab. Was würde aus mir, ihrem Sohn, werden, wenn dieses Kind tatsächlich lebend zur Welt kommen sollte? Und wenn es dann auch noch ein Junge sein würde, welcher Platz würde dann noch für mich bleiben? Sie ahnte, dass ich der Bedeutungslosigkeit anheimfallen würde, ich nur noch eins unter vielen Sklavenkindern wäre, das den Wünschen der Herrschaften zu gehorchen und geduldig die täglichen Demütigungen des Sklavendaseins zu schultern hätte.

Der Ratschluss der Götter ist für uns Menschen oft unergründlich, und der Lebensfaden, den die Götter für uns gesponnen haben, vorbestimmt. Davon bin ich heute fest überzeugt, gleichgültig ob ich nun an die Götter der Ägypter oder die Götter meines Volkes glaube. Sie alle haben eins gemeinsam. Sie sind undurchschaubar, doch sie verfolgen mit unserem Schicksal stets einen Plan. Wenn wir von ihnen geliebt werden, dann, und nur dann, hebt sich der Schleier des Unverständlichen vielleicht ein wenig, und wir durchschauen ihre Pläne am Ende unseres Lebens ansatzweise.

Für meine Ziehmutter Hatnefer jedenfalls war die Durchtrennung ihres Schicksalsfadens in greifbare Nähe gerückt. Auch wenn sie alle gesundheitlichen Probleme, die die unerwartete Schwangerschaft ihr auferlegte, tapfer ertrug und sich die letzten Monate kaum noch aus ihrem Schlafgemach herauswagte aus Angst, das Kind doch noch zu verlieren, und täglich für Horus, den die Region beherrschenden Gott, sowie Hathor, der lieblichen Göttin mit den Kuhhörnern, opfern ließ, war ihr Schicksal besiegelt.

General Min, der bereits einige Zeit vor der erwarteten Geburt des Kindes auf das Gut zurückgekehrt war, um seiner Gattin in ihrer schweren Stunde nah zu sein, wich kaum noch von Hatnefers Seite. Auch wenn er ein harter und manchmal sogar grausamer Mann war, so liebte er seine Gattin doch wirklich und hätte um deren Gesundheit Willen gerne auf den Erben, den sich letztendlich jeder Mann wünscht, verzichtet. Doch nach den Wünschen des Einzelnen fragen die Götter nicht. Für sie zählt nur der große und ganze Plan. Und dieser große und ganze Plan sollte in einer lauen Nacht während der einsetzenden Nilschwemme seinen Anfang nehmen, denn bei der Herrin Hatnefer setzten die Wehen ein.

Zu Beginn der Geburt hielt sie den Schmerzen tapfer stand. Kein Laut der Klage kam über ihre Lippen. Doch je länger die Geburt sich hinzog, umso mehr die Schmerzen sie plagten, desto lauter wurden ihre Schreie, die sie nicht länger unterdrücken konnte und die schließlich das ganze Gut erschütterten. Stunden vergingen. Doch das Kind wollte nicht kommen.

Geburtshelferinnen und die eigens zu dieser Geburt herbeigeholten Ärzte aus Memphis vermochten ihre Schmerzen nicht zu lindern. Nach mehr als einem Tag gingen die Schreie allmählich in ein kraftloses Stöhnen und Wimmern über. Doch noch immer hatte das Kind seinen Weg aus dem Leib Hatnefers nicht gefunden. Schließlich nahm einer der Ärzte seinen Mut zusammen und wandte sich entschlossen an den verzweifelt wartenden Herrn des Hauses: „General Min. Ich muss Euch leider mitteilen, dass Eure Frau kaum Aussicht hat, diese Geburt zu überstehen. Sie hat zu viel Blut verloren. Das Kind liegt quer und wird den Weg in die Welt aus eigener Kraft nicht finden. Im Gegenteil. Es ist zu befürchten, dass es ebenfalls im Mutterleib stirbt, wenn wir ihm nicht durch schnelles Handeln helfen. Es liegt jetzt bei Euch, Herr. Sollen wir versuchen, wenigstens das Kind zu retten, oder wünscht Ihr, der Natur ihren Lauf zu lassen?"

„Was soll das heißen?", fragte General Min erschüttert.

„Wir könnten versuchen, das Kind unbeschadet durch einen Schnitt in die Bauchdecke der Mutter zu holen, bevor es erstickt. Aber eine Garantie, dass das Kind überlebt, können wir selbst dann nicht geben. Wir können nur unser Möglichstes versuchen."

Widerwillig schüttelte der General den Kopf. „Ihr wollt meine Gemahlin aufschneiden wie ein Stück Vieh?", fragte er entsetzt. „Das kommt nicht in Frage."

„Uns bleibt keine andere Wahl, wenn wir versuchen wollen, wenigstens das Kind zu retten. Anderenfalls wird Eure Gemahlin ganz umsonst sterben. Denkt nach, Herr. Fragt Euch, was Eure Gemahlin wünschen würde. Ich glaube, dass sie das Kind gewiss würde retten wollen."

„Aber ihr könnt mir ja nicht einmal garantieren, dass dann wenigstens das Kind am Leben bleibt."

„Nein, Herr, das können wir nicht, denn dies ist ein Eingriff, der nur im äußersten Notfall angewandt wird, nämlich wenn die Mutter unwiderruflich verloren ist, aber für das Kind noch etwas Hoffnung besteht. Außerdem würden die Schmerzen Eurer Gattin dadurch schnell ein Ende finden. Wir könnten ihr Mittel geben, die sie langsam müde und schmerzfrei werden ließen, sodass sie friedlich ans westliche Ufer gelangen kann. Doch das ist Eure Entscheidung."

Lange haderte General Min mit dem Schicksal. So viele Menschenleben er im Laufe seines Soldatendaseins auch genommen haben mochte, der Tod allzeit sein Begleiter gewesen war, das Leben seiner Frau wissentlich zu opfern, um dieses unselige Kind vielleicht zu retten, fiel ihm mehr als schwer. Erst als er das klägliche Wimmern seiner Frau nicht länger ertragen konnte und diese ihn um Erlösung von ihren Schmerzen anflehte, willigte er schließlich ein.

So erblickte nach mehr als zwei Tagen ein gesunder Knabe das Licht der Welt, während seine Mutter langsam in das Reich des Osiris eintauchte.

Damit änderte sich für mich alles. Niemand nahm mehr von mir Notiz. Alles drehte sich um den neugeborenen Erben, der von nun an mein Zimmer in Beschlag nahm und kurz nach seiner Geburt die Fürsorge und Aufmerksamkeit aller Bediensteten bekam, während ich zu meiner Mutter in die Sklavenbaracke geschickt wurde.

Schon vor der Niederkunft Hatnefers war meine Existenz in den Hintergrund geraten, da meine Pflegemutter mit sich und ihrer Schwangerschaft genug zu tun hatte und mir so nur noch selten ihre Aufmerksamkeit schenken konnte. Hätte sie die Geburt überlebt, sie hätte mich gewiss nicht in die völlige Bedeutungslosigkeit sinken lassen, ihre Zuneigung zu mir wäre nicht völlig erloschen. Doch sie war tot, und außer ihr und meiner leiblichen Mutter hatte niemand Interesse an mir. Wie soll ein Dreijähriger aber verstehen, warum sich das Schicksal plötzlich gegen ihn entschieden hat, und ein anderer plötzlich seinen Platz einnimmt. Das kann er nicht. Auch wenn meine Mutter Innar versuchte, meinen harten Fall abzufangen und mich mit all ihrer Liebe umgab, so konnte sie die Wunde, die sich in mir auftat, nicht schließen. Niemand außer ihr war mehr freundlich zu mir. Wenn ich störte, lächelte niemand mehr milde, sondern ich wurde plötzlich angeschrien und nicht selten sogar geschlagen. Und schon bald verlangte der Verwalter von mir, dem inzwischen vierjährigen Sohn der hethitischen Sklavin, für mein tägliches Essen zu arbeiten wie alle anderen auch. Es waren nur kleine Aufgaben, die man mir zuwies, wie die Hühner zu füttern, ihre Eier aus dem Gehege zu holen, Getreide zu klopfen oder Trauben zu stampfen. Aber das war es nicht, was mir zu schaffen machte, sondern mir fehlte einfach die frühere Zuneigung, die mir alle geschenkt hatten, da ich der Liebling ihrer Herrin gewesen war.

Nun lag in meinem einstigen Zimmer ein Säugling, dem General Min den Namen Haremhab gab und den alle zu lieben vorgaben außer der General selbst, der wider aller Vernunft mit dem Schicksal haderte und dem Kind unterschwellig den Tod der Mutter anlastete. So hatte auch mein Herr Haremhab keinen leichten Start ins Leben, denn ihm fehlte vom ersten Tag an die Liebe der Mutter, die weder Amme noch Kinderfrau ihm zu geben vermochten. Und noch viel weniger der General selbst, der nur noch selten nach Hut-nesu kam, um nach dem Rechten zu schauen und seinem Kind einen kurzen Augenblick zu schenken, bevor er sich wieder nach Memphis zu seiner Garnison aufmachte. Die mangelnde Beachtung des Generals ließ auch das Personal immer nachlässiger dem Kind gegenüber werden, und so wurde der Junge sich allzu oft selbst überlassen. Gewiss spürte er die Abneigung seines Vaters, ebenso wie die wachsende Nachlässigkeit des Personals, was nicht ohne Grund eine gewisse Bitterkeit in ihm wachsen ließ.

Zu jener Zeit befand sich Ägypten auf dem Höhepunkt seiner Macht. Amenophis III. war unumstrittener Herrscher über das Reich. Sein Wort wurde allerorts respektiert, sowohl im In- wie im Ausland. Alle angrenzenden Reiche, sowohl im Süden Nubien wie auch im Norden die syrischen Stadtstaaten, waren Pharao tributpflichtig. Mit dem Land Mitanni war Ägypten durch Heirat freundschaftlich verbunden, und die Grenze zum Reich der Hethiter durch Grenzfestungen gesichert. Der Kronprinz Thutmosis versprach in die Fußstapfen seines Vaters zu treten und ebenfalls zu einem vielversprechenden Herrscher heranzuwachsen. Schon in jungen Jahren bekleidete er zahlreiche Ämter, darunter war er Hohepriester des Ptah in Memphis, Vorsteher der Priester von Ober- und Unterägypten sowie Oberbefehlshaber der Armee. Damit war auch mein Herr, General Min, seinem Befehl unterstellt.

Die ersten Jahre nach der Geburt Haremhabs verliefen mehr oder weniger ohne besondere Vorkommnisse. Auch wenn ich die Welt und meinen plötzlichen tiefen Fall nicht wirklich verstand, so spürte ich instinktiv, dass mir nichts meine alte Beliebtheit zurückbringen würde. Die Frau, die mich hervorgehoben hatte, gab es nicht mehr. Sie war, nachdem man ihren Körper siebzig Tage im Haus der Einbalsamierer behandelt hatte, mit ihren persönlichen Dingen in ihr reichgeschmücktes Grab gebracht worden, welches danach sorgfältig verschlossen wurde. Mit den Steinen, mit denen ihre letzte Ruhestätte zugemauert wurde und die das Grab vor Dieben schützen sollten, zog der Alltag auf dem Gut ein.

Haremhab wuchs trotz der Schwierigkeiten, die seine Geburt begleitet hatten, zu einem kräftigen Knaben heran, der sich früh seiner künftigen Bedeutung für die restlichen Bewohner des Anwesens bewusstwurde, nämlich dass er einmal Herr über all diese Menschen sein würde. Doch all die Aufmerksamkeiten, die ihm wegen seiner künftigen Stellung entgegengebracht wurden, ersetzten nicht die fehlende Liebe und Nestwärme und führten dazu, dass er sich zu einem kleinen Tyrann entwickelte, der seinen Willen allen anderen gegenüber durchzusetzen wusste. Mich, der ich dreieinhalb Jahre älter als er war, traf mit zunehmendem Alter immer häufiger die Pflicht, auf den kostbaren Knaben aufzupassen, wenn er über das Gut tollte und seinen Übermut kaum bezähmen konnte. Doch wie soll ein Kind ein anderes Kind, welches ihm von Geburt her auch noch übergeordnet ist, von etwas abhalten können, wenn nicht durch Handgreiflichkeiten. Diese waren mir jedoch verboten. Es war das erste Dilemma meines Lebens, in dem ich mich befand. Ließ ich es bei Worten bewenden und Haremhab verletzte sich, bekam ich vom Aufseher den Stock zu spüren. Griff ich ein und hielt Haremhab von seinem Vorhaben gewaltsam ab, verpetzte mich dieser, und ich bekam ebenfalls den Stock zu spüren. Meine Mutter, der ich von den Ungerechtigkeiten berichtete, versuchte mich zu trösten.

„Es ist gut, wenn du es schon heute lernst, mein Junge. Es gibt auf dieser Welt keine Gerechtigkeit. Der Stärkere hat das Recht immer auf seiner Seite, egal wie sehr er irrt. Das musst du lernen zu akzeptieren und dich damit arrangieren. Ein Sklave ist seinem Herrn gegeben, der nach Gutdünken mit ihm verfahren kann. Ihm gehört unser Leben, und er kann es uns jederzeit nehmen, wenn es ihm in den Sinn kommt. Hüte dich also vor Eigensinn und Halsstarrigkeit. Füge dich, und nimm widerspruchlos hin, was du nicht ändern kannst."

„Aber das kannst du doch nicht wirklich meinen?", antwortete ich entsetzt.

„Doch, mein Junge. Wenn du einigermaßen gut durch dein Leben kommen willst, beherzige meine Worte. Und gleichgültig, wie ungerecht du manches finden magst, nimm es hin, sonst wird die Strafe nur umso schlimmer."

„Aber wenn ich doch gar nichts getan habe, warum soll ich dann widerspruchlos eine Strafe akzeptieren, die ich nicht verdiene?"

„Das ist für ein Kind gewiss schwer zu verstehen. Aber glaube mir, die Ordnung dieser Welt wird sich nicht ändern, nur weil ein kleiner Sklavenjunge nach Gerechtigkeit ruft. Die Ordnung dieser Welt wird ihn verschlucken, wenn er nicht schweigt und geduldig erträgt."

Zornig stampfte ich mit dem Fuß auf, denn das Gesagte wollte ich nicht hinnehmen. Milde lächelte meine Mutter.

„Nichts in dieser Welt ist perfekt, weder die Menschen noch die Götter. Und glaube mir, mein Junge, auch Haremhab, der kostbare Sohn des Hauses, ist nicht zu beneiden. Die Mutter, die ihm Liebe schenken und Gerechtigkeit hätte lehren können, ist tot. Amme und Kinderfrau tun ihre Pflicht, doch auch nicht mehr. Sie empfinden für dieses wilde, aufbrausende Kind nichts. Und der Vater geht dem eigenen Sohn aus dem Weg, gerade so, als hätte das Kind eine ansteckende Krankheit. Der Junge ist einsam und fühlt sich ungeliebt. Diese negativen Gefühle, die ihn belasten, gibt er an andere weiter, um seinem Herzen Luft zu verschaffen."

„Und warum muss ausgerechnet ich derjenige sein, der all das abbekommt?"

„Vielleicht weil er dich beneidet?"

„Warum sollte Haremhab mich beneiden? Er hat doch alles, was man sich nur wünschen kann?"

„Eins hat er nicht, Khafra. Und das ist für einen kleinen Jungen sehr wichtig."

„Und was ist das?", fragte ich ungläubig.

„Eine Mutter, die ihn liebt, mein Junge. Und das ist oft viel wichtiger als all die Dinge, die sich mit Macht und Reichtum kaufen lassen. Denn echte Liebe lässt sich nicht erzwingen. Und ein kleiner Junge spürt sehr genau, ob er geliebt wird oder nicht."

Die Worte meiner Mutter stimmten mich zwar nachdenklich, doch wirklich überzeugen konnten sie mich nicht.

Immerhin sah ich schon bald eine der Aussagen meiner Mutter bestätigt. Wenn es einen Menschen gab, vor dem Haremhab Respekt hatte, wenn er diesen nicht gar fürchtete, dann war dies sein Vater. Wann immer dieser auf dem Gut weilte, schien mein junger Herr sich eines Besseren zu besinnen und plötzlich gutes Betragen an den Tag zu legen. Doch sobald der General nach Memphis zurückgekehrt war, brach seine Unbezähmbarkeit wieder zu Tage, und er schien all das in den letzten Tagen versäumte nachholen zu müssen. Und wieder hagelte es dann Stockschläge für mich, der die Streiche Haremhabs nicht verhindern konnte.

Es geschah in meinem zwölften Lebensjahr, kurz nachdem General Min wieder einmal für kurze Zeit auf dem Gut geweilt und verfügt hatte, dass ein Lehrer, den er aus Memphis mitgebracht hatte, seinen Sohn im Lesen und Schreiben, in Geschichte und Geografie sowie der Lehre der Götter unterrichten solle. Außerdem hatte er angekündigt, dass er bei seinem nächsten Besuch einen alten Soldaten, der unter ihm gedient hatte, mitbringen würde, um seinem Sohn den Umgang mit Waffen, Pferden und Streitwagen beizubringen.

Der tägliche Unterricht, bei dem der Lehrer seinem Schüler vor allem das Stillsitzen abverlangte, während er beständig neue Hieroglyphen auf ein Wachstäfelchen ritzte, die Haremhab abzeichnen sollte, machten den bewegungsbedürftigen Jungen noch aggressiver als sonst. Nachdem er endlich von dem Lehrer in die Freiheit entlassen worden war, streifte er ziellos durch die Gegend auf der Suche nach etwas, an dem er seine angestaute

Wut auslassen könnte. Schließlich war es ein junger Welpe, der ihm über den Weg lief, der das Opfer seiner Aggressionen werden sollte. Ich kannte die Stimmung, in der er sich nach seinen Unterrichtseinheiten befand, denn ich war oft genug danach das Ziel seiner schlechten Laune geworden und mied ihn in diesen Augenblicken so gut es ging. Doch als er den jungen wehrlosen Hund mit Fußtritten zu traktieren begann und dieser immer wieder hilflos aufjaulte, da konnte ich nicht anders. Ich musste eingreifen.

„Lasst doch den Hund in Frieden, junger Herr. Was hat er Euch getan?", fragte ich so beherrscht wie möglich.

Seine dunkelbraunen, fast schwarzen Augen blitzten gefährlich auf, während sie sich von dem Hund mir zuwandten.

„Halt deinen Mund, dreckiger Hethiter, sonst lernt nicht der Köter, sondern du mich kennen", herrschte er mich an. Hethiter pflegte er mich stets zu nennen, und immer stieß er diese Worte wie ein Schimpfwort aus. Doch daran hatte ich mich mittlerweile gewöhnt. Während seines ganzen Lebens hat er mich nur ganz wenige Male bei meinem Namen genannt, und zwar immer dann, wenn sein schlechtes Gewissen ihn plagte.

Wieder wandte er sich dem Hund zu und trat nach ihm, was ihm, da es mich offensichtlich störte, nur noch mehr Freude bereitete.

„Und", grinste er mich höhnisch an. „Was willst du jetzt tun, Sklave?" Wieder trat er zu, mich mit spöttischen Blicken bedenkend. Ich hatte in den vergangenen Jahren durch bittere Erfahrungen gelernt, mich zu beherrschen, meine Gefühle unter Kontrolle zu halten und meine Gedanken zu verbergen. Doch als er wieder zutrat, verlor ich für einen kurzen Augenblick die Fassung, hob die Hand und schlug ihm ins Gesicht. Einen Augenblick lang starrte Haremhab mich fassungslos an, als könnte er nicht glauben, was geschehen war. Doch dann glitt ein grausames Strahlen über sein Gesicht.

„Das wirst du noch bitter bereuen, Hethiter", zischte er, bevor er sich abwandte und zum Herrenhaus zurückging.

Mein „Verzeiht, Herr!", verhallte ungehört. Ich ahnte, jetzt hatte er mich da, wo er mich immer haben wollte – in der Falle. Ich hatte die Hand gegen den Sohn meines Herrn erhoben. Das war unverzeihlich und würde grausam geahndet werden.

Und die Folgen ließen nicht lange auf sich warten. Sehr schnell tauchten zwei Sklaven auf, die mich packten und vor den Verwalter schleppten. Hier berichtete Haremhab erneut von dem, was vorgefallen war. Ich hatte die Hand gegen ihn erhoben. Selbst wenn ich es gewollt hätte, ich hätte es nicht leugnen können, denn es entsprach der Wahrheit. Daran würde es auch nichts ändern, zu berichten, warum ich es getan hatte. Die Hand gegen den Herrn oder ein Mitglied seiner Familie zu heben, war ein todeswürdiges Verbrechen. Hilflos ließ ich den Kopf sinken und wartete ergeben auf das, was kommen würde.

„Du weißt, dass das, was du getan hast, mit dem Tod bestraft wird?", fragte mich Sethnacht ruhig. Ich nickte schicksalsergeben. „Du bist noch sehr jung", meinte er nach längerem Überlegen. „Aber bestrafen muss ich dich, und zwar hart. Ich werde Milde walten lassen und dir für dieses Mal dein Leben lassen, wenn die Götter es wünschen und du deine Strafe überlebst. Morgen früh wird dir vor der versammelten Dienerschaft die rechte Hand abgeschlagen, mit der du es gewagt hast, den Sohn deines Herrn zu schlagen. Bringt ihn fort und sperrt ihn ein, damit er nicht fortlaufen kann."

Kreidebleich und zitternd stand ich da. Ein Todesurteil wäre weitaus weniger schlimm gewesen als diese Strafe. Selbst wenn ich dieses Martyrium überlebte, was war ein Sklave, dem eine Hand fehlte, noch wert? Nichts. Mein Blick traf meinen

Ankläger, Haremhab, der mich nachdenklich anblickte. Vielleicht hatte er erwartet, dass ich winselnd niederknien und um Gnade flehen würde. Doch wenigstens diese Genugtuung wollte ich ihm nicht gönnen. Das ließ mein Stolz nicht zu. So wurde ich fortgeschleppt und in den Käfig gesperrt, der für die auf dem Hof aufgestellt war, die auf ihre Bestrafung, zumeist Auspeitschungen, warten mussten.

Es dauerte nicht lange, da hatte meine Mutter von dem Vorfall erfahren. Weinend kam sie zu mir geeilt und setzte sich kopfschüttelnd vor den Käfig, nach meiner Hand greifend und diese zärtlich streichelnd, wohl wissend, dass diese schon bald wie ein totes Stück Fleisch dem Vieh zum Fraß vorgeworfen werden würde.

„Warum hast du das getan, mein Kind?", stieß sie schließlich verzweifelt hervor.

„Weil ich seine kindlichen Grausamkeiten für einen Augenblick nicht mehr ertragen konnte. Was ist das für ein Leben, indem man dazu verdammt ist, alles immer nur hinzunehmen. Lieber wäre ich tot, als dieses Leben so weiterzuführen."

„Du sprichst und handelst wie dein Vater", meinte sie schließlich weinend. Es war das erste Mal, dass sie von meinem Vater sprach. „Auch er hat den Tod der Sklaverei vorgezogen, sich lieber totschlagen lassen als sein Knie zu beugen."

„Davon hast du mir nie erzählt", antwortete ich überrascht.

„Weil ich nie wollte, dass du ihn dir zum Vorbild wählst. Aber nun…" Sie seufzte schwer. „Offensichtlich kann niemand das Blut, das in seinen Adern fließt, verleumden. Keine Erziehung zur Demut vermag unsere Herkunft zu verbergen."

„Was meinst du damit?", fragte ich verwirrt.

Und so begann sie, mir die Geschichte meines Vaters und die ihre zu erzählen, meine Herkunft zu nennen und mir zu sagen, dass ich auf diese edle Herkunft stolz sein könne. Ob man es glaubt oder nicht, es tröstete mich in dieser Nacht ein wenig. Ich redete mir ein, ein Held zu sein, der seine Strafe mit Todesverachtung hinnehmen würde.

Dieser Rausch hielt bis in die Morgenstunden an, als sich die Dienerschaft nach dem Frühstück auf dem Hof versammelte, um meiner Bestrafung als Abschreckung beizuwohnen. Meine Mutter wurde gewaltsam von meinem Käfig fortgezogen und von zwei kräftigen Sklaven festgehalten, bevor man mich aus dem Käfig zerrte.

Auch wenn ich mir fest vorgenommen hatte, mutig und tapfer zu sein und meinem Vater Ehre zu machen, versagten mir schließlich die Knie, und den Rest des Weges wurde ich geschleift. Vor einem aufgestellten Holzblock stand Sethnacht. Neben ihm stand der damals neunjährige Haremhab, der mich mit kalt forschenden Augen beobachtete. Während ein Sklave mich festhielt, zerrte ein anderer meinen Arm auf den Holzklotz und ermahnte mich stillzuhalten, damit der auszuführende Schlag richtig traf. Mein Blick fiel auf das neben dem Klotz brennende Feuer, mit dem nach dem Schlag die Wunde ausgebrannt werden würde, um die Blutung zu stillen. Schließlich griff ein dritter Sklave nach der Axt.

Ich schloss die Augen und betete zu unseren hethitischen Göttern Teschup, dem Gott des Himmels, und Hepat, der Göttin der Erde und des Himmels, wie meine Mutter es mich gelehrt hatte, als aus weiter Ferne eine Stimme zu mir durchzudringen schien.

„Lasst ihn los. Er hat nichts getan. Ich habe gelogen."

Wenige Augenblicke später lösten sich die Griffe, die mich umklammert gehalten hatten. Alle starrten irritiert auf den neunjährigen Knaben, der dieses Geständnis von sich gegeben hatte.

„Ist das wahr, junger Herr?", fragte Sethnacht irritiert.

„Ja", antwortete Haremhab zerknirscht, aber fest.

„Warum habt Ihr das getan, junger Herr?", wollte der Verwalter wissen, verständnislos den Kopf schüttelnd.

„Weil ich ihm einen Denkzettel verpassen wollte. Doch so weit, dass er seine Hand verliert, will ich es doch nicht kommen lassen. Schließlich ist ein Sklave mit nur einer Hand so gut wie wertlos, ein unnützer Esser, der zur harten Arbeit nicht mehr zu gebrauchen ist."

Ich starrte zu ihm hoch, schaute in sein Gesicht, auf dem ein zynisches Lächeln lag. Und ich verstand nicht, denn seine Beschuldigung war gerechtfertigt gewesen. Warum schützte er mich nun?

Der Lehrer meines jungen Herrn, der ebenfalls bei der bevorstehenden Bestrafung zugegen war, zog seinen Schüler am Arm mit sich fort ins Haus. Ich ahnte, dass Haremhab dort eine Tracht Prügel erwarten würde.

Sethnacht schaute mich noch einen Augenblick unentschlossen an, dann gab er den Befehl: „Lasst ihn gehen. Und du, Khafra, verschwinde, eh ich es mir anders überlege, denn ich lasse mich nicht gern an der Nase herumführen."

Ich verschwand, so schnell ich konnte. Meine Mutter folgte mir und schloss mich glücklich in ihre Arme, während ich sie fragte: „Warum hat er das getan, Mutter? Ich habe ihn geschlagen, und darum wäre die Strafe gerecht gewesen."

„Denk nicht länger darüber nach, Khafra. Der junge Herr ist ein schwieriger Mensch, der nicht zu durchschauen ist. Aber ganz ohne Frage hat er sich dir gegenüber heute großmütig gezeigt. Du stehst in seiner Schuld, mein Sohn."

Ich nickte, doch ich ahnte nicht, wie oft im Laufe meines Lebens er diese Schuld von mir einzufordern gedachte.

Als ich ihm einige Tage später vor dem Getreidesilo begegnete, war ihm von der Prügel, die er kassiert hatte, nichts mehr anzumerken. Offensichtlich hatte er mich gesucht, denn er vertrat mir den Weg, und ich war gezwungen, mich ihm zu stellen. Schuldbewusst kniete ich nieder.

„Danke, junger Herr. Ohne Eure Gnade wäre ich jetzt ein Krüppel."

„Da gibt es nichts zu danken", antwortete Haremhab herablassend.

„Warum habt Ihr das getan?", fragte ich, mein Unverständnis nicht verbergend.

Haremhab grinste. „Glaub nur nicht, dass ich es aus Mitleid getan habe. Und ich habe es auch nicht umsonst getan. Ich will, dass du mir hier und jetzt lebenslange Treue schwörst, mir in der Zukunft aufopfernd und selbstlos dienen wirst, und, wenn ich das fordere, dein Leben für mich gibst. Schwör es, hier und jetzt."

„Aber das kann ich nicht, Herr. Mein Herr ist Euer Vater, dem ich Gehorsam schulde und zu dienen habe."

Haremhab lachte. „Glaub mir, Hethiter. Schon sehr bald wirst du mir gehören, und wenn du jetzt nicht schwörst, ist dein Leben dann nichts mehr wert. Ich habe dir deine Hand gelassen, weil ein Sklave ohne Hand für mich in der Zukunft wertlos ist. Doch wenn du jetzt nicht schwörst, dann wird dir noch viel Schlimmeres geschehen als dass man dir die Hand abschlägt. Doch wenn dein Gewissen dich plagt, so soll dieser Schwur eben erst gelten ab dem Augenblick, an dem ich dich besitze. Schwöre."

Und ich schwor, von der durchtriebenen Kaltblütigkeit dieses Jungen ebenso entsetzt wie fasziniert. Ganz offensichtlich blieb mir im Augenblick gar nichts anderes übrig, denn sonst würde Haremhab Mittel und Wege suchen, mir das Leben zur Hölle zu machen, um mich langsam zu vernichten. Doch ich schauderte, als ich die Hand zum Schwur hob, als ahnte ich, dass ich mich hier und jetzt dem Willen des Gottes Seth selbst unterwarf und in der Zukunft daraus nichts Gutes entstehen würde. Auch begriff ich, dass dieser Junge trotz seines Alters bereits genau wusste, was er wollte und dass ich, sollte ich je in seinen Besitz gelangen, nichts als Schmutz unter seinen Füßen sein würde, welchen er sich zu gegebener Zeit abzuwischen gedachte. Ich konnte nur hoffen und zu den Göttern beten, dass dies nie geschehen würde.

3.

Wie angekündigt brachte General Min bei seinem nächsten Besuch auf dem Gut einen alten Kriegsveteranen mit, dessen Bein im Kampf gegen die Nubier von einer Verletzung steif geworden war. Dieser sollte fortan den jungen Herrn in den frühen Morgenstunden im Kampf unterrichteten, während die Stunden des Lehrers auf den späten Nachmittag verschoben wurden, wenn die Sonne an Kraft verlor. Im Gegensatz zu den Stunden des Lehrers bereitete Haremhab das Üben an Waffen wie Speer, Streitkolben, Steinschleuder, Pfeil und Bogen sowie der Peitsche Freude. Im Ringen tat er sich besonders hervor, denn er war kräftig gebaut und bezwang seine Gegner mühelos. Auch das Reiten und Streitwagenfahren waren nach seinem Geschmack. Hier zeigte er sich nicht nur geschickt, sondern die Bewegung tat ihm gut und half ihm dabei, seine Aggressionen abzubauen.

Da er nun zumeist Vor- und Nachmittags beschäftigt war, gönnte mir das Schicksal eine Atempause, denn der junge Herr fand kaum noch für andere Dinge Zeit. Er ließ mich in Ruhe. Und sein Lehrer Hori tat ein Übriges, Haremhab von mir fernzuhalten, denn er nahm den jungen Herrn hart heran. Wenn er etwas falsch machte, bestrafte er ihn mit Sonderaufgaben, aber auch mit Schlägen. Nur ihm und dem Veteranen war es erlaubt, die Hand gegen den jungen Herrn zu heben, wenn er den Unterrichtsstoff nicht mit genügend Interesse in sich aufnahm. Doch während der Soldat Onuris selten etwas an seinem Schützling zu bemängeln hatte, sondern immer wieder betonte, dass Haremhab der geborene Soldat sei, wusste Hori stets Kritik zu üben und Strafen zu verteilen. Manchmal sogar auffällig viele. Haremhab ertrug sie widerspruchlos, biss, wenn er geschlagen wurde, stets die Zähne zusammen, da er seinem

Peiniger den Triumpf, den Schmerz zuzugeben, nicht gönnen wollte.

Als ich eines Tages wieder einmal Zeuge einer solchen Bestrafung werden musste und dem jungen Herrn gegenüber mein Mitgefühl äußerte, herrschte dieser mich wütend an: „Tu doch nicht so unschuldig. Du weißt doch ganz genau, warum er mich schlägt."

Verständnislos schaute ich ihn an. Ich hatte nicht die geringste Ahnung, wovon er sprach. Haremhab beobachtete mich einen Augenblick, dann brach er in schallendes Gelächter aus.

„Du weißt es nicht einmal? Du armer, einfältiger Narr. Ich treffe dich nach dem Abendessen bei den Getreidespeichern. Ich habe eine Überraschung für dich."

Forschend schaute ich ihn an, sah die kalte Bosheit in seinem Blick und spürte, dass ich seiner Aufforderung nicht nachkommen sollte. Doch meine Neugier war geweckt und stärker als mein ungutes Gefühl. Also ging ich nach dem Abendessen zu den Silos, wo Haremhab bereits auf mich wartete.

Er wies mich an, mich neben ihn zu setzen, und gemeinsam schienen wir auf etwas zu warten. Doch so oft ich auch fragte, er wollte mir nicht sagen, worauf.

Schließlich entdeckten wir Hori, der an uns vorbeieilte und eilig in dem Vorratsschuppen des Anwesens verschwand. Auf Haremhabs Anweisung hin warteten wir noch eine Weile, dann zog er mich mit sich in den Schuppen, aus dem merkwürdige, grunzende Geräusche kamen. Leise schlichen wir näher und spähten um die Ecke, aus der die Geräusche zu kommen schienen. Was ich dort sah, verschlug mir die Sprache. In diesem Augenblick wünschte ich mir, die Erde würde sich auftun und mich verschlucken.

Meine Mutter lag mit dem Bauch nach unten auf einem Heuballen, das Kleid nach oben gezogen, während Hori sich an ihr von hinten zu schaffen machte. Das Gesicht meiner Mutter wirkte teilnahmslos, fast apathisch, als würde das, was gerade mit ihr geschah, einer anderen widerfahren, während Hori schwitzte und sich sichtlich abmühte, zum Schluss zu kommen. Ein kurzes Aufbäumen, dann ließ er seinen Lendenschurz über sein noch immer leicht erigiertes Glied fallen und ging wortlos davon, ohne uns zu bemerken. Meine Mutter lag noch immer reglos da, und ich sah eine Träne aus ihrem Auge fließen.

Wie versteinert stand ich da, unfähig meine Gefühle irgendwelchen Gedanken zuzuordnen, als der Blick meiner Mutter mich traf. Ein spitzer entsetzter Schrei entwich ihrer Kehle. Scham ließ ihr Gesicht rot anlaufen. Und in diesem Augenblick, das sah ich ihrem Gesicht deutlich an, zerbrach in ihr etwas für immer.

„Nun weißt du, warum er mich drangsaliert, damit er die Hure, die deine Mutter ist, ficken kann."

Es hätte nicht viel gefehlt und ich hätte ihm in diesem Augenblick trotz meiner schlechten Erfahrungen ins Gesicht geschlagen. Warum ich es nicht tat, weiß ich bis heute nicht. Der Schock saß vermutlich zu tief, um so schnell überwunden zu werden. Und vermutlich war das auch mein Glück, denn in diesem Moment hatte Haremhab nichts anderes im Sinn als Rache. Doch mein regloses Dastehen, meine offensichtliche Unfähigkeit, mit der Situation umzugehen, genügte ihm schließlich. Der Schmerz, der sich auf meinem Gesicht abzeichnete, die Hilflosigkeit und Verzweiflung, die mich packten, waren mehr und saßen tiefer als jede körperliche Strafe.

„Er ist ein mieses Stück Dreck, das sie zwingt", murmelte er nach geraumer Zeit versöhnlicher. „Ein Herr darf seine Sklavin jederzeit benutzen oder einem anderen zur Verfügung stellen. Doch kein Diener, auch wenn er ein freier Mann ist, darf es wagen, sich am Eigentum seines Herrn zu vergreifen. Glaube mir, Hethiter, der Tag wird kommen, an dem er dafür bezahlen muss. Ich vergesse nichts von dem, was diese Ratte mir antut."

Damit stapfte er davon, sichtlich zufrieden mit sich selbst. Ich blieb mit meiner Mutter allein zurück, die langsam ihre Sprache wiederfand.

„Es tut mir leid, Khafra. Du bist das Wichtigste auf dieser Welt für mich, und nachdem man dir fast die Hand abgeschlagen hätte, wollte ich nicht, dass du weiter so gequält wirst, denn ich befürchtete, dass dein verletzter Stolz dich erneut zu etwas Dummem verleiten könnte. Er hat sich erboten, Haremhab zu zügeln. Darum habe ich schließlich seiner Forderung nachgegeben. Ich liebe dich so sehr, mein Sohn. Ich könnte es nicht ertragen, wenn dir etwas zustoßen sollte."

Angewidert wandte ich den Blick ab, während sie sich langsam erhob und ihr Kleid herunterzog.

„Khafra, bitte. Versuch mich zu verstehen."

„Manchmal ist es besser mit aufrechtem Gang in den Tod zu gehen, als ein Leben lang im Dreck zu wühlen und zu winseln wie ein Hund, wenn der Herr pfeift", antwortete ich zornig.

Traurig schüttelte meine Mutter den Kopf.

„Unser Schicksal bestimmen die Götter. Sie bestimmen unseren Rang und unsere Stellung. Wir sind nichts, mein Sohn. Deshalb ist es unklug, sich ihrem Willen widersetzen zu wollen. Irgendwann wirst du es einsehen, vielleicht mit zunehmendem Alter. Es bringt oft die Erkenntnis, die in der Jugend fehlt."

„Nein, das glaube ich nicht. Einen Teil unseres Schicksals können wir selbst bestimmen, sonst wäre das ganze Leben sinnlos. Wusstest du, dass er weiß, was Hori mit dir tut?"

„Ich wusste es nicht. Doch ich kann mir gut vorstellen, welchen Hass Haremhab in sich aufgestaut haben muss, seit er weiß, warum Hori ihn so behandelt. Glaub mir, mein Sohn, wenn ich es nur geahnt hätte, ich hätte mich verweigert. Dieser Mann, Hori, er ekelt mich an. Und doch konnte ich der Versuchung nicht widerstehen, dir durch ihn Ruhe zu verschaffen. Und ich verstehe nicht, warum dieser merkwürdige Junge schweigt und die Strafen hinnimmt, anstatt Hori und mich zu verraten und unserem Schicksal zu überlassen."

„Das verstehe ich auch nicht. Er ist wie so oft undurchschaubar. Dafür aber weiß ich genau, dass ihr, du und dieser Mann, mich anekelt. In Zukunft, Mutter, geh mir besser aus dem Weg. Ich schäme mich für dich."

Zielstrebig wandte ich mich ab, um so schnell wie möglich von diesem Ort der Schande wegzukommen.

Lange Jahre herrschte von diesem Augenblick an zwischen meiner Mutter und mir frostige Kälte. Wir sprachen nur das Nötigste miteinander, und ich ging ihr, so gut ich es konnte, aus dem Weg. Wenn ich in späteren Jahren an diese Zeit zurückdachte, so musste ich mir eingestehen, dass es nicht ihr Handeln als solches war, das mich so zornig und unversöhnlich gemacht hatte, sondern die Tatsache, dass sie mich vor dem jungen Herrn derart bloßgestellt hatte.

Und es war genau dieses Abwarten können, das Haremhab in Zukunft seinen unbeschreiblichen Aufstieg ermöglichen sollte. So jähzornig und unbeherrscht er auch sein konnte, wenn es wirklich darauf ankam, konnte er wie eine Spinne geduldig darauf warten, dass die Beute sich in seinem Netz verfing.

4.

Zu seinem vierzehnten Geburtstag machte der General mich seinem Sohn zum Geschenk, wie Haremhab dies einst vorausgesehen hatte. Ob es die Idee des Generals war oder Haremhab um mich bat, habe ich nie erfahren. Doch was machte das für einen Unterschied? Fortan gehörte ich ihm und war seiner Willkür unterworfen.

Es war nun meine Aufgabe, meinem jungen Herrn jeden Wunsch von den Augen abzulesen, für sein Wohl zu sorgen, sowie seine Kleidung und Waffen in Ordnung zu halten. Diesen Aufgaben kam bald besondere Bedeutung zu, denn schon kurz nach seinem vierzehnten Geburtstag brach Haremhab auf Wunsch seines Vaters nach Memphis auf, um in der Garnison des Ptah seine militärische Ausbildung zu beginnen. Auch sein Vater hatte erkannt, dass sein Sohn der geborene Soldat war. So ungeschickt und schwerfällig er sich beim Lesen und Schreiben zeigte, so gut konnte er mit Pferd und Wagen umgehen, so sicher traf jeder seiner Pfeile das Ziel und Speer und Streitkolben lagen ihm wie ein verlängerter Arm in der Hand.

Das Leben in der Kaserne war strengen Regeln unterworfen. Auch die jungen Rekruten, die aufgrund ihrer vornehmen Geburt für eine höhere Laufbahn bestimmt waren, mussten wie die einfachen Soldaten ganz unten beginnen und sich den Strapazen und der Disziplin, die von jedem Soldaten in Pharaos Armee gefordert wurde, unterwerfen. Stundenlange Übungen in der brennenden Sonne brachten die jungen Rekruten oft bis an ihre Grenzen, und das strenge Ausgehverbot der ersten Wochen machte jede Abwechslung vom Alltag unmöglich. Jeweils zu viert in ein Zimmer in der Kaserne gepfercht, schmiedete das die jungen Offiziersanwärter zusammen und begründete Freundschaften, die zum Teil ein Leben lang halten sollten.

Wir Sklaven der höheren Rekruten teilten einen Schuppen, in dem unsere Schlafmatten dicht nebeneinander lagen und kaum Platz zum Laufen ließen. Auch hier wurden Freundschaften geschlossen, doch da es sich bei fast allen Sklaven um Ägypter handelte, fiel es mir schwer, Anschluss zu finden, denn mein Aussehen verriet sofort meine ausländische Herkunft. Und mit dem voraussichtlichen Feind, schon damals gab es zwischen dem hethitischen und dem ägyptischen Reich Spannungen, wollten die meisten ägyptischen Sklaven nichts zu tun haben. Allein ein Nubier gesellte sich oft zu mir, da er von den anderen ebenso ausgeschlossen wurde wie ich. Zum ersten Mal wurde mir bewusst, wie arrogant und selbstgefällig die Ägypter waren. Auch wenn auf ihren Märkten Menschen aller Herren Länder Handel trieben, ließen sie Fremde fast nie wirklich nah an sich heran, selbst dann nicht, wenn sie wie ich in Ägypten geboren waren. Dabei stellte einzig die hethitische Sprache, die ich neben ägyptisch einigermaßen beherrschte, da meine Mutter sie mir beigebracht hatte, eine Verbindung zu meinem Herkunftsland her. Und natürlich hatte meine Mutter mir die Hauptgötter ihres Heimatlandes nähergebracht. Doch ansonsten war ich mit dem Leben und Brauchtum der Ägypter groß geworden und hatte diese übernommen. Aber was zählte das schon?

Die jungen Männer, die mit meinem Herrn ein Zimmer teilten, hießen Paraemhab, Tai und Ramose. Gelegentlich gesellte sich auch ein etwas älterer und reiferer Jugendlicher mit dem Namen Nachtmin zu ihnen, als sie endlich einen Tag in der Woche freibekamen und die Kneipen und Bordelle von Memphis unsicher machen durften. Wir Sklaven mussten dann vor den Wirtshäusern oder Bordellen geduldig warten, um unsere Herren, meist zu betrunken, um den Weg zurück allein zu schaffen, stützend zurückschleppen oder in eine Sänfte verfrachten, die sie sicher in die Kaserne zurückbrachte. Am nächsten Morgen plagten unerträgliche Kopfschmerzen die jungen Herren und immer schworen sie sich, nie wieder dem übermäßigen Trinken zu frönen, wenn sie trotz ihres dröhnenden Kopfs durchs Gelände gescheucht wurden. Doch sobald sie erneut die Stadt besuchen durften, waren diese guten Vorsätze vergessen.

Wie ich bereits erwähnte, war ich unter meines gleichen ein Außenseiter, nicht nur, weil ich hethitische Wurzeln hatte, sondern auch weil Haremhab mich anders behandelte als die anderen Sklaven von ihren Herrn behandelt wurden. Diese bekamen gelegentlich einmal ein Lob oder sogar einen halben Deben von ihren Besitzern zugesteckt, um sich ein Glas Wein oder Bier während des oft langen Wartens zu gönnen. Ich musste bei derlei Vergnügungen stets abseits bleiben, denn Haremhab gab mir nie etwas, weder Anerkennung noch finanzielle Mittel. Für jede Kleinigkeit oder angebliche Nachlässigkeit bestrafte er mich mit Schlägen oder Essensentzug. Mir schien es oft, dass er mir all das, was er von Hori in den letzten Jahren meinetwegen hatte hinnehmen müssen, nun heimzahlte. Dass er Horis Machenschaften jederzeit hätte aufdecken können, es aber nicht tat, ist mir bis heute unverständlich geblieben.

Ich ließ seine Aggressionen widerspruchlos über mich ergehen und nahm seine Strafen und Demütigungen mit stoischer Gelassenheit hin, weil ich wusste, dass jede Form der Auflehnung nur Schlimmeres hervorgerufen hätte. Erst als selbst seine Gefährten meinten, er würde mich zu hart behandeln, lenkte er zuweilen ein. Doch schon das nächste Mal traf mich seine Wut dann erneut mit aller Härte.

Neshi, der nubische Sklave, der gelegentlich mit mir sprach und sein Bier auch manchmal mit mir teilte, vermutlich weil ich ihm leidtat, erzählte mir oft von seiner Heimat, aus der er als kleiner Junge verschleppt worden war. Ich saß da, hörte ihm zu und erkannte, dass ich nichts Gleichwertiges zu erzählen hatte, dass ich, obwohl ich wegen meines Bluts geächtet wurde, von meinem Heimatland nichts wusste, denn ich hatte es ja nie kennengelernt. So wurde mir allmählich klar, dass ich vermutlich mein Leben lang nie irgendwo wirklich dazugehören, immer ein Ausgestoßener bleiben würde.

Bei einem dieser Gelage, die in einem billigen Bordell endeten, für die wirklich guten und teuren Huren der Stadt hatten die jungen Rekruten nicht genügend Deben, warteten wir Sklaven übermäßig lange vor dem heruntergekommenen Haus. Schließlich beschloss einer der Sklaven, einmal hineinzugehen und nach dem Rechten zu schauen. Nicht selten wurden betrunkene Freier in solchen Häusern ausgeraubt und auf der Rückseite des Hauses dann in einem Graben entsorgt, wo sie ihren Rausch ausschlafen konnten und am nächsten Morgen jede Erinnerung verloren hatten. Als er schließlich wieder nach draußen trat, zuckte er nur mit den Schultern und winkte mir, ich solle hineingehen. Nichts Gutes ahnend stand ich auf und betrat das Haus. Die Stimmung, in der Haremhab sich in den letzten Tagen befunden hatte, war zum Zerreißen angespannt gewesen, und ich vermutete, dass er wieder einmal Streit mit seinem Vater gehabt hatte. Fast immer ging es dabei um finanzielle Mittel und das falsche Benehmen, das der Sohn in der Öffentlichkeit an den Tag legte und dadurch den Ruf des Vaters schädigte. Beschwerden über betrunkene, krakeelende und Streit suchende Jungrekruten waren nichts Ungewöhnliches in der Stadt. Viele kannten im Suff ihre Grenzen nicht mehr, und so mancher musste nach dem übermäßigen Genuss von Alkohol Strafexerzieren oder sogar einige Tage im Kerker verbringen.

Als ich das Haus betrat, um meinen Herrn zu suchen, lag der schwere Duft von Lotus überall in der Luft. Ich hatte ein Bordell bis zu diesem Tag noch nie von innen gesehen und die nackten, sich darbietenden, Beine spreizenden, minder hübschen Mädchen und Frauen aller Rassen und Hautfarben, Junge und Alte, irritierten mich zutiefst. Ich wäre kein Mann, wenn ihr Anblick mich nicht erregt hätte. Bis zu diesem Tag hatte ich selbst Hand an mich gelegt, wenn der Druck in meinem Glied zu stark geworden war und ich Erlösung suchte. Obwohl ich das achtzehnte Lebensjahr bereits überschritten hatte, hatte ich bis zu diesem Tag noch nie bei einer Frau gelegen, was nicht ungewöhnlich war, denn welcher Sklave hatte schon die nötigen Deben, um in einem Bordell Erleichterung zu finden, und die jungen und hübschen Sklavinnen waren tabu, solange der Herr zu solch einer Verbindung nicht sein Einverständnis erteilte. Hielt man sich nicht an ein solches Verbot, was zuweilen vorkam, und wurde ertappt, waren die Strafen für beide oft tödlich.

Ich fand Haremhab schwer angetrunken in einem der Hinterzimmer auf einer schäbigen Matratze liegend, umgeben von seinen ebenfalls schwer betrunkenen Freunden. Nackte, nicht sonderlich hübsche Mädchen schmiegten sich an ihre jungen Freier.

„Ah", meinte er zynisch grinsend, als er mich erblickte. „Mein jungfräulicher Sklave."

Ein Blick auf meinen Lendenschurz zeigte ihm, dass mich die Atmosphäre des Hauses wider Willen nicht unberührt ließ. Häme spiegelte sich in seinem Blick wider, als er meinte: „Meine Freunde behaupten, ich würde dich zu schlecht behandeln. Bist du auch dieser Meinung?"

„Nein, Herr", antwortete ich und hoffte, mit dieser Antwort entlassen zu werden. Doch dem war nicht so.

„Wie auch immer. Ich habe in meiner Großzügigkeit beschlossen, dir ein Geschenk zukommen zu lassen. Hier, diese Schönheit". Er zottelte eine runzlige, bucklige, stinkende, fast zahnlose Alte hinter seiner Matratze hervor, eine Frau, die vielleicht einmal in dem Liebesgewerbe gearbeitet haben mochte, doch schon lange ausgesondert war und ihren Lebensunterhalt vielleicht mit Putzen oder Almosen sammeln bestritt.

„Sie wird ihn dir aussaugen, denn wie ich sehen kann, sehnt er sich nach Erlösung."

Er gab der Alten einen Tritt in meine Richtung, während seine Kumpane vor Vergnügen über diesen Einfall feixten. Allein Nachtmin wandte angeekelt den Blick ab.

„Mach dich frei, damit sie mit ihrer Arbeit beginnen kann."

Tatsächlich kam die Alte auf mich zugekrochen, um mit ihrer Arbeit zu beginnen. Gewiss hatte Haremhab ihr eine annehmbare Belohnung zugesichert.

„Bitte, Herr, lasst mich gehen", bat ich, zu dem Scheusal hinabblickend, das vor mir kniete und geduldig wartete mit ihrer Arbeit anfangen zu können.

„Nichts da", gebot Haremhab. „Wenn ich schon einmal nett zu dir bin, dann wirst du meine Großzügigkeit auch gefälligst annehmen. Leg deinen Lendenschurz ab."

Unsere Blicke trafen sich. In den seinen trat trotz des Suffs eine unbarmherzige Kälte, die keinen Widerspruch duldete. Und selbst wenn er gewollt hätte, was jedoch nicht der Fall war, hätte er nicht mehr zurückgekonnt, ohne vor seinen Freunden das Gesicht zu verlieren. Die grölten und freuten sich über den zu erwartenden Spaß. Allein Nachtmin versuchte die Situation zu retten, indem er meinte: „Es war lustig. Doch nun sollten wir den Spaß beenden."

„Nichts da", raunte Haremhab. „Entweder er beweist jetzt, dass er ein richtiger Mann ist, oder ich lasse ihm morgen das überflüssige Gehänge abschneiden."

Sein Blick ruhte mit unnachgiebiger Härte auf mir, und ich wusste, dass er meinte, was er sagte. Dieses Spiel war zu einer Machtprobe zwischen uns geworden, die er nicht verlieren durfte. Ergeben öffnete ich meinen Lendenschurz, schloss die

Augen und ließ geschehen, was geschehen sollte. Doch so sehr die Alte auch leckte und saugte, sie erzielte keine Reaktion. Mein Glied hing schlaff herab und rührte sich nicht, sodass die Zuschauer nach einiger Zeit das Interesse verloren.

„Du bist ein Schlappschwanz", zischte Haremhab schließlich wütend. „Verschwinde, bevor ich es mir anders überlege."

Schweigend schloss ich meinen Lendenschurz und verließ den Raum unter tosendem Gelächter. In meinem ganzen Leben hatte ich mich noch nie so gedemütigt gefühlt wie in diesem Augenblick. Und ich habe nur noch einmal in meinem Leben so viel Hass auf Haremhab empfunden wie in jenem Moment, einen Hass, der umso schlimmer war, da mir eine Gegenwehr durch meine Stellung unmöglich war. Ich war ihm auf Gedeih und Verderben ausgeliefert.

Am ganzen Körper zitternd trat ich vor das Haus, setzte mich auf eine Stufe und ließ, von tiefer Verzweiflung ergriffen, den Kopf in meine Arme sinken. Die anderen wartenden Sklaven schielten neugierig zu mir herüber, ahnend, dass dort drinnen etwas Interessantes geschehen sein musste. Doch keiner wagte es, mich zu fragen. Und sie hätten auch gewiss keine Antwort erhalten.

Schließlich spürte ich, wie jemand freundschaftlich seine Hand auf meine Schulter legte. Als ich aufblickte, schaute ich in Nachtmins freundliches Gesicht.

„Nimm es dir nicht so zu Herzen, Khafra. Er war betrunken und nicht mehr Herr seiner Sinne. Morgen wird es ihm leidtun."

„Ihm tut nie etwas leid. Er ist ein grausamer Mensch. Aber dennoch danke, Herr. Ihr seid ein guter Mensch."

Nachtmin seufzte. Er wusste, dass ich mit meiner Einschätzung Haremhabs recht hatte. Natürlich waren es immer die grausamen und skrupellosen Männer, die in der Armee die besten Soldaten wurden, darum gefragt waren und schnell Karriere machten. Männer wie Haremhab waren hier genau am richtigen Platz.

Gewiss hätte Nachtmin mir gerne geholfen. Doch auch ihm waren die Hände gebunden. Mehr als Haremhab gut zureden konnte er nicht, denn ich war nun einmal unwiderruflich sein Eigentum, mit dem er tun und lassen konnte, was er wollte.

5.

Alles lief gut für das Land am Nil. Die Nilschwämmen setzten regelmäßig und umfangreich ein. Die Ernten waren darum reich, und niemand musste Hunger leiden. Die Grenzen waren sicher, und die Tribute der Vasallen trafen regelmäßig in Malkatta ein, dem Palast im fernen Theben, in dem Pharao Amenophis III. mit seiner Königin Teje regierte.

Doch dann geschah etwas, das das Land in seinen Grundfesten erschütterte. Der Falke im Nest, der designierte Thronfolger Thutmosis, starb plötzlich und völlig unerwartet. Ein Fieber raffte den jungen Mann innerhalb weniger Tage dahin und ließ einen entsetzten Pharao und eine tief trauernde Königin zurück. Seit jeher galt es in Ägypten als schlechtes Omen, wenn der Sohn vor dem Vater starb. Auch beim unerwarteten Tod des jungen Thutmosis sagten die Orakel schwere Zeiten für das Land voraus. Alle hatten fest an eine geregelte Nachfolge geglaubt und ihre Hoffnungen für die Zukunft auf den Prinzen gesetzt. Nun hatte der Pharao nur noch einen Sohn, der die Nachfolge Pharaos antreten konnte, den jungen Amenophis, einen leicht missgestalteten Jungen, der im Tempel des Sonnengottes Re in Hermopolis erzogen wurde und dessen Berufung eigentlich die des Oberpriesters des Gottes Re hätte sein sollen, auf die er von klein auf vorbereitet worden war. Niemand hatte in der Vergangenheit mit ihm als Thronerben gerechnet. Deshalb hatten seine Eigenarten und körperlichen Deformationen auch nicht weiter gestört. Nichts in seiner Erziehung war darauf ausgerichtet gewesen, einmal über ein Land wie Ägypten zu herrschen. Realitätsfremd und träumerisch war er in Hermopolis seinen Illusionen gefolgt und hatte sich ein Welt- und Götterbild erschaffen, von dem er zutiefst überzeugt und erfüllt war. Nun musste er nach Malkatta zurückkehren, um in die Fußstapfen seines Bruders zu treten, für ihn eine unerfüllbare Aufgabe.

All dies entnahm ich den vielen aufgeregten Diskussionen, die in der Kaserne nach Thutmosis Tod unter den Befehlshabern geführt wurden. Niemand in der Division des Ptah glaubte an den jungen Prinzen, und, wie häufig zu vernehmen war, selbst sein Vater, der Pharao, nicht. Nur Königin Teje stellte sich schützend vor ihren jüngeren Sohn. Sie schien fest an ihn zu glauben, so wie Mütter stets über die offensichtlichen Schwächen ihrer Kinder hinwegsehen können.

Bald war es auch kein Geheimnis mehr, dass Pharao offensichtlich über den schweren Verlust, den der Tod des Thronfolgers für ihn darstellte, nicht hinwegkam. Zahlreiche Krankheiten bemächtigten sich seiner, und immer häufiger war es Königin Teje, die das Regieren an seiner statt übernahm, während Pharao sich, wenn ihn keine Schmerzen quälten, immer mehr dem Wohlleben überließ. Teje war nun diejenige, die die Zügel des Reichs fest in ihren Händen hielt, und ihren Bruder Eje zu ihrer rechten Hand machte. Er unterstützte und beriet sie, wo immer er konnte. Als neuer Erzieher des Kronprinzen versuchte er wohl auch das in der Erziehung versäumte nachzuholen. Doch der neue Falke im Nest erwies sich als sehr beratungsresistent und eigenwillig. Er glaubte fest an sich und seine Visionen. Dies nahm am Hof von Malkatta jedoch niemand ernst. Jeder war davon überzeugt, dass das Leben ihn schon noch in die richtigen Bahnen lenken würde.

All dies geschah schon bald nach dem Vorfall im Freudenhaus, von dem ich berichtet habe. Sei es auf das Zureden Nachtmins oder aber auf das eigene Gewissen zurückzuführen, für einige Zeit ging Haremhab mir aus dem Weg und ließ mich in Ruhe. Ich ging meiner täglichen Arbeit nach und bediente ihn wie gewohnt. Doch wir sprachen nur das Nötigste miteinander, und jener Vorfall wurde von keinem von uns jemals erwähnt. Dennoch wusste ich genau, dass Haremhab den Hass spürte, der ihm seit jenem Tag von mir entgegenschlug. Dieser amüsierte ihn jedoch mehr als er ihn beunruhigte. Was sollte ein Wurm wie ich schon ausrichten gegen ihn, den Herrn. Sollte ich ruhig an meinem Hass ersticken. Was kümmerte ihn das?

Schon bald kam eine weitere Arbeit auf mich zu, denn Haremhab bekam von seinem Vater zwei Pferde geschenkt, die auf das Lenken eines Streitwagens abgerichtet waren, und nun ebenfalls von mir versorgt werden mussten. Es waren edle, teure Tiere, die im Stall der Garnison untergestellt wurden, täglich auf die Koppel geführt, gefüttert und gestriegelt werden mussten. Ich liebte diese beiden Tiere, denn ich spürte, dass von ihnen mehr Zuneigung zurückkam als von den Menschen, die mich umgaben.

Schon im Jahr darauf beendete Haremhab seine Ausbildung zum Rekruten. Gerne wäre er danach ins Streitwagenregiment aufgenommen worden. Doch dieser Wunsch erfüllte sich nicht. Naunet, sein Ausbilder, schlug der Kommission, die die Ämter vergab, vor, ihm das Amt eines Rekrutenschreibers zu übertragen, eine Aufgabe, die ihm so gar nicht schmecken wollte, obwohl es eine angesehene Stellung war, und er zukünftig nur einem General untergeordnet sein würde. Doch sie beinhaltete hauptsächlich das Begutachten neuer Bewerber, eine Beurteilung ihrer Fähigkeiten und deren Einteilung in verschiedenen Kampftrupps, was das endlose Erstellen von Listen mit sich brachte, also jede Menge Verwaltungsarbeit. Doch Haremhab wollte kämpfen, wollte an die Front, anstatt im sicheren Memphis nutzlose Listen mit Namen und Einteilungen zu erstellen. Darum protestierte er dagegen, erreichte aber nichts. Sein Ausbilder, der die Auffassung vertrat, dass das Amt des Rekrutenschreibers die Disziplin, an der es meinem Herrn während der Ausbildung oft gemangelt hatte, fördern würde, erhielt recht. Wütend bat er seinen Vater um Intervention. Doch auch bei ihm erreichte er nichts, denn General Min teilte die Auffassung der Kommission.

Wütend betrank er sich an diesem Abend sinnlos, erbost darüber, dass alle seine Freunde das geschafft hatten, was ihm versagt geblieben war. Und er schwor sich, dass die, die für diese Zurechtweisung verantwortlich waren, dies noch bereuen würden.

Als er am nächsten Morgen vor mir stand, als ich gerade die beiden Pferde versorgte, ahnte ich nichts Gutes. Ich rechnete damit, dass er seinen angestauten Zorn wieder einmal an mir auslassen würde. Doch dem war diesmal nicht so, den Göttern sei Dank.

„Du bist doch ein schlauer Bursche, Hethiter", hob er an, nachdem er mir einige Zeit beim Striegeln der Pferde zugeschaut hatte. „Ich habe für zwei Monate Urlaub vom Regiment genommen, den ich auf unserem Gut in Hut-nesu verbringen werde. Du wirst hier in der Kaserne bleiben und in dieser Zeit täglich zum Priester Anu in den Tempel des Ptah gehen. Er wird dir die notwendigsten Hieroglyphen beibringen, um für mich das Schreiben der Listen, das zu meiner neuen Aufgabe gehört, zu übernehmen. Ich denke gar nicht daran, das selbst zu tun, und einen Schreiber werde ich dafür ebenfalls nicht anstellen, denn der würde mindestens eine Silberkite im Monat und zwei Sack Weizen im Jahr fordern. Das wäre die Hälfte meines Gehaltes. Streng dich also an, so viel wie möglich in der kurzen Zeit zu lernen, damit du endlich einmal zu etwas Nützlichem zu gebrauchen bist."

„Ja, Herr", antwortete ich unterwürfig. Doch innerlich jubilierte ich. Zwei Monate ohne diesen Tyrannen, das erschien mir wie ein Traum. Haremhab bemerkte von dieser Freude jedoch nichts, und das war gut so, denn sonst hätte er gewiss etwas gefunden, um mir diese zu verderben.

„Enttäusche mich nicht. Wenn ich wiederkomme, will ich Ergebnisse sehen. Nachtmin wird gelegentlich nach dir sehen.

Sollte es Probleme geben, wende dich an ihn", brummte er weiter vor sich hin, bevor er sich umdrehte und verschwand.

Schon zwei Tage später reiste Haremhab auf einem der Nilschiffe Richtung Süden. Sie stellten in Ägypten das bequemste Fortbewegungsmittel dar und wurden zu Reisen innerhalb des Landes am häufigsten benutzt. Zurück blieben seine beiden Pferde, die ich weiterhin täglich versorgen musste. Darüber hinaus musste ich seine gesamten Habseligkeiten und Waffen in die neue Wohnung innerhalb der Kaserne schaffen, die ihm als Rekrutenschreiber zugewiesen worden war und die ich während seiner Abwesenheit allein benutzen durfte. Das Leben hätte nicht schöner sein können. Zum ersten Mal fühlte ich mich frei und unabhängig. Nur der Gedanke, dass Haremhab schon bald zurückkehren würde, dämpfte diese Freude ein wenig.

Der Priester Anu gab sich redlich Mühe, mir in der kurzen Zeit beizubringen, was ich zu meiner künftigen Aufgabe brauchen würde und atmete erleichtert auf, als er bemerkte, dass ich mich nicht allzu dumm anstellte. Ich bekam bald heraus, dass er gegen Haremhab im Würfelspiel verloren hatte und seine Schulden bei ihm nicht hatte begleichen können. So hatte Haremhab ihm zum Ausgleich diesen Dienst abverlangt, und schweren Herzens hatte Anu zugestimmt, um seine Spielsucht, die dem Amt eines Priesters abträglich war, weiterhin geheim halten zu können. Wenig enthusiastisch hatte er damit begonnen, die wichtigsten Hieroglyphen auf Wachstäfelchen zu ritzen, mich diese erst lesen und später abschreiben zu lassen. Doch als er merkte, dass ich alles Wissen förmlich aufsog, die anderen anwesenden Schüler bald übertrumpfte, begann ihm der Unterricht Spaß zu machen.

Als Haremhab nach Ablauf der Zeit zurückkehrte, konnte er mit gutem Gewissen und Erleichterung sagen, dass ich erstaunliche Fortschritte gemacht hatte und meiner Aufgabe gewachsen sein würde.

„Das will ich hoffen", murmelte dieser nur. Doch mehr hatte ich auch nicht erwartet. Ein Lob würde nie über seine Lippen kommen. „Lass uns nach Hause gehen", fügte er an mich gewandt hinzu.

Hier inspizierte er ausgiebig seine neue Bleibe. Als er auch hier nichts finden konnte, was er hätte kritisieren können, brummte er nur: „Hier ein paar Deben. Kaufe Wein und Essen auf dem Markt, damit ich mit meinen Freunden heute Abend meine Rückkehr feiern kann. Aber lass dich von den Händlern nicht über den Tisch ziehen, hörst du."

„Ja, Herr", antwortete ich pflichtgemäß, mir der Tatsache bewusst werdend, dass mein Leben wieder den gleichen Tyranneien unterworfen sein würde wie zuvor. Nichts würde sich daran je ändern. Die genossene Freiheit machte eine Rückkehr zu den alten Verhältnissen aber viel schlimmer, so wie es für den Menschen viel grausamer ist, im Laufe des Lebens in die Sklaverei zu geraten, als in sie hineingeboren zu werden und von Kindheit an das Joch zu spüren.

6.

Die nächsten Monate und Jahre gestalteten sich in etwa nach dem gleichen Muster. Haremhab kam seinen Pflichten als Rekrutenschreiber mehr oder weniger engagiert nach. Es bereitete ihm zwar Freude, die angeworbenen Neuankömmlinge zu inspizieren und zu drillen, um ihre Fähigkeiten kennenzulernen, was ihm auch fast immer mit Treffsicherheit gelang, doch sobald es um das Festhalten dieser Erkenntnisse ging, wandte er sich ab und überließ die Arbeit mir.

Zu Beginn meiner Arbeit war mir das Schreiben sehr schwergefallen, da meine Kenntnisse der ägyptischen Schrift nach der kurzen Lehrzeit mehr als unzureichend waren. Oft musste ich andere in der Kaserne arbeitende Schreiber fragen, und diese halfen mir zumeist auch, da sie Mitleid mit mir hatten, und über Haremhabs Einfall, mich anstelle eines richtigen Schreibers zu beauftragen, nur den Kopf schütteln konnten. Doch mit der Zeit hatte ich die Zeichen verinnerlicht, da sie sich ständig wiederholten. Je selbstständiger und fehlerfreier ich meine Arbeit verrichtete, umso weniger bekam ich Haremhabs Tyrannei zu spüren. Er ließ mich in Ruhe. Schon bald kaufte er auf dem Markt eine junge Nubierin, die sich um seinen Haushalt kümmern musste, da er wohl einsah, dass ich das alles allein nicht schaffen konnte. Waschen, aufräumen, kochen, einkaufen und gelegentlich auch das Bett mit ihm zu teilen gehörten jetzt zu deren Aufgaben. So musste ich mich ausschließlich um die Arbeit in der Kaserne und die Versorgung seiner Pferde kümmern. Er selbst verbrachte seine freien Nachmittage mit dem Training an seinen Waffen, der Ausfahrt mit seinem Streitwagen in die Wüste oder der Jagd. Drei bis vier Mal in der Woche fanden ausgiebige Gelage mit Freunden statt, und die junge Nubierin Yanara hatte am nächsten Morgen alle Hände voll zu tun, die Reste des Gelages zu beseitigen.

Eigentlich hätte mein Herr mit seinem Leben zufrieden sein können. Doch er war es nicht. Besonders schmerzlich empfand er seine Stellung jedes Mal dann, wenn einer seiner Freunde nach Nubien oder an die Grenzen im Norden entsandt wurde, um ägyptische Präsenz zu zeigen oder kleinere Scharmützel mit dem Feind anzuzetteln, um die ägyptische Stärke zu beweisen. Dann fluchte er vor sich hin und übte noch verbissener an den Waffen oder lenkte seinen Streitwagen wie ein Besessener durch die Straßen von Memphis. Dass bei diesen Manövern niemand zu Tode kam, war ausschließlich dem Glück zu verdanken. Ich verglich ihn dann gerne mit einem in einen Käfig eingesperrten Raubtier, dass sich danach sehnte, endlich die Freiheit wiederzuerlangen. Und ich ging ihm in solchen Augenblicken so gut es ging aus dem Weg, denn ich kannte seine Unberechenbarkeit, die nicht nur ich, sondern auch Yanara dann häufig zu spüren bekamen.

Vielleicht wäre dies alles immer so weitergegangen, wäre nicht die Kunde von Haremhab und seinem hethitischen Sklaven, der die meiste Arbeit seines Herrn in der Kaserne für ihn erledigte, bis in den Palast von Malkatta gedrungen. Eje, der Erzieher des Kronprinzen, hatte von dieser seltsamen Geschichte auf einem seiner Besuche bei einem Gaufürsten des Nordens durch dessen Sohn erfahren, der ebenfalls im Regiment diente.

Als eines Tages ein Bote in der Kaserne eintraf und meinem Herrn die Einladung der Königin Teje nach Theben überbrachte, konnte dieser sich diese Begebenheit erst gar nicht erklären. Und noch weniger verstand Haremhab, warum nicht nur er aufgefordert wurde, am Hof zu erscheinen, sondern dass er mich mitbringen sollte. Nachdenklich las er das Dokument mehrmals durch, schüttelte verständnislos den Kopf und befahl mir dann, alles Nötige für eine Reise zu packen.

Schon am nächsten Morgen bestiegen wir eine Dhau, die uns von Memphis nach Theben, der Reichshauptstadt, bringen sollte.

Es war die Jahreszeit des Peret. Überall entlang der Nilufer waren die Bauern bei der Aussaat. Noch war die Luft lau und angenehm, abends zuweilen sogar schon etwas frisch. Im Schilfdickicht versteckten sich Enten und Kraniche, und gelegentlich lag auch ein Krokodil auf einer Sandbank, ließ sich sonnen oder lauerte auf Beute. Selbst Flusspferde wälzten sich manchmal in einiger Entfernung von unserem Boot im Nilschlamm. Alles um uns herum machte einen friedlichen Eindruck und ließ das Innerste meines Herrn für einige Zeit aufatmen. Doch das konnte mich nicht darüber hinwegtäuschen, dass er sich darüber Gedanken machte, wie man in Malkatta ausgerechnet auf ihn, einen kleinen und bedeutungslosen Rekrutenschreiber, gekommen sein mochte. Was wollte man von ihm? Sein Vater, da war Haremhab sich sicher, hatte ihn gewiss nicht bei Hof erwähnt, auch wenn er dort ein und aus ging. Und keiner seiner Freunde war in den letzten Monaten in Theben gewesen, um von ihm dort zu berichten. Diese Einladung war und blieb ein Rätsel, das Haremhab nicht lösen konnte.

In Theben suchten wir zuerst eine kleine, saubere Herberge unweit des Hafens, in der mein Herr ein Zimmer bezog und ich seine Sachen deponierte. Während er sich dann in der Wirtsstube zum Essen niederließ, fragte ich mich zum Palast durch, wo ich die Einladung meines Herrn am Tor vorwies, seine Unterkunft nannte und darum bat, einen Termin für ihn zu erhalten. Die Torwache sandte mich weiter zu einem Hofschreiber, der sich die Einladung besah, sich alles notierte und dann meinte, mein Herr würde Nachricht erhalten. Mehr konnte ich nicht tun. So kehrte ich in die Herberge zurück, erstattete meinem Herrn Bericht und zog mich dann mit einer Schüssel Gemüsesuppe und einem Stück Brot in den Stall zurück, wo noch andere Sklaven nächtigen würden.

Es dauerte mehrere Tage, bis endlich eine Nachricht aus dem Palast bei meinem Herrn eintraf. Schon hatte er an der richtigen Erfüllung meiner Aufgabe zu zweifeln begonnen, mich beschuldigt, meine Pflichten nicht richtig zu erfüllen und mit Auspeitschung gedroht, als ihn die ersehnte Botschaft erreichte. Am nächsten Nachmittag würde er von Königin Teje empfangen werden. Was ihn jedoch mürrisch stimmte, war die Tatsache, dass er mich zu dieser Audienz mitbringen sollte.

„Hast du etwas angestellt, von dem ich nichts weiß?", fragte er misstrauisch, denn eine andere Erklärung fand er nicht. Auch wenn ich immer wieder beteuerte, mir keiner Schuld bewusst zu sein, glaubte er mir nicht wirklich.

„Wir werden ja sehen", schnaubte er schließlich. „Sollte es sich herausstellen, dass du mich belügst, lasse ich dir bei lebendigem Leib die Haut vom Körper ziehen. Das verspreche ich dir." Mit dieser Drohung ließ er es einstweilen bewenden, da er nicht die geringste Ahnung hatte, was ihn im Palast erwartete. Ein wenig, so vermute ich, plagte ihn auch das Gewissen, denn immerhin hatte er mir mit der Erstellung dieser Listen Zugang zu militärischen Geheimnissen verschafft.

Als wir uns am nächsten Nachmittag an der Palastpforte mit der Einladung meldeten, führte uns ein Diener vor die Türen des königlichen Audienzsaals und der Palastherold meldete unser Eintreffen.

Während Haremhab sich tief vor der auf dem Thron sitzenden Königin verneigte, warf ich mich zu Boden und wagte es nicht, mich zu rühren, bis Königin Teje selbst mich dazu aufforderte.

Auf dem Thron saß eine sich im mittleren Alter befindende, noch immer strahlend schöne Frau, deren Gesichtszüge jedoch erste herbe Züge anzunehmen schienen. Neben ihr, etwas unterhalb ihres Throns, saß ein Mann, sichtlich älter als die Königin. Seine ganze Person strahlte Würde und Autorität aus. Ebenso war es nicht zu übersehen, dass die beiden miteinander verwandt sein mussten, denn ihre Gesichtszüge wiesen unverkennbar Ähnlichkeiten auf, auch wenn die der Königin weitaus feiner und weicher wirkten.

Ich hatte nur einen kurzen Blick gewagt und dann sogleich meine Augen niedergeschlagen, denn es war verboten, die Königin anzustarren.

„Du bist der Rekrutenschreiber Haremhab, der Sohn unseres Generals Min?", fragte die Königin an meinen Herrn gewandt.

„Ja, Hoheit, der bin ich", antwortete dieser nervös, konnte er seine innere Angespanntheit doch kaum verbergen.

„Und dieses dort ist dein hethitischer Sklave, nehme ich an?"

„Ja, Hoheit, das ist Khafra, der Sohn einer hethitischen Sklavin und eines hethitischen, bei einem Überfall getöteten Vaters, in der Sklaverei hier in Ägypten geboren."

Die Königin nickte, während sie mich nachdenklich musterte.

„Er spricht sowohl unsere als auch seine Muttersprache?", fragte sie schließlich.

„Ja, Hoheit, das tut er. Die hethitische Sprache hat er von seiner Mutter beigebracht bekommen, was von meinem Vater, dessen Sklave er zuvor war, keineswegs begünstigt wurde."

„Schon gut", warf die Königin ein. „Ich will hieraus nichts ableiten. Im Gegenteil. Es ist immer gut, Wissen und Können anzuhäufen. Es steigert den Wert eines Sklaven. Mir wurde berichtet, dass dein Sklave auch des Lesens und Schreibens mächtig ist. Stimmt das?"

„Das Nötigste kann er, Hoheit, verfügt jedoch über keine besonderen Kenntnisse."

Teje nickte, wobei sich ihre aus schwarzen Zöpfen geflochtene Prunkperücke mit dem Kobradiadem leicht bewegte.

„Gut, Sklave, geh hinaus und warte vor der Tür auf deinen Herrn", befahl sie gebieterisch, nachdem sie mich noch einmal ausgiebig betrachtet hatte.

Gehorsam verneigte ich mich und verließ dann rückwärts gehend den Saal, um im Vorraum auf meinen Herrn zu warten. Was die Königin von mir gewollt hatte, blieb mir ein Rätsel. Bis heute bin ich mir nicht sicher, was damals zwischen der Königin, Eje und Haremhab besprochen wurde, nachdem ich fortgeschickt worden war.

Es erschien mir eine Ewigkeit zu vergehen. Endlich trat Haremhab durch die aus Ebenholz gearbeiteten, mit Gold verzierten Flügeltüren des königlichen Empfangssaals. Ein Lächeln lag auf seinen Lippen, als er aus dem Saal kam. Dieses erstarb jedoch sofort bei meinem Anblick. Seine Stirn zog sich in Falten, und seine Augen kniffen sich kritisch zusammen. Ich erwartete, dass er irgendetwas sagen, eine Erklärung für all dies abgeben würde. Doch er schwieg, hielt es offensichtlich nicht für nötig, mich an seinem Wissen teilhaben zu lassen.

„Lass uns gehen und den Karnaktempel besuchen, um Amun ein Opfer darzubringen, bevor wir abreisen", war alles, was er mürrisch von sich gab. Dabei schienen seine Augen mich förmlich zu durchbohren, sich in mich einzubrennen und anzünden zu wollen vor Zorn.

Ich war mir keiner Schuld bewusst, deshalb fragte ich so vorsichtig wie möglich: „Habe ich etwas falsch gemacht, Herr?"

Noch einen Augenblick lang hielt sein Blick mich gefangen, dann gab er mich frei. „Nein", war alles, was ich als Antwort erhielt.

Vor dem Palast nahm Haremhab sich eine Sänfte, um dem Gedränge in den Straßen zu entgehen. In der Stimmung, in der er sich offensichtlich befand, hätte es sonst leicht dazu kommen können, dass er sich den Weg mit der Peitsche freischlug. Gehorsam trottete ich hinter seiner Sänfte her zurück zu unserer Unterkunft, darüber grübelnd, was im Palast wohl vor sich gegangen sein könnte.

Noch am selben Abend ließ Haremhab sich erneut eine Sänfte kommen und von den Trägern die Sphinxallee entlang bis vor die Eingangspylonen des Karnaktempels bringen. Ich folgte ihm mit den Opfergaben, die er Amun und seinen Priestern spenden wollte. Vor dem Tempel gebot er mir zu warten und verschwand dann mit seinen Gaben im Inneren, um sie vor den Türen zum Allerheiligsten abzulegen.

Ich suchte mir im Vorhof ein Plätzchen, um auf meinen Herrn zu warten. Der Tempel war zu dieser Stunde mit besonders viel Leben erfüllt, denn nach getaner Arbeit kamen die Menschen hierher, um Amun um seinen Segen für ihr Tagwerk zu bitten. Unzählige Priester waren im Hof versammelt, um die gebrachten Gaben entgegenzunehmen. Aus der Vorhalle des Tempels drang der Lobgesang der Sängerinnen des Amuns nach außen, der erst mit dem Sonnenuntergang verstummte.

Allmählich wunderte ich mich, wo mein Herr so lange blieb, denn es war nicht seine Art, sich lange mit Gebeten aufzuhalten. Als er endlich kam, war eine junge Frau in seiner Begleitung, offensichtlich eine der Sängerinnen des Amun. Sie schien mir noch ziemlich jung und besonders zierlich. Ihr tiefschwarzes Haar reichte ihr bis zu den Schultern. Ihr Gesicht konnte man nicht klassisch schön nennen, dazu war die Nase zu klein geraten und der Mund etwas zu groß. Doch sie war lieblich anzusehen und weckte auf den ersten Blick sofort den Beschützerinstinkt eines jeden Mannes. Als sie mit meinem Herrn nähertrat und ich in ihre Augen blicken konnte, sah ich darin ein Leuchten, das jeden Mann fesseln musste. Selbst ich konnte mich der Ausstrahlung dieses Mädchens nicht entziehen. Und mein Herr offensichtlich schon gar nicht. Eine Weichheit war in seinen Blick getreten, die ich noch nie zuvor bei ihm gesehen hatte.

„Darf ich Euch nach Hause geleiten?", fragte er. „Die Straßen sind um diese Stunde überfüllt und es treibt sich viel Gesindel herum."

„Gerne" antwortete das Mädchen, das von einer Dienerin begleitet wurde. „Männlicher Schutz kann nie schaden."

Eine Weile ging Haremhab neben dem Mädchen her, während ihre Dienerin und ich in kurzem Abstand folgten. Vor einer großen Villa blieb das Mädchen schließlich stehen.

„Wir sind da. Hier wohne ich", meinte sie.

„Darf ich nach deinem Namen fragen, bevor ich mich verabschiede?"

So lammfromm und höflich hatte ich meinen Herrn bisher noch nie erlebt.

„Mein Name ist Amenia, Tochter des Amunpriesters Nailah, Vorsteher der Kornspeicher der Tempel Amuns."

„Und ich heiße Haremhab, Sohn des Generals Min, Rekrutenschreiber in der Division des Ptah in Memphis und seit heute Kommandeur über ein Regiment Streitwagen seiner Majestät", stellte Haremhab sich vor.

Verwundert blickte ich meinen Herrn an. Das war es also gewesen, was ihm ein Strahlen ins Gesicht geschrieben hatte, als er aus Tejes Empfangssaal gekommen war. Doch was hatte dieses Strahlen bei meinem Anblick derart verfinstern lassen? Ich hatte nicht die geringste Ahnung.

„Darf ich dir bei meinem nächsten Besuch in Theben meine Aufwartung machen, Amenia. Ich würde mich freuen, dich wiedersehen zu dürfen. Leider muss ich morgen früh die Stadt verlassen und nach Memphis zurückkehren. Doch ich werde schon bald wieder in Theben sein."

Amenia lächelte und nickte bejahend mit dem Kopf, auch wenn sie eine leichte Enttäuschung über die Abreise meines Herrn nicht verbergen konnte.

Die beiden verabschiedeten sich, und beschwingt kehrte Haremhab in die Herberge zurück, ein Leuchten in den Augen, das ich nie zuvor bei ihm gesehen hatte. Schnell wurde mir klar, dass er sich verliebt hatte.

Als er mich anwies, für den nächsten Morgen zwei Plätze auf einem der Schiffe Richtung Norden zu buchen und danach unser Gepäck für die Abreise zusammenzupacken, steckte er mir einen halben Deben zu, etwas, was er bisher noch nie getan hatte.

7.

Die Rückreise nach Memphis ging ohne besondere Vorkommnisse vonstatten. Haremhab saß ruhig und entspannt unter dem Baldachin des Schiffs und ließ die Landschaft an sich vorüberziehen. Was in ihm vor sich ging, wusste ich nicht. Doch etwas sagte mir, dass die Zukunft vielleicht besser werden könnte, als die Vergangenheit es gewesen war. So entspannt, aber auch zielstrebig und zuversichtlich hatte ich meinen Herrn schon lange nicht mehr gesehen.

Seit Pharao Thutmosis III., dem größten Eroberer unter den Pharaonen nach der Vertreibung der Hyksos, war die ägyptische Armee straff organisiert. Im Land waren drei Divisionen stationiert, in Heliopolis, in Theben und in Memphis. Ihnen stand jeweils ein Garnisonskommandeur vor, unter dem die Schreiber der Infanterie und die Standartenträger standen. Diesen waren wiederum Brigadekommandeure untergeordnet, die fünfhundert bis tausend Mann befehligten. Darunter kamen die einzelnen Regimenter, die aus jeweils zweihundert bis zweihundertfünfzig Mann bestanden, welche sich aus Kompanien zusammensetzten, die sich in Bogenschützen, Axtträgern, Keulenträgern, Speerträgern und Nahkämpfern unterteilten. Und als Elitetruppe gab es dann natürlich noch die Streitwagentruppe. Jeder Streitwagen war üblicherweise mit zwei Männern besetzt, dem Kedjen, dem Fahrer, und dem Seneni, dem Kämpfer.

Mein Herr war nun also Befehlshaber über ein Regiment Streitwagen in der Division des Ptah geworden, was sein Ansehen innerhalb der Armee erheblich stärkte. Welchem Umstand er diese Wende seines Schicksals zu verdanken hatte, behielt er für sich. Doch auch das Amt des Rekrutenschreibers hatte er behalten, was ihm fortan doppelte Einkünfte bescherte. Außerdem hatte er große Ländereien von seiner Mutter geerbt, die ihm ein gutes Auskommen sicherten. Schon bald begab er sich deshalb in Memphis auf die Suche nach einem geeigneten Haus, und da seine Reisen nach Theben immer häufiger wurden, ahnte ich schnell, warum. Mein Herr war nicht nur verliebt, sondern er hatte feste Absichten.

Schon bald nachdem er ein Haus unweit des Nils in dem Viertel der Adligen und Vornehmen der Stadt gefunden hatte, bestätigte sich meine Vermutung. Er reiste nach Theben, um mit Amenia, der zweiten Sängerin des Amun, die Ehe zu schließen und sie mit nach Memphis zu nehmen.

Nach Amenias Einzug änderte sich im Haus vieles. Plötzlich stand für jeden Handgriff Personal bereit. Köchin, Dienstmädchen, eine Leibdienerin meiner neuen Herrin, die sie aus Theben mitgebracht hatte, ein Gärtner, zwei Wachen, die meist vor dem Eingang des Hauses standen und die Gäste empfingen, aber auch Botengänge erledigten oder Amenia auf den Markt begleiteten, ebenso wie zwei Sänftenträger, die bei Nichtbedarf auch sonstige anfallende Arbeiten zugeteilt bekamen, waren plötzlich ständig anwesend und nahmen mir viele meiner vorherigen Tätigkeiten ab. Meine Arbeit beschränkte sich jetzt darauf, in der Kaserne die Listen für meinen Herrn zu schreiben, seine Waffen zu pflegen und seine Pferde im Stall der Kaserne zu versorgen.

Sehr bald nach seiner Hochzeit begann mein Herr dann auch mit dem, was jedem Ägypter wichtig ist. Er begann für sich und Amenia in Sakkara ein Grab anlegen und die Arbeiten daran von einem Baumeister überwachen zu lassen. Die Arbeiter hierfür stellte er teilweise an, teilweise setzte er aber auch Rekruten der Division ein, ein üblicher Vorgang, da während Friedenszeiten Rekruten oft für Bauvorhaben, den Transport von Baumaterial, die Gewinnung von Erzen und Edelmetallen, aber auch zum Schutz der Handelswege, Bewachung der Grenzen und das Aufspüren von Gefangenen und entlaufenen Sklaven verwendet wurden. Fortan zählte es auch noch zu meinen Aufgaben, in der Division nicht benötigte Rekruten anhand meiner Listen ausfindig zu machen und nach Sakkara zu senden, damit die Arbeiten am Grab meines Herrn zügig vorangingen.

Eines Mittags tauchte der Baumeister meines Herrn, Seneka, in der Garnison auf. Mürrisch fragte er nach Haremhab, der gerade dabei war, die Übungen seiner Kampfwagentruppe zu beobachten.

„Wie soll ich mit dem Bau Eures Grabs vorankommen, wenn mir die Arbeiter fehlen? Heute Morgen sind gerade einmal drei Männer erschienen, um den Stollen weiter auszuheben. Das geht so nicht. So wird das Grab nie fertig."

„Drei Männer, sagst du? Wie kann das sein?"

„Nun, die Arbeiter, die Ihr angeheuert habt, warten noch immer auf ihren Lohn, den Ihr schuldig seid. Sie sind zu einer anderen Baustelle gegangen und werden erst wiederkommen, wenn sie ihren Lohn erhalten haben. Und aus der Garnison sind mir heute nur drei Männer geschickt worden."

Fluchend wandte Haremhab sich von dem Geschehen auf dem Kampfplatz ab. Zorn brannte in seinem Gesicht, teils, weil er es selbst versäumt hatte, die Arbeiter vereinbarungsgemäß zu entlohnen, aber auch, weil ich an diesem Morgen nur drei Männer nach Sakkara gesandt hatte.

„Komm mit. Ich werde dir den fehlenden Lohn aushändigen und erwarte, dass morgen früh wieder alle Arbeiter da sind, um weiterzuarbeiten. Und das mit den fehlenden Rekruten werde ich auch regeln."

Als er mich kurz darauf zu sich auf den Exerzierplatz kommen ließ, sah ich seinem Gesichtsausdruck bereits an, dass er vor Zorn bebte. Ohne lange Vorrede herrschte er mich an: „Wie kann es sein, dass heute nur drei Rekruten zur Arbeit in Sakkara erschienen sind? Wenn ich mich hier umsehe, lungern genügend Männer herum, die keine Beschäftigung haben."

„Sie sind heute Abend zu einer Patrouille eingeteilt. Da konnte ich sie nicht fortschicken, Herr", antwortete ich ergeben.

„Oder du wolltest nicht, wolltest die Bauarbeiten sabotieren."

„Warum sollte ich das tun?", fragte ich, fassungslos ob dieser Unterstellung.

„Weiß ich es? Entweder bist du unfähig oder unwillig. Beides gleich schlimm."

Er funkelte mich wütend an. Ich kannte ihn. Wenn er in dieser Stimmung war, war er unberechenbar. Vielleicht wäre alles anders ausgegangen, wenn ich mich in diesem Augenblick demütig und unterwürfig gezeigt und um Verzeihung gebeten hätte. Doch ich wusste nicht wofür und hielt seinem Blick trotzig stand.

„Und nun wagst du es auch noch, mir zu trotzen."

„Ich trotze Euch nicht, Herr, ich wüsste nur nicht, was ich hätte besser machen können", antwortete ich so sachlich wie möglich.

Doch Haremhabs Jähzorn war nun voll entbrannt. Seit er Amenia geheiratet hatte, hatte ich ihn nicht mehr in solch einer Stimmung gesehen. Sie hatte eine andere Seite in ihm zum Vorschein gebracht, eine weiche und menschliche. Die war in diesem Augenblick jedoch völlig in den Hintergrund geraten.

Mit einem Wink zitierte er zwei Rekruten herbei.

„Bindet den frechen Kerl dort drüben fest und holt eine Peitsche."

Entschlossen biss ich die Zähne zusammen, fest entschlossen nicht zu schreien, ihm diese Genugtuung nicht zu gönnen, als die ersten Hiebe mich trafen. Irgendwann begriff ich jedoch, dass er nicht aufhören würde, bevor er mich klein hatte. Je länger ich mich weigerte, meine Schmerzen einzugestehen, um so härter schlug er zu, bis ich es schließlich nicht mehr aushielt und aus voller Kehle schrie. Doch auch dieser Sieg vermochte seine Raserei nun nicht mehr zu bremsen. Vielleicht würde er einhalten, wenn ich um Gnade winselte? Doch auch das erschien mir, soweit ich trotz der Schmerzen noch klar denken konnte, nicht sicher.

Es war Nachtmin, der hinzukam und Haremhab die Peitsche aus der Hand riss.

„Was tust du denn? Du bringst ihn ja um?", brüllte er Haremhab an.

„Misch dich da nicht ein, Nachtmin. Der Kerl ist aufsässig und hat Strafe verdient."

„Das kann ich nicht beurteilen", antwortete dieser, die Peitsche festhaltend. „Aber ich glaube, dass er, gleichgültig was er getan haben mag, genug bestraft wurde. Und bedenke immer eins, mein Freund. Du brauchst ihn. Vergiss das nicht. Tot nützt er dir nichts."

Das war das Letzte, was ich mitbekam, bevor mich tiefe Schwärze umschloss.

Als ich wieder zu mir kam, lag ich auf dem Bauch auf einer Pritsche in Haremhabs Villa. Neben mir kniete Yanara, die meine Wunden mit klarem Wasser auswusch. Undeutlich drang Amenias Stimme zu mir durch, die ebenfalls im Raum zu sein schien.

„Wie konntest du das nur tun? Ich habe dich für einen Mann mit Herz und Verstand gehalten und muss nun erkennen, dass ich ein wildes Tier geheiratet habe."

„Er war aufmüpfig und nachlässig bei seiner Arbeit. Er hat Strafe verdient."

„Selbst wenn es stimmt, was du sagst, dann aber gewiss nicht so. Du kannst von Glück sagen, wenn das Wundfieber sinkt und er nicht stirbt. Was hat dich nur geritten, einen wehrlosen, dir völlig ausgelieferten Mann so zu schlagen? Selbst wenn er es überlebt, die Narben auf seinem Rücken werden ihm bleiben."

„Nun, sie werden ihn daran erinnern, wie man sich seinem Herrn gegenüber zu verhalten hat."

Trotz meines Fiebers und meiner Schmerzen empfand ich in diesem Augenblick eine gewisse Genugtuung. Doch diese währte nicht lange, dann umschloss mich wieder Dunkelheit.

Ich weiß nicht, wie lange ich dort auf der Pritsche lag, von Fieberträumen geschüttelt, die von kurzen Wachmomenten unterbrochen wurden. Doch irgendwann wachte ich auf und fühlte mich besser.

Yanara saß neben meinem Bett, um, wie wohl jeden Tag, meine Wunden zu versorgen und die Verbände zu wechseln. Als sie bemerkte, dass ich wach war, fasste sie an meine Stirn und seufzte erleichtert auf.

„Den Göttern sei Dank, Khafra. Das Fieber ist gesunken. Du wirst es überleben. Ich werde der Herrin Bescheid sagen."

Ich wollte mich aufrichten, doch die Schmerzen, die mir diese Bewegung im Rücken versetzte, ließ mich sofort innehalten.

„Du musst still liegen bleiben, Khafra, sonst brechen deine Wunden wieder auf. Hier, trink etwas, aber bewege dich nicht mehr als nötig."

Sie setzte mir einen Becher mit frischem Wasser an meinen Mund. Ich trank gierig, bemerkte erst jetzt, wie durstig und ausgetrocknet ich war.

Dann verließ Yanara den Raum, um kurze Zeit später mit der Herrin zurückzukehren.

„Dann haben die Götter wohl doch ein Einsehen mit dir gehabt. Ich bin froh, dass es dir wieder besser geht", meinte Amenia hörbar erleichtert. „Kümmere dich weiter um ihn und sieh zu, dass er so schnell wie möglich etwas zu sich nimmt, damit er wieder zu Kräften kommt."

„Ja, Herrin", antwortete Yanara.

Nachdem Amenia den Raum wieder verlassen hatte, sprudelte es aus Yanara heraus: „Du hast uns ganz schön in Aufregung versetzt, Khafra. Lange Zeit sah es gar nicht gut aus. Die Herrin hat sogar nach einem Arzt gesandt, der dir fiebersenkende Arzneien einflößte. Und du hast den ersten wirklich heftigen Ehestreit zwischen den beiden ausgelöst. Im Augenblick ist der Herr auf einer Strafexpedition nach Nubien unterwegs, froh darüber, den Vorwürfen Amenias entkommen zu sein. Und der Herr hat einen Schreiber anstellen müssen, der deine Arbeit in der Kaserne übernimmt, bis du wieder auf den Beinen bist. Das kostet ihn wohl einiges. Aber was sollte er machen. Er braucht dich eben."

Für einen kurzen Augenblick schossen mir die Worte Nachtmins durch den Kopf, die er sagte, bevor ich das Bewusstsein verlor. Hatte er das gemeint, als er einwarf, Haremhab brauche mich? Vielleicht? Ich wusste es nicht. Doch dann lächelte ich nur noch stumm in mich hinein. Dass Haremhab meinetwegen Streit mit Amenia hatte, dieser Gedanke gefiel mir. Kurz darauf war ich wieder eingeschlafen.

8.

Die Rückkehr Haremhabs aus Nubien gestaltete sich als Triumphzug für meinen Herren. Er hatte nicht nur etliche Scharmützel im Grenzbezirk gegen nubische Kleinfürsten gewonnen, einige nubische Grenzfestungen geschleift und die ägyptischen Grenzen weiter nach Süden verschoben, sondern auch reichlich Beute mitgebracht. Den größten Teil davon erhielt Pharao, der davon wiederum einen Teil an die Tempel weiterverteilte. Auch Haremhabs Soldaten hatten sich an einem für sie lohnenden Kriegszug beteiligt, der ihnen ausreichend Beute beschert hatte. Haremhab selbst war ebenfalls nicht zu kurz gekommen und hatte nicht nur Gold und Silber für seine private Schatulle mitgebracht, sondern auch drei neue Sklaven, zwei junge Mädchen, eine Syrerin und ein Mädchen von den griechischen Inseln sowie einen jungen, kräftigen Nubier.

Als er mit seinem Streitwagen in den Hof des Hauses einfuhr, vor dem Amenia mit dem gesamten Personal ihn erwartete, war der Streit zwischen den beiden vergessen. Sie flog ihm in die Arme, froh darüber, ihn unbeschadet zurückzuhaben. Es scherte sie nicht, dass die gesamte Dienerschaft anwesend war und Zeuge ihrer Erleichterung wurde.

Als er sich schließlich aus Amenias Armen löste, froh darüber ihre Meinungsverschiedenheiten beigelegt zu wissen, konnte ich nicht umhin, ihm heimlich Bewunderung zu zollen. Sein Körper war während seiner Abwesenheit viel muskulöser geworden und von der Sonne braun gebrannt. Grazil wie eine Raubkatze bewegte er sich die Treppen zum Haus hinauf, mit jeder Faser seines Körpers ein Krieger. Sein Blick streifte mich für einen kurzen Moment. Doch er sagte kein Wort, ging stolz an mir vorbei und winkte den neuen Sklaven, ihm zu folgen.

Wir folgten ihm mit den Blicken und begutachteten dabei auch die Neuen, die ihrem Herrn gehorsam ins Hausinnere folgten. Der junge Nubier stellte sich bald als Sohn eines Bauern heraus, zwar körperlich kräftig und wendig, aber mit nicht allzu viel Intelligenz gesegnet. Er wurde dem Gärtner als Hilfe zugeteilt, aber auch zum Tragen der Sänfte meiner Herrin gerufen. Die junge Syrerin, aus dem Harem eines gefangenen nubischen Kleinfürsten stammend, mit ansprechenden weiblichen Rundungen, braunem Haar und braunen Augen, wurde der Köchin als Verstärkung übergeben und musste fortan die groben Arbeiten in der Küche verrichten wie Korn mahlen, Brot backen, Gemüse säubern, Geschirr spülen und Wasser holen. Sie war ein hübsches Ding, entsprach aber ob ihrer rundlichen Formen nicht dem ägyptischen Schönheitsideal, das grazile, schlanke Frauen mit schmalen Hüften und wenig Oberweite bevorzugte. Hingegen war die Ionierin, die Haremhab mitgebracht hatte, schmalhüftig und zierlich, mit langem blondem Haar und großen blauen Augen. Wenn man in diese Augen blickte, glaubte man, in den Fluten des Nils zu versinken. Sie entstammte dem gleichen Harem wie die Syrerin und wäre gewiss ein Geschenk für Pharao oder einen seiner Berater geworden, wäre sie noch Jungfrau gewesen. Ihr Schicksal erinnerte mich an das meiner Mutter, die ob ihrer Schwangerschaft ebenfalls in der Sklavenhierarchie abgewertet worden war. Haremhab machte sie Amenia zum Geschenk, die sie zu ihrer zweiten Dienerin erhob, obwohl ihr gewiss vom ersten Augenblick an nicht verborgen blieb, wie das Mädchen den Herrn des Hauses anschmachtete, mit ihren Blicken verfolgte und jede Gelegenheit wahrnahm, Haremhabs Weg zu kreuzen. Wir alle vermuteten bald das gleiche. Er hatte während des Feldzugs gewiss öfter bei ihr gelegen, wollte von ihr jetzt aber nichts mehr wissen, denn er liebte seine Frau wirklich.

Auch ich konnte mich der Ausstrahlung dieses Mädchens nicht entziehen und starrte ihr träumerisch hinterher, obwohl sie von mir keinerlei Notiz zu nehmen schien. Doch wen kümmert das, wenn das Herz spricht?

Bald nach seiner Rückkehr wurde Haremhab zum Brigadekommandeur erhoben, ein weiterer, großer Schritt nach oben auf der militärischen Karriereleiter. Seinem Kommando unterstanden jetzt eintausend Mann, die ihren Führer anhimmelten und bedenkenlos in den Tod folgen würden, denn ganz ohne Zweifel hatte Haremhab eine Ausstrahlung an sich, mit der er seine Soldaten für sich einnehmen konnte, ging er jeder Mühsal doch mit gutem Beispiel voran und schonte sich nie.

Ich hatte nach seiner Rückkehr meine alten Aufgaben zurückerhalten, ohne dass der Vorfall, der mich fast das Leben gekostet hätte, je wieder zwischen uns erwähnt wurde. Vielleicht war dieses Schweigen auch besser so, denn sonst hätte ich mich vielleicht dazu verleiten lassen, Dinge zu sagen, die zwischen Herrn und Sklaven nicht gesagt werden dürfen.

Ich weiß nicht, ob bereits in dieser Zeit der Zerfall des ägyptischen Großreichs begann. In jedem Fall wurde der Grundstein dafür gelegt, denn Pharao Amenophis III. war schon länger krank und seine Gattin, Königin Teje, die so gut wie möglich die Geschicke des Reichs mit ihrem Bruder Eje zu lenken versuchte, hätte einen starken Kronprinzen an ihrer Seite gebraucht, um die Autorität Pharaos zu repräsentieren. Doch der Thronfolger war jung und schwach und zeigte wenig Interesse an der Macht und der erforderlichen Darstellung der königlichen Gewalt. Er träumte vor sich hin, einen Traum von einer besseren Welt, in der es Gerechtigkeit und Gleichheit gab. Viele schüttelten darüber den Kopf, doch es gab auch manchen, dem die Ideen des jungen Amenophis gefielen.

So war es für Ägypten vielleicht ein Glück, dass Pharao ein Sedfest nach dem anderen feierte und damit einen Machtwechsel hinauszögerte, indem er einfach am Leben blieb und sogar noch eine Ehe mit der mitannischen Prinzessin Taduchepa einging, in der Hoffnung, dem Reich einen weiteren Erben zu schenken. Vermutlich waren die Lenden des Herrschers jedoch nicht mehr in der Lage, ein Kind zu zeugen. Es änderte sich jedenfalls nichts an der Lage im Palast in Theben.

Mein Herr reiste oft in die Hauptstadt, wo Königin Teje ihn mit dem künftigen Thronfolger zusammenbrachte und diesem seine Dienste für die Zukunft empfahl. Wenn Haremhab von diesen Reisen zurückkehrte, war sein Blick meist finster, denn was er am Hof von Malkatta mitbekam, konnte einem Soldaten wie ihm nicht gefallen. Der junge Thronfolger, so berichtete er Amenia, sprach von Frieden und Freundschaft mit den Nachbarvölkern, anstatt von Eroberung und Machterhaltung wie sein Vater und dessen Vorgänger.

„Wahrlich, Amenia", gestand er seiner Gemahlin einmal in meinem Beisein. „Dieser Junge ist der merkwürdigste Mensch, der mir je begegnet ist. Er hat ein hässliches Gesicht und einen verkrüppelten Körper, aber dennoch geht von ihm eine Ausstrahlung aus, der man sich nicht entziehen kann. Wenn er spricht, kann ich mich seinen Gedanken nicht verschließen. Doch sobald ich allein bin, wird mir klar, dass seine Vorhaben für Ägypten den Ruin bedeuten würden, würde er sie je umsetzen. Das alles kann mir als Soldat nicht gefallen, denn es zielt darauf ab, unser Land zu schwächen."

„Vielleicht siehst du ja alles viel zu schwarz, mein Gemahl. Noch nie hat ein Thronfolger seinem Land geschadet. Es ist ein Unterschied, sich Gedanken über die Zukunft zu machen oder tatsächlich Macht und Verantwortung in der Hand zu haben. Auch ihn wird die Realität einholen, glaube mir."

„Ich hoffe, dass du recht behältst", antwortete Haremhab zweifelnd. Der junge Amenophis jedenfalls blieb für ihn ein zweischneidiges Schwert.

9.

Im siebten Monat seines achtunddreißigsten Regierungsjahrs, mit nicht ganz fünfzig Jahren, starb Pharao Amenophis III. nach langer Krankheit. Er hinterließ einen Sohn und vier Töchter. Obwohl sein Tod für niemanden unerwartet kam, löste er doch Unsicherheit und Verwirrung im Palast von Malkatta aus. Wie immer, wenn ein Pharao starb, endete eine Ära, und etwas Neues nahm seinen Anfang. So sollte es auch dieses Mal sein, doch dieses Neue, das die Großen des Reichs auf sich zukommen sahen, rief in ihnen gemischte Gefühle hervor. Wo würde der Thronfolger das Land hinführen? Noch war er zu jung, um selbst zu regieren. Darum hatte Königin Teje vorerst für ihren Sohn die Regentschaft übernommen. Es war daher erst einmal davon auszugehen, dass sich an der Politik von Pharao Amenophis III. nichts ändern würde, da Teje diese größtenteils bereits in der Vergangenheit bestimmt hatte. Aber schon bald würde der junge Amenophis das Sagen haben und den Kurs bestimmen. Wie lange würde er dann noch auf seine Mutter hören?

Neunzig Tage lang herrschte im Land Trauer. Dies war die Zeit, die die Einbalsamierer benötigten, um den Körper des Pharaos für die Ewigkeit herzurichten. Nach dieser Zeit wurden in Kom el-Hetan, wo der Totentempel des verstorbenen Pharaos erbaut worden war, die Beerdigungsriten durchgeführt und den Göttern unzählige Opfer dargebracht. Hernach wurde der Leichnam des Pharaos in seinen drei ineinander geschachtelten goldenen Särgen auf einen Schlitten geladen und mit all den Dingen, die Pharao im Jenseits benötigen würde, in die Gruft, seiner Ruhestätte für die Ewigkeit, gebracht. Begleitet wurde der Zug von Priestern, Klageweibern, den Angehörigen und den Würdenträgern des Reichs. Im Grab fand die Zeremonie der Mundöffnung durch den designierten Thronfolger statt, bevor das Grab mit der Mumie des verstorbenen Herrschers für immer verschlossen wurde und jeder verflucht sein sollte, der die Ruhe des Herrschers störte.

Schon am nächsten Tag wurde der Thronfolger im Tempel von Karnak vom Hohepriester des Amun im Allerheiligsten zum neuen Pharao geweiht. Damit war der Machtwechsel vollzogen, auch wenn Königin Teje noch die eigentliche Macht in ihren Händen hielt, denn Amenophis IV. nahm ihre Regentschaft widerspruchlos hin. Der junge Mann war damit zufrieden, sich ganz in seine Gebete zu versenken, um von seinem Gott Aton erleuchtet zu werden und den Weg gewiesen zu bekommen. Und natürlich vertraute er seiner Mutter vorbehaltlos. Schließlich hatte Königin Teje immer bedenkenlos zu ihm gehalten, während sein Vater ihn oft mit Verachtung im Blick gestraft hatte.

In dieser Zeit weilte mein Herr öfter als früher in Theben, denn wie meist nach einem Machtwechsel waren an den Grenzen Ägyptens Übergriffe der Nachbarstaaten zu befürchten, die dazu dienten, die Stärke Ägyptens unter dem neuen Herrscher zu testen. Königin Teje war fest entschlossen, jeden Aufruhr an den Grenzen des Reichs mit aller Härte zu bekämpfen. Es war daher nicht verwunderlich, dass mein Herr mit einem Heer in den Norden gesandt wurde, um die ägyptischen Grenzfestungen zu inspizieren, deren Truppenstärken zu überprüfen, gegebenenfalls aufzufüllen und auf einen Kampf vorzubereiten. Sämtlicher eingerissener Schlendrian, der nach der langen Zeit des Friedens nur natürlich war, sollte durch eiserne Disziplin ersetzt werden, Festungskommandanten, die die Zügel zu sehr hatten schleifen lassen, sollten ersetzt werden durch junge Offiziere, die darauf brannten, sich zu beweisen.

Als ich von dem Auftrag meines Herrn erfuhr, freute ich mich, denn ich empfand es immer als angenehm, nicht unter seiner unmittelbaren Kontrolle zu stehen. Nicht dass ich dann weniger zuverlässig gearbeitet hätte, nein, das gewiss nicht. Doch ich fühlte mich freier, und ich musste nicht befürchten, wegen einer kleinen Unbedachtheit seine Launen zu spüren zu bekommen.

Seit Haremhabs Rückkehr vom nubischen Feldzug hatte sich die Stimmung im Haus schleichend verändert. Haremhab war Amenia nach wie vor zugetan, denn er liebte sie wirklich. Die Verstimmung, die zwischen ihnen meinetwegen geherrscht hatte, hatte ihm während seiner Abwesenheit offensichtlich ziemlich zugesetzt, und er schien froh, dass Amenia ihm bei seiner Rückkehr verziehen hatte. Doch schon bald war nicht zu übersehen, dass zwischen den beiden etwas anderes nicht zu stimmen schien. Dieses Etwas trug den Namen Myhra und hatte das Gesicht einer blonden Sphinx, geheimnisvoll anziehend und gefährlich. Auch ich konnte mich dieser Anziehungskraft kaum entziehen, wenn sie mit wiegenden Hüften über den Hof stolzierte und den männlichen Bewohnern des Hauses Blicke zuwarf, die alles und nichts versprachen. Dieses Mädchen war sich ihrer Wirkung auf Männer durchaus bewusst und spielte sie aus, ohne sich darum zu scheren, was sie damit anrichtete. Doch die männlichen Wesen des Hauses interessierten sie nicht wirklich, außer eines, unseren Herrn, der, das musste man Haremhab zugestehen, ein gutaussehender Mann war mit ebenmäßigen Gesichtszügen und einem schlanken, wohlproportionierten, muskulösen Körper. Ihn schien sie sich in den Kopf gesetzt zu haben, und bald war nicht mehr zu übersehen, dass sie geschickt überall dort auftauchte, wo Haremhab sich gerade aufhielt. Der ließ sich dieses Spiel amüsiert gefallen, denn es tat seinem Ego offenbar gut, so umworben zu werden. Doch Amenia, der diese Avancen nicht entgingen, sah dies ganz anders. Ihr gefiel das Verhalten ihrer Sklavin nicht, und wäre sie nicht ein so sanftmütiges Wesen gewesen, hätte sie Myhra ihre Annäherungsversuche an den Herrn mit dem Stock austreiben lassen. So aber sah sie sich lediglich gezwungen, Haremhab auf das Verhalten des Mädchens anzusprechen und darum zu bitten, sie zu verkaufen.

„Ich habe Pläne mit ihr, Amenia, darum muss sie bleiben. Aber sei unbesorgt. Auf ihr Getue falle ich nicht herein", meinte dieser lachend, und damit war das Thema für ihn vorerst erledigt. Und Amenia nahm es hin. Doch das Gerede unter den Bediensteten, dass dieses Mädchen eher in ein Bordell als in ein vornehmes Haus wie dieses gehöre, verstummten nicht.

Ein paar Tage vor seinem Aufbruch in den Norden ließ Haremhab mich zu sich rufen und teilte mir mit, dass er beabsichtige, mich auf seine Inspektionsreise mitzunehmen, um mich unterwegs Aufzeichnungen über die einzelnen Grenzfestungen, sowie ihre Bemannung und Bewaffnung machen zu lassen. Außerdem, so erklärte er mir den Befehl Königin Tejes, würden wir etliche Stadtfürsten in der Grenzregion aufsuchen, um ihnen ein Schreiben Pharaos zu überreichen, uns ihrer Loyalität dem neuen Pharao gegenüber zu versichern und auch hierüber Bericht an die Königin zu senden.

Schweigend nahm ich seinen Befehl zur Kenntnis, der mir so gar nicht gefallen wollte. Doch was sollte ich machen? Ich hatte zu gehorchen, auch wenn die Aussicht, für längere Zeit in Haremhabs unmittelbarer Nähe zu weilen, mir alles andere als erfreulich erschien.

„Ja, Herr", war alles, was ich dazu sagen konnte und durfte.

Als ich ein paar Tage später meine wenigen Sachen zu einem Bündel verschnürte und auf einen der Gepäckwagen der Kompanien legte, erfasste mich dann doch eine gewisse Unruhe. Diese Inspektionsreise würde uns bis an die Grenze zu Mitanni führen, ein Reich, von dem ich wusste, dass es zwischen Ägypten und meinem Heimatland, dem Hethiterreich, lag. Zum ersten Mal in meinem Leben kam mir der Gedanke, diese Möglichkeit vielleicht nutzen zu können, um über Mitanni in mein Heimatland zu entkommen und so dem Joch der Sklaverei für immer zu entfliehen. Im Kernland Ägyptens war eine solche Flucht unmöglich, und allein der Gedanke daran grenzte an

Selbstmord. Jeder entlaufene Sklave wurde über kurz oder lang im Land aufgespürt. Fast keinem gelang es, sich bis an die Grenze eines anderen Reichs durchzuschlagen, dazu waren die Überwachungs- und Spionagenetze in Ägypten viel zu gut ausgebaut, und Fremde fielen fernab von den Handelszentren sofort auf. Wer wieder eingefangen wurde, konnte im besten Fall damit rechnen, Nase und Ohren abgeschnitten zu bekommen, um sich dann für den Rest seiner Tage in einem Steinbruch zu Tode zu schuften. Die meisten entflohenen Sklaven aber wurden grausam hingerichtet, um anderen Geknechteten als abschreckendes Beispiel zu dienen. Dieses Wissen schreckte fast alle Sklaven ab, überhaupt über eine Flucht nachzudenken und lieber Unfreiheit, Tyrannei und Schläge zu ertragen. Doch, so sagte ich mir, in der Nähe der Grenze könnte eine Flucht durchaus gelingen. Zumindest, so schwor ich mir, würde ich die Möglichkeiten unterwegs in Betracht ziehen und genau durchdenken.

So brachen wir ins Nildelta auf. Von dort wandten wir uns der Sinaihalbinsel zu. Dann führte uns unser Weg weiter nach Norden, immer der Küste folgend. Von den Stadtfürsten in Tyros und Byblos, die wir im Auftrag Tejes aufsuchten, wurden wir überaus freundlich empfangen, und die Treue dem neuen Pharao gegenüber wurde beschworen, was jedoch niemanden verwundern mag, denn Haremhabs eintausend Mann starkes Heer, das er mit sich führte, machte andere Szenarien undenkbar.

In Byblos schließlich entschloss ich mich dazu, nachts eines der Pferde zu stehlen und der Grenze Mitannis zuzustreben. Eine bessere Gelegenheit zur Flucht würde sich mir nicht mehr bieten, denn näher würden wir dem Land Mitanni auf unserer geplanten Strecke nicht mehr kommen, sondern schon bald über den Stützpunkt Irkut, den Haremhab ausführlich besichtigen wollte, da dieser strategisch für das ägyptische Reich besonders bedeutend war, wieder nach Gaza zurückkehren, um dort weitere Grenzfestungen zu inspizieren.

Ich war davon überzeugt, meine Flucht gut vorbereitet zu haben. Schon am Nachmittag hatte ich mein Bündel gepackt und unter dem Stroh der Pferde versteckt. Da unser Lager vor den Toren der Stadt aufgeschlagen worden war, hatte ich kein Tor zu passieren. Lediglich die nächtlichen Wachposten des Lagers musste ich umgehen. Diese hatte ich die Nächte zuvor genau beobachtet und wusste daher, wann wo patrouilliert wurde. Leise schlich ich zu den Pferden, legte einem von ihnen das Zaumzeug an und umwickelte dessen Fußballen mit Lumpen, damit ich beim Fortführen keine Geräusche erzeugte, als ich plötzlich spürte, dass ich beobachtet wurde. Langsam wandte ich mich um und blickte in Augen, die mich kalt maßen.

„Willst du heute Nacht noch fort?", fragte mich Haremhabs schneidende Stimme.

Starr vor Entsetzen erwiderte ich seinen Blick, wohl wissend, dass er meine Absichten genau kannte. Mir war klar, dass mich nun nichts mehr retten konnte, dass sich sein Zorn ungehemmt über mich ergießen würde. Leugnen nützte nichts. Dazu war die Sachlage zu eindeutig. Also holte ich tief Luft und nahm meinen ganzen Mut zusammen, um mich ihm und seiner Strafe zu stellen.

„Wie ihr seht, Herr, wollte ich fliehen, um endlich Eurer Willkür zu entkommen," gestand ich offen.

Einen Augenblick lang standen wir uns gegenüber, jeder den anderen mit seinen Blicken abtastend. Dann begann sich ein zynisches Grinsen auf Haremhabs Gesicht breit zu machen.

„Wenigstens leugnest du nicht, sondern stellst dich deiner Schandtat wie ein Mann", brummte er, während sein Blick mich weiter lauernd musterte. Erwartete er, dass ich ihn angriff, um vielleicht doch noch zu entkommen? Fast hatte ich das Gefühl, dass er sich in diesem Augenblick gerne mit mir geschlagen hätte. Doch in mir steckte viel zu viel Sklave, als dass ich dies gewagt hätte. Und ich hätte wohl auch keine Chance gehabt, denn er war mir durch sein tägliches Training körperlich weit überlegen und außerdem bewaffnet.

„Tut mit mir, was ihr tun müsst, Herr", stieß ich schließlich resignierend hervor.

Ein schrilles Lachen war die Antwort. „Immerhin hast du seit damals gelernt, dass man seine Hand nicht gegen seinen Herrn erhebt. Schade eigentlich, denn ich hätte dir gerne eine Tracht Prügel verabreicht. Und jetzt nimm dem Pferd das Zaumzeug ab, pack dein Bündel und scher dich zurück unter deine Decke, bevor ich es mir anders überlege."

„Ich verstehe nicht, Herr", stammelte ich verwirrt.

„Was gibt es da nicht zu verstehen? Pack dich, und ich vergesse, wobei ich dich gerade erwischt habe. Aber schnell."

Ich gehorchte, noch immer fassungslos darüber, dass er mich offensichtlich davonkommen lassen wollte. Warum?

Die nächsten Tage rechnete ich jeden Augenblick damit, dass er mich rufen und doch bestrafen lassen würde. Doch nichts dergleichen geschah. Er ließ mich in Frieden, und allmählich wurde mir klar, dass er mit einem Fluchtversuch meinerseits die ganze Zeit über gerechnet und nur darauf gewartet hatte, mich dabei zu stellen. Doch weshalb ließ er mich nicht töten? Warum verstümmelte er mich nicht wenigstens? Ich musste mir eingestehen, dass ich die Gedanken dieses Mannes vermutlich nie verstehen würde.

Am Tag vor unserer Abreise aus Byblos ließ er mich zu sich rufen. Gemeinsam schritten wir die Stadtmauern entlang, bis Haremhab schließlich stehen blieb und nach Nordosten zeigte.

„Dort drüben liegt das Land Mitanni, das einen Puffer zwischen Ägypten und dem Reich der Hethiter bildet. Dahinter liegt deine Heimat, das Reich unseres gefährlichsten Nachbarn, der kein Geheimnis daraus macht, dass er die Gebiete, durch die wir gekommen sind, gerne für sich hätte." Er machte eine Pause und sah mich prüfend an. „Merke dir die Lage und fertige auf unserem Rückweg Karten an, die die Position der einzelnen Städte, die wir passieren, möglichst genau vermerkt. Hast du das verstanden?"

„Ja, Herr", antwortete ich kleinlaut.

„Und von jeder Stadt, die wir auf dem Rückweg durchqueren, möchte ich von dir eine Skizze der Befestigungsanlage haben. Hast du das auch verstanden?"

„Ja, Herr."

„Gut, dann weißt du nun, was ich von dir erwarte. Mach deine Sache gut. Ich bin davon überzeugt, dass ich diese Pläne einmal brauchen werde."

„Herr. Darf ich Euch etwas fragen?"

„Was?", herrschte er mich an.

„Warum bestraft Ihr mich nicht? Ich verstehe das nicht."

„Glaub mir", antwortete er süffisant. „Dir zuliebe geschah das nicht. Du bist für mich nicht mehr als ein Trumpf in einem Spiel, dessen Regeln ich selbst noch nicht so ganz kenne. Diesen Trumpf will ich so lange wie möglich in der Hand behalten. Darum und weil ich ahnte, dass die Versuchung, dich mir zu entziehen, groß sein würde, habe ich dich überwachen lassen. Und ich hatte recht. Doch tot oder verstümmelt nützt du mir nichts. Darum bist du unversehrt. Sollte ich feststellen, dass ich dich doch nicht brauche, wird sich dies ändern. Also bete jeden

Tag zu den Göttern, dass du mir nützlich erscheinst. Genügt dir das als Antwort?"

„Ja", antwortete ich kurz, mir durchaus darüber im Klaren, dass er das, was er sagte, auch genauso meinte.

10.

Nach Memphis zurückgekehrt, machte Haremhab sich unverzüglich auf den Weg nach Theben, um Königin Teje persönlich von seiner Inspektionsreise und seinen Beobachtungen zu berichten. Seine häufige Korrespondenz mit der Regentin ließ erkennen, dass Haremhab das volle Vertrauen der Königin genoss und damit auch das des jungen Pharaos. Viele Briefe an die Königin hatte er mir diktiert, manche aber auch selbst verfasst, offensichtlich jene, deren Inhalt nicht bekannt werden sollte. Auch hatte ich ihm Briefe der Königin und ihres Bruders Eje vorgelesen, wieder andere hatte er selbst gelesen und anschließend den Papyrus verbrannt. Auch jene sollten wohl geheim bleiben.

Ich hatte mich zwischenzeitlich zu einem guten Schreiber weiterentwickelt, indem ich in ruhigen Stunden alte Dokumente und Listen, die die Division des Ptah betrafen, studiert und mir so immer neue Hieroglyphen eingeprägt hatte. Auch das Zeichnen der von mir verlangten Pläne der einzelnen Festungen auf dem Rückmarsch war mir leichtgefallen, und bald hatte ich ein Auge dafür entwickelt, wo welche Befestigung ihre Schwachstellen aufwies. Was Haremhab mit all dem bezweckte und welche Bedeutung ich für ihn jemals haben könnte, das allerdings erschloss sich mir nicht. Die Arbeiten, die ich für ihn verrichtete, hätte jeder ausgebildete Schreiber ebenfalls bewerkstelligen können, und allein der durch mich gesparte Lohn des Schreibers konnte es ebenfalls nicht sein, denn mein Herr war zwischenzeitlich ein reicher Mann. Seinen Einkünften als Soldat und denen aus dem Erbe seiner Mutter waren vor kurzem noch die Einnahmen aus dem Erbe seines Vaters hinzugekommen, der, während Haremhabs monatelanger Abwesenheit, einem Fieber erlegen war. Amenia hatte sich während Haremhabs Abwesenheit allein um ein würdiges Begräbnis ihres Schwiegervaters kümmern müssen.

Als Haremhab aus Theben zurückkehrte, war er in bester Stimmung, etwas, das selten bei ihm vorkam. Den Grund dafür erfuhr ich kurze Zeit später während meiner Arbeit in der Division. Mein Herr war zum Kommandanten der Division des Ptah und zum militärischen Berater Pharaos ernannt worden. Beides bedeutete nicht nur weitere Einnahmen, sondern, und das war für ihn offensichtlich das weitaus Wichtigere, auch einen Zugewinn an Macht und Einfluss. Er hatte es geschafft. Er stand dem Thron Ägyptens nah und würde gewiss in Zukunft weiteren Einfluss gewinnen.

Ich stellte mir bei diesem rasanten Aufstieg immer häufiger die Frage, wie lange er meine Dienste wohl noch benötigen würde. Es war Angst, die mich des nachts häufig überfiel und mir Alpträume bescherte, denn ich hatte nicht die geringste Ahnung, ob und wie lange Haremhab sich meiner noch bedienen wollte, bevor er mich, wie von ihm angekündigt, für meinen Fluchtversuch strafen würde.

Umso überraschter war ich, als ich eines abends ins Haus beordert wurde, in dem Amenia und Haremhab nebeneinander auf Stühlen saßen und mich bereits erwarteten. Ihnen gegenüber stand eine eingeschüchterte, den Tränen nahe Myhra, die meinem fragenden Blick auswich.

Es war nach kurzem Zögern schließlich Amenia, die das Wort ergriff.

„Der Herr und ich haben deine Zukunft betreffend eine Entscheidung getroffen, Khafra." Sie machte eine kurze Pause, als müsste sie die passenden Worte suchen. Mir stockte das Blut in den Adern, denn ich befürchtete das Schlimmste. Jetzt würde mich mein Schicksal ereilen.

Als Amenia schließlich fortfuhr, spürte ich deutlich, dass sie von dem, was sie mir nun offenbarte, nicht so ganz überzeugt schien.

„Du bist jetzt ein Mann im besten Alter, der von seinem Herrn die Erlaubnis erhält, eine Familie zu gründen, eine besondere Gunst, wie du wohl weißt. Dieses junge Füllen hier vor dir benötigt dringend einen Mann an ihrer Seite, der ihr ihre Grenzen aufzeigt, nachts ihre Schlafmatte teilt und ihr zeigt, wo ihr Platz ist." Die Warnung, die bei diesen Worten in Amenias Stimme lag, war deutlich zu spüren und ging ganz ohne Zweifel an Myhra. Was hatte sie getan, um den Zorn Amenias derart auf sich zu ziehen? Eigentlich war diese eine großzügige und gütige Herrin, die zu Mitgefühl durchaus fähig war. Schon wollte ich fragen, doch ein Blick auf Haremhab genügte, mir den Mund zu verschließen. Er sagte mir, dass ich besser schweigen und gehorchen sollte.

„Natürlich erhoffen wir uns sehr bald Kinder von euch beiden", fügte Haremhab den Worten seiner Gemahlin hinzu, um mir unmissverständlich klarzumachen, was von mir erwartet wurde. „Oder siehst du ein Problem darin, Khafra?"

Diese Frage war eindeutig auf jenes Ereignis im Freudenhaus gemünzt, bei dem er mich über alle Maßen gedemütigt hatte.

„Nein, Herr", antwortete ich so ruhig wie möglich, denn diese Ehe, warum auch immer sie stattfinden sollte, bedeutete immerhin, dass er nach wie vor glaubte, mich vielleicht irgendwann zu benötigen und nicht fallen lassen würde.

Ein Blick zu Myhra hinüber verdeutlichte mir aber auch, dass sie diese Ehe aufgezwungen bekam, mich nicht wollte, denn ihre blauen Augen schienen Feuer zu speien, als sie mich anschaute. Ich begriff es in diesem Augenblick. Diese Ehe musste in einer Katastrophe enden, denn eine Frau, der ein Mann aufgezwungen wurde, konnte abgrundtiefen Hass entwickeln. Doch was sollte ich sagen? Ich durfte mich nicht weigern. Also sagte ich, was von mir erwartet wurde. „Ich danke Euch für diese Gunst, Herr", obwohl es mir bei diesen Worten fast die Kehle zuschnürte.

Das zynische Lächeln, das sich auf Haremhabs Gesichtszügen in diesem Augenblick zeigte, bestätigte meine Befürchtungen. Noch schlimmer aber war, als er abschließend sagte: „Dann ist es beschlossen. In der nächsten Woche wird die Hochzeit stattfinden und die Ehe im Register des Tempels eingetragen werden. Und denkt daran, wir wünschen uns baldmöglichst Nachwuchs."

Wenn Blicke hätten töten können, wäre Haremhab in diesem Augenblick gestorben, denn in den Augen Myhras lagen Wut, Enttäuschung und Hass, mit denen sie ihren Herrn bedachte. Doch Haremhab, der dies ebenfalls bemerkte, lächelte nur milde. Was kümmerte ihn der Hass einer Sklavin? Wenn sie sich nicht fügte, würde er sie schon fügsam machen. Darauf verstand er sich.

Knapp eine Woche später zerbrachen wir den Krug miteinander und waren von nun an Ehemann und Ehefrau. Doch bereits in der Hochzeitsnacht bekam ich zu spüren, was es bedeutete, mit dieser Frau verheiratet zu sein.

Bisher hatten wir kaum miteinander gesprochen oder überhaupt miteinander zu tun gehabt und standen uns nun in der kleinen Kammer wie zwei Fremde gegenüber.

„Dass du es nur weißt. Ich habe dich nicht gewollt. Der Herr und die Herrin haben mich mehr oder weniger zu dieser Ehe gezwungen. Ich habe mich dagegen gewehrt, aber letztendlich bleibt einer Sklavin nichts anderes übrig, als sich zu fügen."

Ich nickte verständnisvoll, während mein Blick lange auf ihr ruhte. Sie war schön, und die Tatsache, dass sie nun meine Frau war und es legitim war, sie zu berühren, weckte Begehren in mir.

Ich hatte mir vorgenommen, es langsam und gefühlvoll zu beginnen. Doch dazu ließ sie mir keine Gelegenheit. Hastig zog sie den Leinenkittel, den sie trug, über den Kopf und warf ihn in eine Ecke. Nackt legte sie sich auf die Matte, die in der Kammer lag, spreizte die Beine auseinander und meinte: „Komm, lass es uns schnell hinter uns bringen, damit sie bekommt, was sie will?"

„Wie meinst du das?", fragte ich Myhra leicht verstört. Die Art, wie sie sich mir präsentierte, erregte mich ebenso sehr, wie sie mich abstieß.

„Nun, unsere Herrin. Sie will meinen Bauch gefüllt sehen, damit der Herr mir nicht länger hinterher schaut. Also lass uns ihr den Gefallen tun, damit sie Ruhe gibt."

Auffordernd wies sie mit der Hand auf ihr entblößtes Geschlecht. Als sie mein Zögern bemerkte, meinte sie schnippisch. „Hat der Herr also recht damit gehabt, dass du keine Eier hast, Hethiter. Ich weiß nicht warum, aber beide wollen sie aus irgendeinem Grund, dass wir ein Kind zeugen. Das haben sie mir unmissverständlich klar gemacht, auch wenn die Beweggründe der beiden vermutlich ziemlich unterschiedlich sind. Also lass uns unsere Pflicht erfüllen. Umso schneller werden sie uns in Frieden lassen. Oder…" Sie schaute mich einen Augenblick ungläubig, dann sprachlos an. „Sag nur, du hast noch nie…?"

Ich hatte bis zu diesem Augenblick wirklich noch nie bei einer Frau gelegen. Für eine Hure hatte mir stets das Geld gefehlt. Und welche andere Frau hätte einen Sklaven wie mich an sich herangelassen? Daher war meine einzige Erfahrung mit einer Frau jene zweifelhafte Begegnung mit der hässlichen Alten gewesen, die vergeblich versucht hatte mich auszusaugen.

Es dauerte eine Weile, bis Myhra ihre Fassungslosigkeit überwunden hatte. Dann jedoch griff sie energisch nach meiner

Hand, zog mich zu sich auf die Matte und begann mein erigiertes Glied freizulegen, mich über sich zu ziehen und in sich hineinzudrücken.

„Jetzt beweg dich in mir, bis dein Samen kommt", forderte sie mich auf. Der kam viel zu schnell. Nach nur fünf kurzen Stößen war es vorbei, und Myhra stieß mich von sich herunter.

„Hoffentlich war es das", meinte sie. „Allzu oft möchte ich das nicht wiederholen müssen. Lass uns schlafen, Hethiter."

Damit wandte sie sich von mir ab und war bald eingeschlafen. Ich hingegen lag lange wach und schämte mich für das, was zwischen uns geschehen war. So, das wusste ich, sollte es zwischen Mann und Frau nicht sein. Selbst Tiere, die ich auf der Weide beobachtet hatte, brachten beim Geschlechtsverkehr mehr Gefühl füreinander auf. Sie war schön, gewiss, aber auch kalt, hartherzig und gefühllos. Die Liebe dieser Frau würde mir nie gehören. Wo war ich da nur hineingeraten? Und warum hatte Haremhab sie ausgerechnet mir zur Frau gegeben. Seine Grausamkeit kannte offensichtlich keine Grenzen.

11.

Seit meiner Heirat schlief ich immer öfter in der Sklavenunterkunft der Garnison, mehr Arbeit vortäuschend als ich eigentlich hatte. Es graute mir davor, die Kammer mit der Frau teilen zu müssen, die sich nun meine Ehefrau nannte. Jenes Intermezzo, das sich in unserer Hochzeitsnacht ereignet hatte, wiederholte sich noch einige Male, jedes Mal dann, wenn sie ihre fruchtbaren Tage zu haben glaubte. Und jedes Mal ließ ich mich erneut dazu herab, ihren Willen zu erfüllen. Obwohl mich all das anekelte, konnte ich in diesen Momenten doch nicht widerstehen, in sie einzudringen und mich in sie zu ergießen. Dieses Spiel endete jedoch abrupt in dem Augenblick, als sie sicher war, dass sie ein Kind erwartete. Warum es ihr so wichtig schien, ein Kind von dem Mann zu bekommen, dem sie ganz offensichtlich nur Verachtung entgegenbringen konnte, blieb mir jedoch ein Rätsel.

Fast zur gleichen Zeit konnte unsere Herrin Amenia unserem Herrn verkünden, dass sie in guter Hoffnung sei. Lange hatte es bei den beiden gedauert, und mancher hatte bereits vermutet, dass es, aus welchen Gründen auch immer, nie zu einer Schwangerschaft Amenias kommen würde. Obwohl sie nun schon geraume Zeit miteinander verheiratet waren, hatte es bis dahin keinerlei Anzeichen dafür gegeben.

Unsere Herrin blühte, als sie sich ihrer Sache sicher war, regelrecht auf. Ein bisher nicht dagewesenes Strahlen lag auf ihrem Gesicht, und jeder von uns konnte sich denken, dass sie vermutlich sehr unter ihrer Kinderlosigkeit gelitten hatte. Auch unser Herr war für einige Zeit zugänglicher, denn die Aussicht auf einen Erben war ihm offensichtlich wichtig. Doch während Myhra unser Kind, eine Tochter, bis zum Geburtstermin austrug, verlor Amenia ihr Kind im sechsten Monat. Das Grab, das Haremhab in Sakkara für sich und seine Familie bauen ließ, war zwar noch nicht vollendet, doch es hatte bereits einen Toten zu beherbergen. Das Kind, es wäre ein Junge gewesen, wurde nach der Einbalsamierung dort in einem kleinen Sarkophag in einer Nische, die verschlossen wurde, beigesetzt, während die Arbeiten am Grab, es fehlten noch etliche Zeichnungen und Reliefs, die die Wände schmücken sollten, weitergingen.

Nach der Geburt unserer Tochter verweigerte Myhra sich mir vollständig. Auch kümmerte sie sich über das regelmäßige Stillen hinaus kaum um das Kind, das sie geboren hatte. Mir schien, als wäre mit der Geburt eine Last von ihr genommen worden und sie nun frei, wieder ihr Leben ohne mich zu führen. Ich verfluchte mich und meine Schwäche, die mich trotz allem Ekel immer wieder nicht hatte widerstehen lassen. Nun saß ich da mit einem kleinen Wesen, das wie ich von Geburt an zum Sklavendasein verurteilt war und dem außer mir niemand Beachtung schenkte. Und dennoch, ich liebte dieses kleine unschuldige Geschöpf, das in eine Welt hineingeboren worden war, die ungerecht und grausam mit ihm umging.

Schließlich war es unsere Herrin Amenia, die trotz ihres eigenen Kummers den Missstand wahrnahm und sich der Kleinen erbarmte. Sie wies Myhra zurecht und sorgte außerdem dafür, dass Haremhab meine Mutter von dem Landgut in Hut-nesu, das er von seinem Vater geerbt hatte, nach Memphis kommen ließ. Die alte Frau, die zu nicht mehr allzu viel harter Arbeit zu gebrauchen schien, sollte sich vorrangig um die Kleine kümmern, da der Mutter offensichtlich jegliche Mutterliebe fehlte und der Vater anderweitig gebraucht wurde.

Ich fürchtete mich ein wenig vor dem Wiedersehen mit meiner Mutter, die ich seit Jahren nicht gesehen hatte. Und ich fürchtete mich davor, wie Haremhab auf ihre Gegenwart reagieren würde, ob mit Erinnerungen auch alte Wunden aufbrechen würden. Doch diesbezüglich konnte ich bald beruhigt sein. Er nahm die alte, gebeugte, vollständig ergraute Frau, zu dieser war sie in den letzten Jahren zu meinem Entsetzen geworden, kaum wahr. Nur einmal rief er sie zu sich und gebot ihr, wollte sie in Zukunft ihre Enkelin weiter betreuen, mit mir ausschließlich in ihrer Muttersprache zu reden. Es sei wichtig, dass ich die Sprache meines Landes beherrsche. Warum, das sagte er nicht. Doch ich glaubte es zu wissen. Auf Betreiben des jungen Pharaos war mit dem Reich der Hethiter und dessen herrschendem König, Suppiluliuma, eine rege Korrespondenz entstanden, deren Inhalt ein dauerhafter Friedens- und Freundschaftsvertrag der beiden Reiche war. Vielleicht sollte ich mir irgendwann die Keilschrift der Hethiter aneignen, um für ihn zukünftig die Korrespondenz übersetzen zu können?

Meine Mutter war für meine kleine Tochter Saa, dieser Name wurde ihr von unserer Herrin gegeben, ein Segen. Sie kümmerte sich liebevoll um die Kleine, und auch ich verbrachte jede freie Minute mit ihr. Es erschien mir wie ein Wunder, das kleine Wesen wachsen und gedeihen zu sehen, auch wenn ein Stachel in meinem Herzen nicht weichen wollte. Meine Tochter war wie ich eine Sklavin, dem Willen und der Willkür anderer auf Gedeih und Verderben ausgeliefert. In manch stillem Augenblick fragte ich mich darum, ob es richtig gewesen war, sie in so eine Welt zu setzen. Doch es war nun einmal geschehen, und um nichts in der Welt wollte ich dieses kleine Wesen mehr missen. Ihr gehörte fortan meine ganze Liebe.

Anders verhielt es sich mit meiner Frau, der ich, wann immer ich konnte, aus dem Weg ging und mir alles, was sie tat, gleichgültig erschien. Wir wechselten kaum noch ein Wort miteinander, und das war gut so, denn ihre Lieblosigkeit unserem Kind gegenüber war mehr, als ich ihr verzeihen konnte. Aber ich musste zugeben, dass die Geburt unserer Tochter ihrem Aussehen nicht geschadet hatte, sondern sie zu voller Blüte hatte erstrahlen lassen. Sie war noch anziehender und verführerischer als zuvor. Doch was spielte das schöne Äußere für eine Rolle, wenn im Innern alles kalt und verdorben war? Was immer sie so hatte werden lassen, ich wusste es nicht, und es interessierte mich auch nicht mehr. Die Zeit zum Reden, um sich menschlich näher zu kommen, war vorbei. Das glaubte ich damals jedenfalls.

Zu jener Zeit begann unser junger Pharao Amenophis IV. die Vormundschaft seiner Mutter Teje langsam, aber beharrlich abzuschütteln. Er fing an, seine eigenen Bestimmungen zu erlassen, ohne mit seiner Mutter vorher Rücksprache zu halten. Die Königinmutter musste immer häufiger hilflos mitansehen, wie ihr Sohn in ihre Politik eingriff und manche ihrer Bemühungen damit zunichtemachte. Doch was konnte sie dagegen tun? Er war der Pharao, der Beherrscher Ägyptens, und sie nur seine Mutter, die eigentlich seit der Volljährigkeit ihres Sohns rechtlich keinerlei Mitspracherecht mehr hatte. Es blieb ihr nichts anderes übrig, als ihrem Sohn in langen Gesprächen die eine oder andere Idee auszureden. Doch das funktionierte nicht immer, denn seine Gemahlin Nofretete unterstützte ihn in seinen Unabhängigkeitsbestrebungen. Ihr war Tejes Vorherrschaft schon lange ein Dorn im Auge. Daher ließ sie nichts unversucht, einen Keil zwischen Mutter und Sohn zu treiben. Dies gelang nirgendwo besser als auf dem Feld der Politik. Teje, die stets auf Stärke und Unnachgiebigkeit in der Außenpolitik gesetzt hatte, sah sich nun den Ansichten ihres Sohns gegenübergestellt, der mehr auf Diplomatie und Verhandlungen setzte als auf militärische Stärke.

Dies wurde auch immer öfter ein Thema in der Kaserne, wenn Haremhab mit seinen Freunden zusammentraf, um nötige Maßnahmen zu besprechen, die er als Garnisonskommandeur der Division des Ptah zu veranlassen hatte. Stets war ich bei diesen Besprechungen zugegen, um die Befehle meines Herrn anschließend schriftlich festzuhalten und an die entsprechenden Stellen weiterzuleiten. Immer erhielt auch die Königinmutter von den Beratungen einen Bericht geschickt. Sie hatte in Haremhab einen treuen Verbündeten gefunden, der ihre politische Meinung teilte.

„Seit dieser Suppiluliuma die gesamte hethitische Königsfamilie ermorden ließ und die Macht danach an sich gerissen hat, sind die Hethiter gefährlicher als je zuvor. Dieser neue König ist ein Raubtier, das seine Tatzen nach den Gebieten der Nachbarn ausstreckt. Mit ihm werden wir noch erheblichen Ärger bekommen", meinte Haremhabs alter Freund Ramose, den er zwischenzeitlich zu seinem Adjutanten gemacht hatte.

„Das ist leider eine Tatsache, der wir ins Auge sehen müssen. Mit den Hethitern werden wir noch viel Ärger bekommen", erwiderte Haremhab, einen grimmigen Seitenblick auf mich werfend. „Seit Suppiluliuma an der Macht ist, hat er neue Truppenverbände ausgehoben und seine Grenzlinien verstärkt. Doch genauere Informationen zu erhalten wird immer schwieriger, da jeder Ägypter, der das Land betritt, als möglicher Spion eingestuft und überwacht wird. Eins jedoch haben meine Späher herausgefunden. Ihr König hat es im Augenblick auf Mitanni abgesehen, das er gerne seinem Reich einverleiben würde. Doch Mitanni ist nicht nur unser Verbündeter, sondern stellt auch einen natürlichen Puffer zwischen Ägypten und dem Hethiterreich dar. Wenn das Land von den Hethitern angegriffen wird, müssen wir ihm schon in unserem eigenen Interesse beistehen."

„Das sehe ich auch so", erwiderte Tai, der oberste Stallmeister der Garnison.

„Das Problem ist nur, dass unser neuer Pharao einem militärischen Eingreifen niemals zustimmen wird. Er setzt auf Verhandlungen und Freundschaftsbekundungen."

„Aber er muss doch sehen, dass ein Mann, der in einer Nacht die gesamte Königsfamilie seines Reichs auslöscht, zu allem fähig ist", sagte Ramose ungläubig.

Haremhab seufzte. „Manchmal ist es eben nötig, einen morschen Baum zu fällen, um ihn durch einen jungen und starken zu ersetzen."

Diese Äußerung Haremhabs war gewagt und konnte leicht missverstanden werden. Doch in dieser Runde, das wusste mein Herr, war er unter Freunden, die offen miteinander sprechen durften.

„Was sollen wir tun?", fragte Tai schließlich, ratlos in die Runde blickend.

„Im Augenblick können wir nicht viel tun", entgegnete Haremhab. „Uns sind die Hände gebunden. Wir müssen warten, bis das Unvermeidliche geschehen ist, aber weiter ohne Unterlass auf die drohende Gefahr aufmerksam machen, in der Hoffnung, dass Pharao begreift, wie gefährlich die Lage ist. Königin Teje hat es längst begriffen und hätte auch gehandelt. Doch Pharao umgibt sich mehr und mehr mit Männern, die ihm nach dem Mund reden und alle Probleme von ihm fernhalten. Allein Eje ist anders. Doch der vermag gegen diese Schleimer nichts auszurichten. Jedenfalls habe ich beschlossen, dich Paraemhab, zum Kommandanten aller Festungen im Mündungsgebiet zu ernennen. Sorge für Ordnung dort, drille die Männer und lass keinen Schlendrian zu. Verstärke die Festungsanlagen, wo immer es dir nötig erscheint, und versuche ein Netzt von Kundschaftern aufzubauen, die die Stimmung bei unseren Vasallen einfangen. Alle Berichte sendest du an mich, damit ich mir jederzeit ein genaues Bild der Lage machen kann."

Paraemhab nickte. „Ich werde tun, was ich kann."

Schließlich war es der in der Zwischenzeit von Pharao zum Garnisonskommandeur von Heliopolis ernannte Nachtmin, der an der Beratung teilnahm und sich äußerte. „All das ist nicht unser einziges Problem. Wie mir aus zuverlässiger Quelle zugetragen wurde, genügt es unserm Pharao nicht mehr, Aton überall im Reich neue Tempel zu errichten und Amun und seine Priester bei jeder Schenkung zu übergehen. Er will, so wurde mir zugetragen, alle Tempel außer die Atons im Land schließen. Gewiss, die Macht der Amunpriester war bereits unserem zu Osiris gewordenen Pharao Amenophis III. ein Dorn im Auge, und er war dabei, diese Macht zu beschränken. Doch niemals wäre er auf die Idee gekommen, Tempel zu schließen. Der Aufschrei in der Bevölkerung, wenn man sie ihrer seit Jahrhunderten verehrten Götter beraubt, wird verheerend sein. Ein Aufruhr überall im Land wird womöglich folgen."

„Ist das wirklich wahr?", fragte Haremhab fassungslos.

„Leider", antwortete Nachtmin. „Königin Teje versucht zwar, ihren Sohn von diesem Plan abzubringen. Doch wie ihr alle wisst, hört er nicht mehr allzu oft auf sie. Und Königin Nofretete unterstützt seine illusorischen Träumereien natürlich, um der Königinmutter weiteren Einfluss auf Pharao zu nehmen. Die Situation ist ernst. Wenn Pharao seine Pläne wahrmacht, müssen wir mit dem Widerstand der Bevölkerung rechnen. Wir werden dann sowohl im Innern wie im Äußeren erhebliche Probleme haben."

Alle in der Runde schüttelten verständnislos mit dem Kopf. Wo sollte das alles noch hinführen? Was sollte aus dem starken Ägypten werden, wenn es von innen heraus derart angegriffen wurde, indem all das Altbewährte zerstört werden sollte, während gleichzeitig an den Grenzen der Feind auf die Schwäche Ägyptens lauerte?

Aus der Reichshauptstadt Theben drangen zuerst nur Gerüchte nach Memphis. Doch schon bald sollten diese in Depeschen, die an alle Garnisonen versandt wurden, Bestätigung finden. In Theben war es bei der Einweihung des neuen Heiligtums für den Gott Aton zu schweren Zusammenstößen mit der Bevölkerung gekommen. Beim feierlichen Zug Pharaos zum Atontempel hatte die Bevölkerung schweigend an der Prozessionsstraße gestanden. Kein Jubel war zu hören gewesen, als Pharao mit seiner Königin in offenen Sänften die Allee entlanggetragen wurde. Eine bedrückende Stille hatte geherrscht, bis jemand in der Masse, offensichtlich ein verkleideter Amunpriester, laut das ausrief, was die schweigende Masse dachte: „Wir wollen unsere Götter wiederhaben." Dieser eine Ruf fand schnell überall Widerhall, und bald war die Menge nicht mehr zu halten gewesen. Steine flogen und trafen die den Zug Pharaos begleitenden Atonpriester. Viele wurden schwer verletzt, zwei sogar tödlich getroffen. Die den Zug begleitenden Soldaten hatten nicht nur alle Hände voll zu tun, den entfesselten Mob in Zaum zu halten, sondern auch Pharao und die große königliche Gemahlin zu schützen. Die Prozession musste abgebrochen, Pharao und Königin unter Zurückdrängung der Bevölkerung in den Palast zurückbegleitet werden.

Fassungslos ließ Haremhab sich die Depesche mehrfach von mir vorlesen, bis er sich schließlich fluchend von seinem Stuhl erhob und zornig in seinem Arbeitszimmer auf und ab schritt.

„Ich kann es nicht fassen. Dieser Narr. Jeder hat ihn gewarnt, diesen Träumer und Weltverbesserer. Mit seinen Visionen hat er Ägypten in Brand gesteckt. Es war doch klar, dass die Amunpriester irgendwann reagieren, sich ihren Machtverlust nicht kampflos gefallen lassen. Und sie haben Rückhalt in der Bevölkerung, die Amun und nicht Aton will. Kein Mensch kann Traditionen und Ordnungen, die seit Jahrhunderten gewachsen sind, von heute auf morgen umstoßen. Und anstatt jetzt dazustehen und für seine Pläne zu kämpfen wie ein Mann, fällt unser Pharao in Krampfanfälle und Fieberwahn. Letztendlich ist es wieder an der Königinwitwe, Ordnung zu schaffen." Haremhabs Blick streifte mich einen Augenblick verächtlich, als wollte er etwas zu mir sagen. Doch dann winkte er abwertend mit der Hand. Was sollte er mit einem Wurm wie mir auch reden. Ich verstand von alldem ohnehin nichts, und es ging mich auch nichts an, denn ich war nur ein Hethiter.

Den Befehl, den die Depesche des königlichen Hofs enthielt, noch einmal durchdenkend, nickte Haremhab schließlich. „Die Königinwitwe hat recht. Jetzt geht es nicht mehr um die Götter Ägyptens, jetzt geht es um die Macht im Staat. Nun gibt es kein Zurückweichen mehr, denn das wäre ein unverkennbares Zeichen von Schwäche. Jetzt muss der Wille Pharaos durchgesetzt werden."

Am nächsten und den folgenden Tagen wurden überall im Land die Tempel der altehrwürdigen Götter Ägyptens gestürmt, die Götterstatuen zerschlagen und deren Schätze beschlagnahmt. Besonders schlimm wüteten die Soldaten Pharaos im Karnaktempel, dem Heiligtum Amuns. Hier ließen sie keinen Stein auf dem anderen. Die heilige Statue des Gottes aber konnten sie nicht finden. Diese hatten die Priester Amuns rechtzeitig in Sicherheit gebracht und versteckt, ein Zeichen, das der Bevölkerung Hoffnung für die Zukunft gab.

Viele Amunpriester, denen man eine Verschwörung gegen Pharao vorwarf, wurden, soweit man ihrer habhaft werden konnte, je nach Schwere der Schuld hingerichtet oder, nachdem man ihnen Nase und Ohren abgeschnitten hatte, in Steinbrüche gesteckt. All dies ordnete Königin Teje an, während Pharao das Krankenbett hütete und im Fieber wild phantasierte.

Auch mein Herr nahm mit der Garnison des Ptah an der Säuberungsaktion teil. Wie viel Blut er in diesen Tagen vergoss, vermag ich nicht zu sagen, aber als er zurückkehrte, sah ihm jeder an, dass es ihm keine Freude bereitet hatte, gegen das eigene Volk zu kämpfen.

Ich saß im Hof der Villa und spielte gerade mit meiner Kleinen, als er blutverschmiert, staubig und verschwitzt mit seinem Streitwagen vorfuhr. Amenia, die herbeieilte und ihn auf den Stufen des Hauses empfing, zog ihn liebevoll an sich. Man sah ihm an, dass er ihres Trostes dringend bedurfte.

„Es ist Blut, welches Pharao vergossen hat, das an meinen Händen klebt", meinte er zornig. Ich glaube, an diesem Tag begann er zum ersten Mal an der Göttlichkeit und Unfehlbarkeit Pharaos zu zweifeln.

12.

Nach der Schließung, teilweisen Schleifung der alten Tempel, der Zerschlagung der alten Götterstatuen, allen voran die des Amun, und Einziehung der Ländereien und des Goldes und Silbers, das in den Tempeln lagerte, der Vertreibung oder gar Verhaftung vieler Priester, insbesondere der übermächtig gewordenen Amunpriester, herrschte im Land eine Schockstarre. Die Bevölkerung hielt den Atem an und wartete auf die Strafe der Götter, die der Ketzerpharao, wie sie Amenophis IV. nun nannten, auf Ägypten herabbeschworen hatte. Doch die Nilschwemme setzte pünktlich und reichlich ein. Es gab keine Dürre. Auch keine Seuche oder Plage erschütterte das Land. Nur die entkommenen Amunpriester hörten nicht auf, die Bevölkerung aufzuhetzen und vor der Rache der Götter zu warnen.

Nach der zwangsweisen Schließung der Tempel weilte mein Herr Haremhab immer öfter in Theben, um sich dort mit anderen Heerführern, hohen Beamten und der Königinwitwe zu beraten, während die große königliche Gemahlin Nofretete am Bett ihres Gemahls saß und auf dessen gesundheitliche Wiederherstellung hoffte. In dieser Zeit hielt Teje die Zügel des Reichs gemeinsam mit ihrem Bruder Eje fest in ihren Händen. Und sie griff mit unnachsichtiger Härte durch, sobald sich irgendwo Widerstand gegen die königlichen Anordnungen zeigte.

Wenn Haremhab nach Memphis zurückkehrte, brachte er stets Neuigkeiten mit, doch selten waren es gute. Es brodelte unter der Oberfläche überall im Land, geschürt durch die im Geheimen arbeitende Amunpriesterschaft, da diese von den Maßnahmen des Throns besonders hart betroffen war.

Allmählich, so erfuhren wir, erholte sich Pharao. Mit seiner Genesung reifte der Entschluss in ihm, Theben, dem alten

Machtzentrum ägyptischer Größe für immer den Rücken zu kehren und anderweitig, fernab der Erinnerungen an die alten Traditionen, eine neue Hauptstadt zu gründen, in der nur sein Gott Aton verehrt werden würde. Das unbelehrbare Volk würde irgendwann erkennen, dass er auf dem richtigen Weg war und es nur einen Gott gab – Aton. Alle anderen Götter waren Lug und Trug. Er beauftragte mehrere Architekten und Baumeister zwischen Memphis und Theben einen Ort zu finden, in der seine neue Hauptstadt erblühen konnte. Hierher sollten, sobald die ersten Gebäude standen, die Großen und Mächtigen des Reichs ihre Paläste bauen und Theben dadurch in der Bedeutungslosigkeit versinken.

Bald war ein geeigneter Platz gefunden, und Pharao selbst legte mit seiner Königin den Grundstein für den neuen Atontempel und den neuen großräumigen Königspalast. Er und seine Königin Nofretete sollten künftig die einzigen Mittler zwischen dem Gott und den Menschen sein, die Priester des Aton nur noch Diener des Gottes ohne Anspruch, den Willen Atons ergründen zu können.

Und mein Herr, er stieg weiter die Stufen zur Macht empor, wurde von Pharao zum Vorsteher der Rekruten beider Länder und auf Tejes Wunsch zum Vorsteher der Generäle beider Länder ernannt. Er war nun der unumstrittene Herr über die königliche Armee, die ausschließlich seinem Oberbefehl unterstand. Und er war nur noch an die Weisungen Pharaos gebunden. Niemand sonst hatte ihm mehr militärische Befehle zu erteilen, außer im Verborgenen vielleicht die Königinwitwe Teje. Doch allzu glücklich machte ihn sein Aufstieg, den er letztendlich Königin Tejes Einfluss zu verdanken hatte, nicht. Denn die einst so siegreichen Armeen Pharaos wurden nun dazu herangezogen, die Stadt Atons, Achet-Aton, aus dem Wüstensand erstehen zu lassen. Nicht der militärische Drill, sondern das Klopfen und Heranschaffen von Steinen wurde die erste Aufgabe der Soldaten. In nur drei Jahren standen die wichtigsten Gebäude der Stadt, und schnell begriffen die Adligen, Beamten und Schreiber Thebens, dass sie sich in der künftigen Stadt des Pharaos niederlassen und dorthin ihren Wohnsitz verlegen mussten, wollten sie nicht an Macht und Einfluss verlieren. So begann in der neuen Stadt eine rege Bautätigkeit. Nur mit Genehmigung Pharaos durften die Würdenträger des Reichs innerhalb der Stadtgrenzen ihren Palast errichten, denn Pharao wollte künftig nur Atontreue um sich wissen. Alle anderen durften sich nur außerhalb der Stadt niederlassen.

Nach der Fertigstellung des Palasts und des Atontempels zog Pharao in einer feierlichen Prozession nach Achet-Aton um. Sein Hofstab, allen voran der Bruder Tejes, Eje, folgte und richtete sich notdürftig bis zur Fertigstellung der eigenen Paläste in Pharaos Nähe ein.

Zur Einweihung des Atontempels vollzog Pharao einen endgültigen Bruch mit der Tradition seiner Vorgänger und änderte seinen Thronnamen von Amenophis IV. in Echnaton. Nichts sollte mehr an die Vergangenheit erinnern. In Achet-Aton sollte ein neues Kapitel der ägyptischen Geschichte geschrieben werden. Pharao Echnaton glaubte fest an diesen Neuanfang. Nur die Tatsache, dass Königin Teje sich weigerte, nach Achet-Aton umzuziehen, dämpfte die Euphorie Pharaos. Die Königinwitwe verblieb im alten Königspalast von Malkatta, fern der Macht, aber nahe an den Umtrieben der untergetauchten Amunpriesterschaft, die sie durch ihre Spione beobachten ließ.

Auch mein Herr begann den Bau eines Palasts innerhalb der Stadtgrenzen Achet-Atons. Meine Aufgabe bestand mehr und mehr darin, die Soldaten Pharaos für die einzelnen Bauvorhaben einzuteilen, damit überall gleichzeitig gebaut werden konnte. So entstand die Stadt Achet-Aton in einer außergewöhnlichen Kraftanstrengung innerhalb kürzester Zeit, und die alte Reichshauptstadt Theben fiel in einen tiefen Schlaf. Pharao war glücklich. Doch er übersah in seinem wahr gewordenen Traum, dass Achet-Aton nichts weiter als eine Insel der Illusionen war, er sich fast ausschließlich mit Schleimern und Speichelleckern umgab, die die wahren Gegebenheiten im Land vor ihm zu verbergen suchten. Der Wesir Eje und Haremhab waren vermutlich die Einzigen, die dem Pharao unangenehme Tatsachen zutrugen. Doch auch sie mussten vorsichtig sein, denn unangenehme Botschaften lösten bei Pharao stets Krampfanfälle und Fieberschübe aus, die ihn oft mehrere Wochen ans Bett fesselten.

In dieser Zeit raufte mein Herr sich allzu oft die Haare, denn die Nachrichten, die von den Verbündeten Ägyptens aus den syrischen und phönizischen Küstenstädten nach Achet-Aton drangen, waren mehr als besorgniserregend. Dort braute sich ein Unwetter zusammen, das eigentlich einer schnellen Antwort bedurft hätte. Doch Pharao wollte von militärischen Auseinandersetzungen nichts wissen. Er vertraute arglos den Freundschaftsbekundungen seiner Nachbarn. Nicht das geringste Misstrauen wollte in ihm wachsen.

All dies erfuhr ich durch Gespräche, die in Haremhabs Haus geführt wurden, denn in diesen Tagen weilte Eje oft im Palast Haremhabs, um zu beraten, wie man der heranwachsenden Bedrohung an den Grenzen Herr werden könnte. Vieles blieb mir jedoch auch verborgen, denn so viel wie in früheren Tagen konnte ich nicht in Erfahrung bringen, da mein Herr für seine heikle Korrespondenz zwischenzeitlich einen Geheimschreiber namens Semataui angestellt hatte, der mehr als nur zurückhaltend und verschwiegen war.

Eine andere Nachricht ließ meinen Herrn für einige Zeit seine Sorgen in den Hintergrund treten, denn die Herrin Amenia war noch einmal schwanger geworden. Niemand hatte mehr damit gerechnet, denn nach ihrer Fehlgeburt hatten die Ärzte ihr wenig Hoffnung auf ein weiteres Kind gemacht. Nun war es doch geschehen, und schon bald mischte sich in die Freude auch Sorge um die Gesundheit der Herrin. Wir alle hofften für sie, denn sie war die gute Seele des Hauses und die Einzige, die Haremhabs Launen besänftigen konnte. Wenn ihr etwas geschehen würde, wäre das für alle Sklaven des Hauses ein schwerer Verlust.

Eines Morgens, es war gerade ein Bote aus einer der nördlichen Garnisonen eingetroffen, dicht gefolgt von einem Boten Königin Tejes, ließ Haremhab mich zu sich rufen.

„Pack dir ein paar Sachen zusammen, Hethiter. Wir reisen morgen früh nach Theben, zu einer Audienz mit Königin Teje. Wir werden nicht lange bleiben, also nimm nicht allzu viel mit."

„Ja, Herr", antwortete ich gehorsam, nicht wissend, was ich von dieser Entwicklung halten sollte. „Aber die Bauarbeiten, Herr. Wer soll die in der Zwischenzeit koordinieren?", wagte ich schließlich doch zu fragen.

„Das ist geregelt. Einer meiner Heerführer wird dies während unserer Abwesenheit übernehmen. Erkläre ihm später alles Wichtige. Er wird dich schon gut vertreten. Oder glaubst du, dass du unersetzlich bist", zischte er mich an.

„Nein, Herr", antwortete ich sofort. „Natürlich nicht."

„Das ist auch gut so, denn du bist es nicht. Und noch etwas. Kein Wort zu irgendjemandem, wohin wir reisen. Hast du das verstanden? Auch nicht zu deiner Mutter oder deiner Frau."

„Ja, Herr", antwortete ich sofort, denn ich wollte nicht noch einmal angeranzt werden. Haremhab war in miserabler Stimmung. Wir Sklaven wussten zwischenzeitlich alle, dass wir in diesen Augenblicken besser nichts weiter fragten oder gar widersprachen. Das konnte gefährlich werden. Daher verließ ich so schnell wie möglich den Raum. Doch sobald ich die Tür hinter mir geschlossen hatte, begann ich über das Gesagte nachzudenken. Warum sollte ausgerechnet ich ihn begleiten und nicht sein Leibdiener? Es war ein offenes Geheimnis, dass er mich nicht besonders mochte. Warum wünschte er dann meine Gegenwart? Mir kam die seltsame Reise nach Theben Jahre zuvor in den Sinn, auf die ich mir seinerzeit ebenfalls keinen Reim hatte machen können. Und nun wieder diese merkwürdige Begebenheit. In mir stieg eine böse Vorahnung empor. All dies konnte nichts Gutes bedeuten. Doch was sollte ich mir im Vorfeld Gedanken machen. Ich würde noch früh genug erfahren, was all dies auf sich hatte.

13

Wir legten die Reise nach Theben abermals mit einem Nilschiff zurück. Sie verlief ohne besondere Vorkommnisse. Haremhab wurde von der Palastwache am Tor freundlich empfangen. Sie kannten den General von seinen zahlreichen Besuchen inzwischen gut. Er erhielt ein Zimmer im Palast zugewiesen, während man mir die Sklavenunterkunft zeigte, in der ich zu nächtigen hatte. Der General wurde sogleich bei der Königinwitwe vorgelassen und ließ mir nach der Audienz ausrichten, dass ich mich am nächsten Morgen bei ihm einfinden solle, um mit ihm vor Königin Teje zu treten. Das miese Gefühl im Bauch, das mich seit Beginn der Reise beschlichen hatte, verstärkte sich. Ich spürte es deutlich. Irgendetwas braute sich hier zusammen, das mehr oder weniger mich betraf. Und es konnte nichts Gutes sein.

Pünktlich am nächsten Morgen fand ich mich mit meinem Herrn vor dem Audienzsaal der Königinwitwe ein, und es dauerte nicht lange, bis der Zeremonienmeister uns ankündigte und wir vorgelassen wurden. Haremhab verneigte sich leicht vor der Königin, während ich mich vor ihr zu Boden warf und dort liegen blieb, bis der Mann, der etwas unterhalb Tejes Thron saß, mir erlaubte, mich zu erheben.

„Das ist er also, dein Sklave", meinte Eje, während sowohl er als auch die Königin mich misstrauisch von oben bis unten begutachteten.

„Ja," antwortete Haremhab. „Das ist er. Ich bin davon überzeugt, dass er uns nützlich sein kann."

„Ich erinnere mich, ihn vor ein paar Jahren schon einmal gesehen zu haben", meinte Teje, während ihr Blick mich weiter unbarmherzig abtastete. Ich kam mir vor wie ein Ochse auf dem

Markt, der vom Käufer genau untersucht wurde, ob Mängel zu finden seien.

„Du bist Hethiter und sprichst die Sprache deines Volkes?", fragte sie mich schließlich direkt.

„Ich wurde in Ägypten geboren, Majestät. Meine Eltern sind hethitischer Abstammung, und ja, ich spreche die Sprache dieses Volkes", antwortete ich vorsichtig.

Der Wesir Eje grinste bei meiner Antwort. Er verstand durchaus, was ich damit hatte sagen wollen. Ich fühlte mich nicht unbedingt als Hethiter, denn ich war in Ägypten geboren und hatte keinerlei Verbindung zu meinem Herkunftsland.

„Gut gesprochen", meinte er schließlich. „Doch die genauen Umstände tun jetzt und hier nichts zur Sache. General Haremhab meinte, dass du Ägypten und seinem Pharao nützlich sein kannst. Nach genauerem Betrachten gebe ich ihm recht. Du siehst nicht aus wie ein Ägypter, sondern man sieht, dass du einem anderen Volk entstammst, auch wenn du dich Ägypten und seiner Kultur offensichtlich verbunden fühlst. Was weißt du über die Kultur deines Volkes?"

„Meine Mutter hat versucht, mir als Kind die Götter ihres Landes näher zu bringen, Herr. Aber viel weiß ich nicht darüber."

„Gut", fuhr Eje nach kurzem Überlegen fort. „Du scheinst nicht unbedingt schwer von Begriff zu sein. Deshalb wirst du dich sicher schnell anpassen können. Du fragst dich sicher, warum du heute hier bist. Ich will es dir verraten. Pharao benötigt deine Dienste, und General Haremhab hat sich bereiterklärt, dich dem Land Ägypten zur Verfügung zu stellen. Wir haben beschlossen, dich als Kundschafter durch die syrischen und phönizischen Stadtstaaten weiter bis ins Reich der Hethiter zu senden, um herauszufinden, was dort vor sich geht. Bisher haben wir etliche ägyptische Kundschafter entsandt, doch keiner von ihnen kam zurück. Wir müssen leider davon ausgehen, dass sie entweder ermordet oder entdeckt und hingerichtet wurden oder anders ums Leben kamen. Es waren alles gute Männer, doch ihr Problem bestand wohl darin, dass sie eben auch wie Ägypter aussahen und die hethitische Sprache nur unzureichend beherrschten. Bei dir ist das etwas anderes. Du siehst nicht wie wir aus. Wenn du dir einen Bart stehen lässt, bist du von keinem Hethiter zu unterscheiden. Mit dir könnte es gelingen. Dir würde in den Schänken und Gasthäusern gewiss mehr zugetragen werden als Männern, die ihre ägyptische Herkunft nicht verleumden können. Wir haben vor, dich über die Küstenstädte Kleinasiens bis ins Reich der Hethiter zu senden, um für uns herauszufinden, was dort wirklich vor sich geht. Sowohl der König der Hethiter, Suppiluliuma, als auch unsere syrischen Vasallen senden Freundschaftsbekundungen nach Achet-Aton, denen Pharao Glauben schenkt. Von König Tuschratta, dem Herrscher über Mitanni, erhalten wir gegenteilige Meldungen. Er warnt uns immer wieder vor der Bedrohung, sowohl durch das Reich der Hethiter als auch durch das aufstrebende Reich der Assyrer. Um richtig zu reagieren, brauchen wir einen Einblick über die tatsächlichen Vorgänge in der Region. Du scheinst uns geeignet, das herauszufinden. Sieh her!"

Eje erhob sich von seinem Stuhl und trat an einen Tisch, auf dem eine riesige auf Papyrus gezeichnete Landkarte ausgebreitet lag. Ich folgte ihm mit Haremhab dorthin, während Königin Teje auf ihrem Thron sitzen blieb.

„Dies ist die Grenze Ägyptens. Hier liegen die Küstenstädte der Syrer und der Phönizier. Und das hier, das ist das Land deiner Väter. Zwischen ihm und Ägypten erstreckt sich das Land Mitanni, sozusagen ein Puffer zwischen den beiden Großreichen. Und dies hier ist das Land der Assyrer, wenn du mich fragst, ein Reich, das dabei ist, zum Großreich aufzusteigen und dessen Machthunger irgendwann nicht mehr zu bremsen sein wird. Wir wollen, dass du die Küstenstädte entlang als Kaufmann verkleidet bis ins Reich der Hethiter vorstößt und alles an Informationen sammelst, was du in Erfahrung bringen kannst. An deine Seite stellen wir einen nubischen Rekruten, den du als deinen Sklaven ausgeben wirst. Er ist kampferfahren und absolut zuverlässig und als Nubier auch nicht allzu auffällig, gibt es doch überall in den syrischen Städten nubische Sklaven. Außerdem war er, ebenso wie du, teilweise schon einmal in der gesamten Region. Er kennt unsere Verbindungsleute in den einzelnen Städten, die Nachrichten weiterreichen können und euch im Ernstfall, falls möglich, auch zur Flucht verhelfen werden, solltet ihr als Spione enttarnt werden. "

Forschend fiel Ejes Blick auf mich, als er geendet hatte, schien sich förmlich in meine Gedanken bohren zu wollen. Und mir wurde mit einem Mal sehr vieles klar, was zuvor keinen rechten Sinn ergeben hatte. Darum also hatte ich die Sprache der Hethiter, gefördert von Haremhab, lernen sollen und vielleicht sogar das Lesen und Schreiben. Darum hatte er mich auf seine Inspektionsreise in den Norden mitgenommen und bei meinem misslungenen Fluchtversuch nicht hinrichten lassen. All das ergab plötzlich ein Bild. Alles war ein seit langem geplantes Unternehmen. Und ich stand im Mittelpunkt dieses Unternehmens, sozusagen das Lamm, das zur Schlachtbank geführt wurde, denn was mit Spionen geschah, die erwischt wurden, war hinlänglich bekannt. Nicht selten bekamen Herrscher, deren Spione entdeckt wurden, nicht nur den Kopf, sondern auch die bei lebendigem Leib abgezogene Haut ihrer Kundschafter übersandt. Sollte das mein Schicksal werden?

Ein anderer Gedanke schoss mir plötzlich durch den Kopf. Vielleicht war dies alles aber auch ein Wink der Götter, die mir den Weg in die Freiheit wiesen. Wenn ich diesen Nubier, der zweifellos auf mich aufpassen sollte, abschütteln könnte, dann könnte ich vielleicht in meinem Mutterland für immer untertauchen und endlich frei sein, mein Leben selbst bestimmen.

Es war Haremhabs Stimme, die mich je aus diesem kurzen Traum riss.

„Du siehst, Hethiter, wir haben alles perfekt geplant. Und als Unterpfand für deine Treue und Loyalität dient mir nicht nur deine Mutter, die durch ihr Alter keinen allzu großen Wert mehr darstellt, sondern auch deine kleine Tochter, der du ganz offensichtlich sehr zugetan bist. Solltest du an Verrat denken, dann wird sie es büßen."

Ich schluckte, musste mich am Tisch festhalten, um nicht in die Knie zu sacken. Myhra und das Kind, das sie unbedingt von mir haben wollte, um mich dann schnell für immer vergessen zu können. Mir schien es, als würde man mir das Herz aus der Brust reißen, während ich in die menschlichen Abgründe blickte, die mich umgaben. Das schmierige Lächeln, mit dem Haremhab mich in diesem Augenblick bedachte und mit dem er seine völlige Überlegenheit mir gegenüber zum Ausdruck brachte, werde ich nie vergessen. Wenn wir in diesem Augenblick allein gewesen wären, ich hätte ihn getötet, gleichgültig mit welchen Konsequenzen ich danach hätte rechnen müssen. Doch wir waren nicht allein. Eje und Teje, nach Pharao wohl die zwei mächtigsten Menschen des Reichs, beobachteten mich genau. Schließlich war es Eje, der mir freundschaftlich den Arm um die Schulter legte und meinte. „Keine Sorge. Wir werden deine Tochter wie unseren Augapfel hüten."

„Und wenn mir etwas zustößt und ich nicht zurückkehren kann?", begehrte ich geschlagen zu wissen.

„Dann…", begann Haremhab. Doch Eje gebot ihm mit einer Handbewegung zu schweigen.

„Dann wird deine Tochter bei mir und meiner Gemahlin Ti in den besten Händen sein. Darauf gebe ich dir mein Wort, Hethiter."

Was blieb mir anderes übrig als einzuwilligen, zu tun, was von mir gefordert wurde. Schließlich liebte ich Saa mehr als mein Leben. Doch der Ekel, der mich beim Begreifen dieser gemeinen Intrige erfasst hatte, wollte mein Leben lang nicht mehr weichen. Hier wurden Menschenleben einfach in den Ring geworfen, um die eigenen Interessen zu wahren, Machthunger und Gier zu befriedigen. Ich fühlte den Schmutz um mich herum förmlich auf meiner Haut brennen. Nie wieder sollte ich einem Menschen ohne Misstrauen begegnen können.

14.

Im Haus Haremhabs in Achet-Aton traf ich mit Semptah zusammen, jenem nubischen Rekruten, mit dem ich die Kundschafterreise entlang der syrischen Küste bis nach Hattussa unternehmen würde. Er war ein kräftig gebauter Mann mit Arm- und Beinmuskeln, denen deutlich das tägliche Training anzusehen waren. Er hatte große, braune, freundliche Augen, die einen anzulächeln schienen. Diese täuschten mich jedoch nicht darüber hinweg, dass er keinen Augenblick zögern würde, mir die Kehle aufzuschlitzen, sollte ich mich unterwegs meinem Auftrag entziehen wollen, denn zum Töten war er ausgebildet worden. Ansonsten schien er mir eher mit einem einfältigen Gemüt gesegnet zu sein, das mit einer gewissen Gutmütigkeit versehen war. Dass ich mit dieser Einschätzung seiner Person falsch lag, sollte ich noch früh genug erfahren.

Ich hatte mir in der Zwischenzeit meine Haare und einen Bart wachsen lassen, wie es bei den Hethitern üblich war, so ganz anders als hier in Ägypten, wo sich nicht nur die Priester, sondern auch viele Privatleute den Kopf rasierten und ihre Haarpracht durch Perücken ersetzten. Auch hatte ich meinen Lendenschurz mit einem aus feiner Wolle gewebtem langem, wallendem Gewand getauscht. Niemand würde mehr einen Ägypter in mir vermuten.

Nicht nur Haremhab sondern auch der Wesir Eje waren bei diesem Treffen zugegen. Beide unterwiesen uns noch einmal in unseren Auftrag, worauf wir unterwegs achten und wie wir uns verhalten sollten. Sie betonten erneut die Wichtigkeit des Unternehmens, denn nur wenn wir Beweise für eine ernsthafte Bedrohung Ägyptens durch die asiatischen Städte sowie die hethitischen oder assyrischen Streitkräfte finden könnten, wäre Pharao vielleicht davon zu überzeugen, dort militärische

Präsenz zu zeigen. Im Augenblick lehnte er jede militärische Auseinandersetzung strikt ab.

Schon am nächsten Morgen machten wir uns mit einer ägyptischen Dhau auf den Weg ins Nildelta, wo wir uns einer Karawane, die nach Norden unterwegs war, anschließen sollten.

Der Abschied von meiner Tochter war mir schwergefallen, da ich nicht wusste, ob ich sie je wiedersehen würde. Eine Reise über Land war gefährlich, denn es gab unterwegs überall Räuberbanden, die die reichen Karawanen überfielen, die mitgeführten Waren an sich rissen und Überlebende eines solchen Überfalls entweder töteten oder als Sklaven verkauften. Genauso war es einst meinen Eltern ergangen. Ebenso bestand die Gefahr, dass wir unterwegs als Spione entlarvt und als Abschreckung für andere grausam hingerichtet werden würden. Auch Krankheiten, die ganze Karawanen befielen, waren nicht selten. Es gab also viele Gründe, die mich von einer Rückkehr abhalten konnten.

Der Abschied von meiner Mutter war weniger emotional verlaufen, denn seit dem Zwischenfall in meiner Jugend, als sie sich dem Verwalter General Mins hingegeben hatte, hatte sich die alte Vertrautheit zwischen uns nie wieder eingestellt. Von meiner Ehefrau verabschiedete ich mich gar nicht, hatte sie sich doch als Haremhabs Werkzeug herausgestellt, und diese Ehe hatte keinem anderen Zweck dienen sollen, als mich durch ein Kind emotional zu binden. Ich hätte sie dafür hassen sollen, doch ich tat es nicht, denn ich wusste nicht, ob es ihr möglich gewesen wäre, sich seinen Plänen als seine Sklavin zu widersetzen. Sie war mir einfach nur gleichgültig.

In Sile, einer ägyptischen Hafenstadt im Nildelta, die unsere erste Station war, erwarben wir mehrere feine ägyptische Stoffe und kunstvoll gefertigten Silberschmuck. Mit diesen Waren wollten wir in Hattussa Handel betreiben. An Silberkiten hierfür mangelte es uns nicht, denn Semptah war von Eje mit ausreichenden finanziellen Mitteln versorgt worden. Mir hatte man, offensichtlich aus Furcht vor Flucht oder Verrat, nichts gegeben. Es reichte, wenn mein „Sklave" Semptah die nötigen Mittel mit sich führte, um dieses Unternehmen zu einem erfolgreichen Abschluss zu bringen.

In Sile kamen wir in einer billigen Herberge unweit des Hafens unter, in der viele Seeleute aus aller Herren Länder ihr Bier tranken und nach etlichen Bechern oft gesprächig wurden, besonders dann, wenn ihnen jemand ein bis zwei Becher ausgab. Mit anderen zu zechen und sie dabei geschickt auszuhorchen, wenn sie genügend getrunken hatten, hierfür schien der Nubier ein richtiges Talent zu besitzen, denn er war nicht nur sehr trinkfest, sondern machte dies, wie ich bald vermutete, nicht zum ersten Mal. Schon in Sile kam uns darum bald zu Ohren, dass viele der syrischen und phönizischen Stadtstaaten mit der Ernennung Abu Milkis zum Generalgouverneur durch Pharao über die gesamte Region unzufrieden waren, und besonders einer, Aziru, sich dabei übergangen fühlte und nun Hass und Hetze schürte. Doch die ägyptischen Spione wären wohl ihrer Aufgabe nicht gerecht geworden, wenn sie dieses Wissen nicht bereits an Pharaos Hof getragen hätten.

Nach nur zwei Tagen fanden wir eine Karawane Richtung Norden, die bereit war, uns bei sich gegen ein entsprechendes Entgelt aufzunehmen. Gemeinsam folgten wir der Küste und machten in den größeren Städten wie Gaza, Askalon, Zakkari, eine Stadt, in der sich hauptsächlich Seevölker angesiedelt hatten, Tyros, Berut, Byblos, Eleutheros, Simyra, Arvad, Ugarit, einer Stadt, die häufig von Piraten heimgesucht wurde, und schließlich Alalach, einer Stadt unweit der Grenze zum Hethiterreich, halt. In jeder Stadt sprachen wir mit den Bewohnern, angeblich, um uns zu informieren, wie sicher unsere weitere Reise verlaufen würde. Und die Leute in den Tavernen, Herbergen oder an Ständen, an denen wir etwas Benötigtes erwarben, redeten gerne und viel, da sie mich tatsächlich für einen hethitischen Kaufmann hielten, der mit seinen Waren aus Ägypten kam, um diese in Hattussa zu verkaufen. Semptah versäumte es auch nicht, in jeder größeren Stadt ein Bordell aufzusuchen, da angeblich an diesen Orten mehr als anderswo geredet wurde. Ich vermutete jedoch bald, dass es ihm weniger um die Informationen als um sein persönliches Vergnügen ging. Nicht selten bot er mir an, mich mitzunehmen und auch für mich zu bezahlen. Doch ich lehnte dies stets ab. Und schließlich fragte er nicht mehr, sondern war für sich zu dem Schluss gekommen, dass ich mir offensichtlich nichts aus Frauen mache.

Eins hatten wir nach unserer Reise bis Alalach mit Gewissheit herausgefunden. Es gärte in der gesamten Region, die sich in zwei Lager gespalten hatte. Die einen unterstützten Aziru von Amurru, dessen Kleinreich am oberen Orontes lag, und der die Ernennung Abu Milkis zum Generalgouverneur als Provokation Ägyptens empfand. Andere Städte, darunter Simyra und Byblos, standen treu zu Ägypten und seinem Pharao, dem sie Vasallentreue geschworen hatten. Doch all dies, davon war ich überzeugt, war ebenfalls am Hof Pharaos längst bekannt. Es bedurfte jedenfalls keines Sklaven wie mich, um an diese Informationen zu gelangen. Als ich Semptah darauf ansprach, stimmte er mir zu.

„Gewiss ist all das Männern wie Haremhab und Eje, aber auch Königin Teje bekannt. Sie wissen genau, wie sehr es in dieser Gegend rumort und dass ägyptische Präsenz in Form von Truppen dringend erforderlich wäre. Doch Pharao glaubt weiter an die Freundschaftsbekundungen Azirus von Amurru und dem syrischen Fürsten Itakuma von Kadesch und lässt sein Militär in Achet-Aton weiter Paläste bauen. Haremhab hingegen ist davon überzeugt, dass sich die beiden mit den Hethitern verschworen haben und es schon bald zu Eroberungsfeldzügen kommen wird. Deshalb sind wir unterwegs nach Hattussa, um herauszufinden, was dort vor sich geht. Nach Hattussa kann sich im Augenblick kein Ägypter wagen. Etliche unserer

Kundschafter sind enttarnt und grausam hingerichtet worden. Man hat Pharao nicht nur ihre Köpfe, sondern auch ihre Häute gesandt. Nur hat es am Hof niemand gewagt, Pharao diese zu präsentieren aus Angst davor, Echnaton, wie er sich seit seinem Umzug nach Achet-Aton nennt, könnte einen neuen Anfall erleiden und wieder wochenlang von Fieberträumen geplagt werden. Die ganze Situation ist äußerst verzwickt, und es ist unsere Aufgabe, Licht in die Angelegenheit zu bringen, bevor der militärische Konflikt losbricht. Man will in Achet-Aton wissen, ob wir es nur mit Azirus und Itakuma zu tun bekommen werden, oder ob wir auch mit einem Angriff der Hethiter rechnen müssen. Darum brauchen wir dich, einen Hethiter, der in Hattussa nicht auffällt."

Semptah klopfte mir freundschaftlich auf die Schulter. „Das wird schon, mein Freund. Niemand wird dich für etwas anderes halten als einen Hethiter. Wir werden unseren Auftrag erfüllen und sicher nach Ägypten zurückkehren."

Er schien überzeugt. Ich hingegen nicht. Und meine Befürchtungen sollten sich sehr schnell bewahrheiten.

In der Nacht vor unserer geplanten Weiterreise schliefen wir zu zweit in der gemieteten Kammer einer Herberge außerhalb der Stadt, in der viele Kaufleute Station machten, bevor sie die hethitische Grenze überschritten. Eine merkwürdige Unruhe hatte mich in dieser Nacht erfasst, die mir den Schlaf raubte. Furcht vor dem Unbekannten mischte sich mit der Aufregung, die mich befiel, wenn ich mir verinnerlichte, dass ich am nächsten Tag die Grenze zu meinem Heimatland überschreiten würde. Wie würde es in dem Land, aus dem meine Vorfahren stammten, wohl aussehen?

Ein Knarren an der Tür ließ mich aufhorchen. Jemand öffnete leise die Tür zu unserer Kammer und schloss sie schnell wieder hinter sich. Wir waren nicht mehr allein. Eine fremde Person befand sich im Raum, und ich zweifelte keinen Augenblick daran, dass sie nichts Gutes im Sinn hatte. Angespannt lauschte ich nach jedem Geräusch, das ich wahrnehmen konnte. Jemand schlich durch den Raum und näherte sich Semptah, der vom Bier berauscht, tief zu schlafen schien. Im Schein des Mondes, der unsere Kammer erleuchtete, sah ich, wie die fremde Person ein Messer zückte und ausholte, um dem Nubier die Klinge ins Herz zu stoßen. Einen Augenblick lang war ich wie gelähmt. Doch dann wusste ich, dass ich handeln musste, denn die nächste Person nach Semptah, die sterben würde, wäre ich. Ich griff nach einem Holzschemel neben meinem Lager, machte blitzschnell einen Satz nach vorne und hieb dem Eindringling den Schemel mit aller Kraft über den Kopf. Leicht benommen ließ dieser für einen Augenblick das Messer sinken. Dieser Moment genügte Semptah, von den Geräuschen geweckt, die Situation zu erfassen. Seine Hand schnellte hervor und griff nach der Kehle des Angreifers. Behände wie eine Raubkatze schnellte er empor und warf sich auf den Gegner, die Hand noch immer fest um dessen Gurgel. Bald ließ der Fremde, nach Luft ringend, das Messer fallen. Wenig später verlor er das Bewusstsein.

„Schnell", flüsterte Semptah. „Gib mir einen Lumpen, mit dem wir ihm das Maul stopfen und einen Strick, mit dem wir ihn binden können. Und dann pack unsere Sachen. Wir müssen sofort aufbrechen. Den hier nehmen wir mit. Ich muss wissen, warum er uns überfallen hat, ob er durch Zufall auf uns gestoßen ist oder, was ich eher befürchte, er auf uns aufmerksam geworden ist, weil wir zu viel gefragt haben."

Unsere Sachen waren schnell gepackt. Während Semptah auf einer Treppe an der Rückseite des Hauses unsere Sachen und den in eine Decke gewickelten Gefangenen nach unten schleppte und im Stall unsere Pferde und Packesel holte und belud, weckte ich den überraschten Wirt, bezahlte unsere Rechnung, und wir verließen den Gasthof auf einer Straße Richtung Osten, die ins Taurusgebirge führte.

Wir waren gut eine Stunde geritten, als Semptah vom Weg abbog und in den Wald ritt.

„Jetzt wollen wir doch einmal sehen, wer uns da das Licht auslöschen wollte", meinte er grinsend, während er plötzlich auf einer Lichtung hielt und den in die Decke gewickelten Gefangenen unsanft vom Esel hob und auf den Boden warf. Schnell war der Mann aus der Decke geschält, und Semptah entfernte den Knebel.

„Machen wir nicht lange herum, mein Freund", meinte er, das Gesicht unseres Gefangenen genauer betrachtend. Der Fremde mochte um die vierzig Jahre sein, seinem Aussehen nach ein aus der Region stammender Mann. „Wer hat dich geschickt? Und warum ausgerechnet wir? Antworte!"

Ein Tritt in die Rippen des Mannes unterstrich die Frage Semptahs. Doch der Mann grinste meinen Begleiter nur zynisch an und spuckte nach ihm.

„Wie du willst", meinte der Nubier gelassen. „Ich hätte dir das gerne erspart. Aber ganz offensichtlich bestehst du darauf."

Der Nubier zog sein Messer hervor, bog den Kopf des Gefesselten zur Seite und schnitt ihm mit einer schnellen Bewegung das rechte Ohr ab. Es landete in einem nahegelegenen Gebüsch. Der Mann schrie, im ersten Moment mehr vor Schreck als vor Schmerz, auf. Der eigentliche Schmerz folgte erst einige Augenblicke später.

„Wir können hier Stunden so weitermachen, wenn es sein muss. Das liegt an dir. Also? Warum wir? Wer hat dich geschickt? Für wen arbeitest du?"

Angewidert wandte ich den Blick ab. Mir drehte sich ob der Verletzung, die Semptah dem Mann zugefügt hatte, der Magen um.

„Sei froh, dass du nicht gefrühstückt hast, Hethiter", scherzte er amüsiert, während er den Gefangenen mit einem neuen Tritt in den Magen traktierte.

„Nun gut!" Erneut wandte er sich dem Gefangenen zu, der trotz seiner Schmerzen verstockt am Boden lag. „Dann machen wir eben weiter. Vergiss nicht. Du hast es so gewollt."

Ohne Zögern packte er den Kopf des wehrlosen Mannes und schlitzte den einen Nasenflügel seitlich auf, sodass dieser nur noch lose am Kopf hing. Ein lauter Schrei durchdrang den Wald, in dem wir Halt gemacht hatten.

„Sollen wir weitermachen, oder sagst du mir jetzt, was ich wissen will? Liegt ganz bei dir."

Außer einem kläglichen Wimmern war dem Mann nichts zu entlocken.

„Muss das wirklich sein?", fragte ich Semptah angeekelt. Ich hatte nie daran gezweifelt, dass er töten konnte und würde. Doch diese Grausamkeiten waren für mich schwer zu ertragen.

„Ja", antwortete er entschlossen. „Wir können nicht sicher weiterreisen, wenn wir nicht wissen, wie dieser Mann auf uns aufmerksam wurde und für wen er arbeitet. Dies ist ganz sicher kein gewöhnlicher Räuber, sondern ein Spitzel." „Also", fuhr er an den Mann gewandt fort. „Sollen wir weitermachen oder redest du?"

„Kein Wort wirst du aus mir herausbekommen, Nubier, das schwöre ich bei meinen Göttern", zischte der Mann, den Schmerz unterdrückend. „Verrecken sollt ihr, für wen immer ihr auch unterwegs seid. Sie werden euch bekommen und häuten."

Semptah lachte kalt. „Auch darauf verstehe ich mich. Wenn du es bevorzugst, so zu sterben, bitte."

Langsam und bedächtig machte er sich daran, vier als Pflöcke geeignete Holzteile im Wald zu suchen und in einem Rechteck tief in den Boden zu rammen. Kreidebleich verfolgte der Gefangene sein Tun.

„Du willst ihn doch nicht wirklich…?"

„Warum nicht. Offensichtlich steht er auf solche Behandlung, da er sie uns wünscht, Khafra. Also wollen wir ihm diesen Gefallen tun. Hilf mir, ihn zwischen den Pflöcken festzuzurren. Danach kannst du dich entfernen, wenn dein Magen derlei nicht verträgt."

Widerwillig gehorchte ich, den sich heftig wehrenden Mann zu fixieren. Dann half ich dem Nubier noch, die Kleider des Mannes aufzuschneiden, bis er nackt zwischen den Pflöcken hing. Erst danach entfernte ich mich schnellstmöglich. Aber die Schreie des Gefolterten, die durch den Wald drangen, folgten mir. Nie werde ich diese vergessen. Ich hätte es nicht für möglich gehalten, dass ein Mensch derart markerschütternde Laute von sich geben kann. Sie drangen mir durch alle Glieder. Und noch heute glaube ich sie in manchen Nächten zu vernehmen, wenn der Schlaf mich meidet.

Irgendwann wurde es still im Wald. Endlich! Als ich mich umwandte, um zurückzukehren, stand Semptah hinter mir und wischte sein blutiges Messer an den Blättern eines Baums ab.

„Mach nicht so ein Gesicht. Es musste sein. Und wir haben Glück. Ich bin ihm in der Wirtsstube durch meine Fragen aufgefallen. Doch er wollte seinen Verdacht wohl erst bestätigt sehen, bevor er andere davon unterrichtete. Es besteht also keine Gefahr. Außer ihm weiß niemand etwas. Und er wird niemandem mehr etwas sagen können. Wir können unsere Reise also fortsetzen."

Ich nickte nur, nicht fähig, mich weiter zu äußern.

Zurück auf der Lichtung konnte ich dann doch nicht anders, als einen Blick auf das zu werfen, was von dem Mann noch übrig war, ein Klumpen Fleisch, mehr nicht.

„Wir sollten ihn begraben, bevor wir weiterreiten", schlug ich vor. Doch Semptah schüttelte nur den Kopf.

„Überlassen wir den Rest von ihm den wilden Tieren. Sie werden außer ein paar Knochen nichts von ihm übriglassen", erwiderte Semptah und stieg auf sein Pferd. „Und Danke, Hethiter. Vermutlich hast du mir heute Nacht das Leben gerettet."

Ich schluckte schwer, nicht wissend, was ich darauf erwidern sollte. Vermutlich hatte meine Schlaflosigkeit nicht nur ihm, sondern auch mir das Leben gerettet. Doch diese Grausamkeit, die Semptah heute an den Tag gelegt hatte, wollte mir noch lange keine Ruhe gönnen. Ich war mir nun sicher, dass ich mit einem kaltblütigen Mörder unterwegs war.

Gemeinsam kehrten wir auf den Weg zurück und ritten in das Taurusgebirge hinein Richtung Norden, Hattussa, der Hauptstadt des Hethiterreichs, entgegen.

15

Da wir aufgrund der Ereignisse so überraschend aufbrechen mussten, reisten wir zum ersten Mal alleine, ohne schutzbietende Karawane. Dies hatte zwar den Nachteil, dass wir im Fall eines Überfalls auf uns gestellt sein würden, dafür aber den Vorteil, dass wir weitaus schneller als bisher vorwärtskamen und als zwei Reisende auch weniger auffielen und uns besser in dem Taurusgebirge verbergen konnten.

Seit dem nächtlichen Überfall in der Herberge und dem sich anschließenden Massaker in den Bergen war mir die Gesellschaft des Nubiers suspekt. Ich spürte, dass Semptah ob dessen, was geschehen war, keinerlei Skrupel hatte oder gar Reue verspürte. Und ich glaubte zu wissen, dass nur ein Mensch, der nie ein Joch über sich gespürt hatte, nie von der Gnade oder Ungnade eines anderen abhängig gewesen war, so unbarmherzig sein konnte.

Als wir kurz vor Hattussa abends gemeinsam am Lagerfeuer saßen und einen von Semptah erlegten Hasen brieten, meinte er plötzlich: „Was ist mit dir, Hethiter? Seit dem Tod des von Aziru beauftragten Kundschafters gehst du mir aus dem Weg. Wir sind kurz vor dem Ziel unserer Reise, und ich muss mich in Hattussa bedingungslos auf dich verlassen können, denn ich verstehe die Sprache dieser Barbaren nicht und werde dich darum weit weniger gut als bisher überwachen können. Es wäre dir in der Stadt also ein Leichtes, mich zu verraten."

Ich starrte ihn einen Augenblick lang verständnislos an. Dann begann ich zu begreifen. Es bereitete dem Nubier Angst, jemandem vertrauen zu müssen.

„Selbst wenn ich es könnte, würde ich dich nicht verraten", versuchte ich ihn zu beruhigen. „Schließlich will ich das Leben meiner Tochter, des einzigen Menschen, der mir etwas bedeutet, nicht gefährden. Und ich weiß, dass mein Herr keine Gnade kennen würde, sollte ich mich seinen Plänen widersetzen."

Der Nubier stieß laut seinen Atem aus, während er mit einem Stock in der Glut stocherte, bis Funken sprühten.

„Das ist es also, was den General so sicher machte, dass ich mich auf dich verlassen kann. Gut zu wissen, denn dann ist wohl nicht zu befürchten, dass du mich an dein Volk verkaufst."

„Mein Volk", erwiderte ich grimmig. „Das ist nicht mein Volk, denn nichts von dem, was ich hier sehe, ist mir vertraut. Ich fühle mich fremd so wie du, denn ich bin in Ägypten geboren worden und kenne darum nichts anderes als das fruchtbare Land, das ein Geschenk der Götter und des Nils ist. Ganz anders ist es hier. Seit wir die Grenze zum Hethiterreich überschritten haben, sehe ich täglich Menschen, die hart arbeiten, um sich zu ernähren. Es sind Menschen wie du und ich, die in Frieden leben und ein bisschen glücklich sein wollen. Je näher wir Hattussa kommen, umso karger wird der Boden und umso schwieriger wird es, ihm einen Ertrag abzuringen. All diese Menschen denken doch nicht an Krieg, sondern daran, wie sie ihre Familien ernähren können. Ich frage mich deshalb, was ich hier soll. Mein Volk? Ich empfinde mit diesen Menschen keine Verbundenheit. Sie sind mir fremd, auch wenn sie mir vielleicht äußerlich ähnlichsehen. Verstehst du das, Nubier?"

Semptah seufzte, bevor er vom Feuer aufblickte und mir direkt in die Augen sah. „Ich glaube, ja. Ich begreife. Vermutlich bindet dich weniger an dieses Land als mich an meine Heimat, denn die habe ich gekannt, bevor meine Eltern mich, um den Rest der Familie vor dem Hungertod zu retten, als Halbwüchsigen an die Armee Pharaos verkauften. Der Drill während meiner Ausbildung war mörderisch. Den konnten nur die Starken überstehen. Die Schwachen blieben auf der Strecke. Du konntest also nur stark werden oder untergehen. So beschloss ich, stark zu werden. Wie du siehst, hat es geklappt. Dann kamen die ersten Einsätze gegen mein eigenes Volk, das wieder einmal einen Aufstand probte. Was soll ich sagen. Es lief einfach darauf hinaus, zu töten oder getötet zu werden. Ja, ich habe töten gelernt. Ich hatte keine Wahl, denn sonst wäre ich gestorben. Ich habe sogar…" Seine Rede brach unvermittelt ab. Was immer er sagen wollte, er hatte beschlossen, es für sich zu behalten. Stattdessen lenkte er das Gespräch auf ein anderes Thema: „Wenn wir nach Hattussa kommen, wirst du schnell bemerken, dass dieses Volk keineswegs so friedliebend ist, wie es dir erscheint. Die Stadt und alles um die Stadt herum gleicht einem Militärlager."

„Woher weißt du das?", fragte ich wenig überzeugt.

„Ich weiß es, weil ich schon einmal für den General dort war. Das liegt wohl zwei, drei Jahre zurück. Dort hätte es mich fast erwischt. Meine beiden Begleiter wurden als Spione entlarvt, gefangen gesetzt und auf dem Marktplatz hingerichtet. Ich selbst konnte nur mit knapper Not entkommen."

„Und trotzdem wagst du dich noch einmal hierher?", fragte ich überrascht.

„Das musste ich. Ich fühle, dass ich es meinen toten Kameraden schuldig bin, den Auftrag zu Ende zu bringen, sonst wäre ihr Tod sinnlos gewesen."

„Ist der gewaltsame Tod anderer denn nicht immer sinnlos?", begehrte ich auf.

„Nein. Manchmal muss das eben sein. Es gibt keine andere Möglichkeit. Und ist der Tod denn nicht irgendwie ein Teil vom Leben? Müssen wir nicht alle sterben?"

„Schon. Die Frage ist nur wann und wie."

„Ach, Hethiter. Ich glaube, was ich meine, kann nur der verstehen, der schon einmal in einer Schlacht gekämpft hat, um sein Leben fürchten musste und getötet hat, um nicht selbst getötet zu werden. Vor der Schlacht hast du Angst. Doch stehst du erst einmal auf dem Schlachtfeld, überkommt dich ein Rausch. Du denkst nicht mehr an deinen Tod, sondern nur noch daran zu töten, so viele wie möglich in die Unterwelt zu schicken."

Ich schwieg, denn diesbezüglich konnte ich wirklich nicht mitreden. Doch ich empfand es plötzlich als einen Segen, dem Schicksal, einem anderen Menschen das Leben nehmen zu müssen, bisher entgangen zu sein.

Zwei Tage später tauchten die Stadtmauern Hattussas in der Ferne vor uns auf. Wir näherten uns von Süden her der Oberstadt, die stolz auf einem Felsplateau thronte. Starke Mauern, die teilweise mit den vorhandenen Felsen verbunden waren, ragten uneinnehmbar in den Himmel. Und wie Semptah es vorausgesagt hatte, mehrten sich vor der Stadt lagernde Truppenverbände, die sich zwischen den weidenden Ziegen- und Schafherden ein Lager errichtet hatten.

Ungehindert erreichten wir über einen steil nach oben führenden Weg das Sphinxtor, und nach Prüfung unserer Waren und der Entrichtung des üblichen Zolls durften wir ungehindert passieren. Durch die Oberstadt, wo sich der große Tempel der Stadt und die Königsburg, die Kasernen sowie etliche Töpferwerkstätten befanden, zogen wir den Hügel hinab weiter in die Unterstadt, wo zwischen Wohnhäusern, Werkstätten, Schankstuben, Bordellen und Herbergen auch unzählige Tempel für alle möglichen mir fremden Götter zu finden waren. Auch der Marktplatz mit seinen Buden und Verkaufsständen war hier angesiedelt. Wir beschlossen, uns am nächsten Morgen einen geeigneten Platz auf dem Markt zu suchen, um unsere Waren auszustellen und natürlich unsere Ohren zu spitzen. Für diesen Tag begnügten wir uns damit, eine Unterkunft für uns, unsere

Waren und unsere Tiere zu finden, und uns in der Wirtsstube unserer Unterkunft ein warmes Essen aus Bohnen, Hammelfleisch und Brot servieren zu lassen. Dazu bestellten wir zwei große Krüge mit Bier, das wir genüsslich tranken.

Im Gegensatz zu sonst schien Semptah an diesem Abend ungewöhnlich nervös und angespannt. Ich führte dies darauf zurück, dass ihn die Erinnerung daran plagte, dass er hier schon einmal fast sein Leben verloren hätte. Darüber hinaus schien es ihn wohl auch zu beunruhigen, dass er nichts von dem, was in der Herberge gesprochen wurde, verstand. Ich verstand zwar vieles von dem, was gesprochen wurde, konnte aber nichts wirklich Brauchbares herauslesen. Wir wollten uns bereits in unsere Kammer zurückziehen, als drei Männer, der Kleidung nach syrischer Herkunft, den Gastraum betraten und sich an einem freien Tisch niederließen. Stumm saßen sie da und tranken ihr bestelltes Bier, was uns dazu veranlasste, ebenfalls einen weiteren Krug Bier zu bestellen.

Lange saßen wir wartend da, doch die Männer redeten miteinander kein Wort. Ich gähnte müde und gab Semptah mit der Hand zu verstehen, dass wir vielleicht doch besser schlafen gehen sollten, als ein hethitischer Soldat, seiner Kleidung nach von höherem Rang, die Wirtschaft betrat, sich kurz umblickte und dann zu den drei Syrern an den Tisch setzte. Kurz darauf entspann sich zwischen den Männern eine rege Unterhaltung, von der wir jedoch kein Wort erlauschen konnten. Es dauerte nicht lange, da stand der Hethiter wieder auf, legte eine Münze für das kaum angerührte Bier auf den Tisch und verließ die Wirtschaft. Semptah und ich wechselten einen kurzen Blick, dann meinte der Nubier: „Geh nach oben und leg dich schlafen. Ich komme später nach."

„Wo willst du hin?", fragte ich erstaunt.

„Dem Hethiter folgen. Sollte ich aus irgendeinem Grund einmal nicht zurückkehren, verlass die Stadt und kehre so schnell wie möglich nach Ägypten zurück. Hast du das verstanden."

Noch bevor ich nicken konnte, war der Nubier aufgestanden, hatte sich in seinen Umhang gehüllt und war durch die Tür verschwunden. Ich blieb mit einem unguten Gefühl zurück. Ich kam mir plötzlich unendlich fremd und einsam vor. Dass dies die Stadt war, aus der meine Eltern stammten, löste in mir keinerlei Empfindungen aus. Dieses Land, seine Bewohner, Tempel und Götter sagten mir nichts. Doch was hatte ich erwartet? Ein Erkennen und zu Hause fühlen? Plötzlich begriff ich, dass ich durch meine Geburt und mein Aufwachsen in Ägypten wohl zum Ägypter geworden war, dieses Land mich jedoch niemals als einen der ihren anerkennen würde. Darum war ich eigentlich nichts anderes als ein Heimatloser. Und mir wurde auch klar, dass Semptah ähnlich fühlen musste, auch wenn er in seinem Heimatland geboren worden war.

Müde stand ich auf und schleppte mich in unsere Kammer, darauf hoffend, dass Semptah zurückkehren und mich in dieser fremden Stadt nicht mir selbst überlassen würde. Ich legte mich ins Stroh und zog die bereitgelegte Decke eng an mich, denn es war kühl in der Kammer. Der Winter nahte. Und die Winter in dieser Gegend konnten erbarmungslos kalt werden.

Als ich erwachte, lag Semptah schnarchend neben mir. Erleichtert atmete ich auf. Doch ich wusste nicht so richtig, was ich nun tun sollte. Eigentlich hatten wir beschlossen, unseren Stand an diesem Morgen auf dem Markt aufzubauen. Doch nach meiner Einschätzung war es für dieses Vorhaben längst zu spät, denn um einen guten Platz zu ergattern, musste man früh aufstehen. Inzwischen graute bereits der Morgen. Darum beschloss ich, den Nubier ausschlafen zu lassen, denn ich wusste nicht, wann er in der Nacht zurückgekommen war. Unsere angeblichen Geschäfte konnten wir auch um einen Tag verschieben.

Nach kurzem Überlegen ging ich leise, um den Nubier nicht zu wecken, in die Schankstube hinunter und bestellte bei unserem Wirt einen Getreidebrei und einen heißen Kräutertrank zum Frühstück. Als ich gegessen hatte und von dem Nubier noch immer nichts zu sehen war, beschloss ich, auf eigene Faust etwas durch die Stadt zu schlendern und mich mit den örtlichen Gegebenheiten vertraut zu machen.

Nachdem ich durch etliche Häuserblocks gelaufen war und einige fremd anmutende Tempel von außen besichtigt hatte, landete ich schließlich auf dem Markt, auf dem die Leute rege ihren Geschäften nachgingen. Ziellos ließ ich mich treiben, schnappte hier und dort ein paar Worte auf, doch nichts, was irgendeine Bedeutung haben könnte. Schließlich landete ich in einer Taverne, wo ich eine warme Suppe und einen Becher verdünnten Wein bestellte, um mich aufzuwärmen, denn die Kälte steckte mir nach meinem Spaziergang in den Knochen. Seit wir das Reich der Hethiter betreten hatten, hatte Semptah mir einige Münzen zugesteckt, da es merkwürdig anmuten würde, wenn der Sklave anstelle des Herrn bezahlte.

Es war noch relativ früh am Tag, die Taverne nicht allzu voll, als etliche Soldaten eintraten und gewürzten heißen Wein beim Wirt bestellten, wohl ebenfalls in der Absicht, sich aufzuwärmen. Sie mussten von der Nachtwache kommen, denn sie sahen übermüdet und durchgefroren aus. Nach einigen Schlucken vom Wein meinte einer von ihnen schließlich: „Das wird ein Feldzug werden, bei diesem Wetter. Hätten wir Mitanni nicht im Sommer erobern können?"

„Da hättest du auch etwas zu meckern gehabt, vermutlich weil es dir zu heiß gewesen wäre. Doch die Wahrheit ist nun einmal – für einen Krieg gibt es keinen guten Zeitpunkt. Er wird immer anstrengend sein und Opfer kosten. Jeder von uns hat dies gewusst, als er Soldat wurde."

Der Angesprochene brummte kurz auf, nahm einen kräftigen Schluck aus seinem Becher und meinte dann schließlich: „Wahrscheinlich hast du recht. Und der Vorteil, dass niemand in Mitanni mit einem Angriff um diese Jahreszeit rechnet, ist auf unserer Seite."

„Eben", entgegnete ein Dritter. „Wir werden sie überrennen, ehe sie überhaupt begreifen, was passiert ist. Unser neuer König weiß, was er tut."

Bei diesen Worten blickte er sich vorsichtig in der Stube um, konnte aber offensichtlich nichts Verdächtiges entdecken. Trotzdem meinte er: „Wir sollten hier nicht weiter über dieses Thema sprechen. Man weiß nie."

Die anderen nickten zustimmend und schlürften weiter an ihren Bechern. Ich blieb vorsichtshalber noch eine Weile sitzen, bevor ich mich erhob, bezahlte und auf den Rückweg machte.

Semptah erwartete mich bereits in der Herberge. „Wo bist du gewesen?", herrschte er mich an.

„Durch die Stadt gelaufen, da es mir für den Aufbau eines Standes beim Aufwachen zu spät erschien, du noch fest geschlafen hast und es sehr merkwürdig ausgesehen hätte, hätte ich den Stand selbst aufgebaut, anstatt von meinem Sklaven aufbauen zu lassen. Darum habe ich mir ein wenig die Füße vertreten, da ich dich nicht wecken wollte."

„Mach das nie wieder, Hethiter. Geh nie wieder irgendwo hin, ohne mir zu sagen, wo du bist. Hast du das verstanden?", herrschte er mich zornig an. „Du magst dir hier frei und unabhängig vorkommen, doch du bist es nicht."

Ich nickte gehorsam, obwohl ich mir eigentlich nichts vorzuwerfen hatte. Ich hatte schließlich nicht fliehen wollen. Dass ich nicht frei war, brauchte er mir nicht zu sagen. Das wusste ich selbst nur zu genau. Darum machte sein

Zornausbruch mich wütend, und ich zögerte, ihm von dem erlauschten Gespräch etwas zu erzählen.

Eine Weile schwiegen wir uns an, bis der Nubier versöhnlicher meinte: „Ich habe mir Sorgen um dich gemacht. Ich möchte nicht noch einmal zusehen müssen, wie mir vertraute Männer öffentlich wegen Spionage hingerichtet werden. Es war einfach schrecklich. Ich stand versteckt in der Menge dabei und konnte ihnen nicht helfen. Noch heute verfolgen mich ihre Schreie. Also sage mir gefälligst, wenn du weggehst und wohin du gehst. Wir müssen uns hier aufeinander verlassen können."

Seine versöhnlicheren Worte lösten mir dann doch die Zunge.

„Zum Aufwärmen war ich in einer Taverne. Dort waren Soldaten, die von einem jetzt stattfindenden Feldzug gegen Mitanni sprachen."

Der abschätzende Blick Semptahs bohrte sich durch mich hindurch.

„Bist du dir sicher?", fragte er skeptisch.

„Ja", antwortete ich fest. „Einer von ihnen schimpfte über die Kälte der Jahreszeit, in der dieser Feldzug stattfinden würde. Ich verstehe nicht viel von Politik, eigentlich nicht einmal, warum wir hier sind, aber ich denke, dass dies eine wichtige Information ist."

„Lass uns nach draußen gehen, dorthin, wo uns keiner belauschen kann", meinte Semptah nachdenklich, mich noch immer kritisch musternd.

Wir schlenderten durch einen nahegelegenen Park, den wir gut überblicken konnten, als der Nubier plötzlich stehen blieb.

„Hör zu, Hethiter. Was ich dir jetzt sage, ist vertraulich. Wahrscheinlich wäre es besser, alles für mich zu behalten. Aber wie das Schicksal es nun einmal will, sitzen wir im gleichen Boot, und sollte einer von uns einen Fehler machen, reißt er den anderen mit ins Verderben. Ich habe hier in dieser Stadt Informanten, die dem ermordeten König treu ergeben waren und den neuen König wegen seiner grausamen Tat verabscheuen. Ohne sie wäre ich damals nicht entkommen. Von ihnen erhoffe ich jetzt Auskunft darüber, was Schuppiluliuma plant und welches Verhältnis er zu den syrischen und phönizischen Stadtstaaten und Kleinfürsten hat. Königin Teje, Eje und General Haremhab vermuten ein heimliches Bündnis Azirus und Itakumas mit den Hethitern. Sollte dies zutreffen, müssen wir nicht nur damit rechnen, dass die beiden ihr Bündnis mit Ägypten aufkündigen. Mit den Hethitern im Rücken werden sie auch andere Städte mit sich ziehen und die, die Ägypten die Treue halten, angreifen, um sie in ihre Gewalt zu bringen. Die Lage ist deshalb so heikel, weil unser Pharao an die Freundschaftsbekundungen dieser Leute glaubt. Falschheit, Hinterhalt und Betrug kommen in seinem Weltbild gar nicht vor. Er ist ein naiver Träumer, ein gefährlicher Träumer, der das ägyptische Großreich ins Wanken bringt. Wenn Kemt weiterhin so passiv bleibt, wird alles, was Pharao Thutmosis III. einst erreicht hat, zerstört werden. Deshalb sind wir hier, ich als Kundschafter des Generals und du hauptsächlich als Tarnung."

„Aber was ist mit Mitanni? So viel ich weiß, ist dieses Land unser Verbündeter."

„Das schon", antwortete Semptah. „Doch was sollen wir tun? Einen Boten an Pharao senden. Er käme, wenn der Angriff unmittelbar bevorsteht und er tatsächlich durchkäme, in jedem Fall zu spät. Und Pharao würde einer solchen Nachricht vermutlich keinen Glauben schenken. Er glaubt an das Gute im Menschen und an seinen einzig glücklich machenden Gott Aton. Was schert ihn da, was mit unseren Vasallen und Verbündeten geschieht. Nur Fakten können ihn vielleicht überzeugen. Wenn Mitanni fällt, begreift er vielleicht, wie ernst die Lage ist.

Wohlgemerkt vielleicht, wenn all die Schleimer, die ihn umgeben, ihn überhaupt davon unterrichten."

„Wenn die Lage so ist, was hoffst du dann hier zu finden?"

„Beweise für den Verrat der Hethiter, Syrer und Phönizier. Und wenn ich mich nicht irre, versuchen auch die Assyrer aus der momentanen Schwäche Ägyptens Nutzen zu ziehen."

Ich nickte tief betroffen, da mir zum ersten Mal bewusstwurde, in welcher Lage sich das ägyptische Großreich befand. Es hatte einen Pharao, der offensichtlich die Welt verbessern wollte, aber keine Ahnung von der wahren Natur des Menschen zu haben schien.

16.

Es war Frühjahr, als die siegreichen hethitischen Soldaten nach Hattussa zurückkehrten. In ihrem Tross führten sie Wagenladungen voll erbeutetem Gold und Silber mit und natürlich Kriegsgefangene, die, in Ketten gelegt, ihrem Triumphzug folgen. Viele der Gefangenen waren nur mitgeführt worden, um hier in der Stadt öffentlich hingerichtet zu werden. Auf den Rest wartete die Sklaverei.

„Das dort", Semptah zeigte auf einen Mann, der an vorderster Spitze des Gefangenentrosses schritt, „ist König Tuschratta. Dahinter, das sind seine Frau und seine Töchter. Nur seine Tochter Mutnedjem sehe ich nicht. Es heißt, sie wäre zur Zeit des Angriffs nicht in Wassuganni gewesen und darum nach Ägypten entkommen."

Wir waren am Morgen gemeinsam aufgebrochen, um den Siegeszug des hethitischen Heers in einer der Straßen, durch die der Zug kommen würde, zu verfolgen.

„Für den König und seine Familie wäre es besser gewesen, in Wassuganni zu sterben als hier öffentlich hingerichtet zu werden. Glaube mir, Khafra, das wird kein schönes Schauspiel werden."

„Was meinst du?", fragte ich unbedarft, denn ich hatte noch nie bei einer Hinrichtung zugesehen.

Semptah lachte ungläubig, als ihm meine Unwissenheit bewusstwurde.

„König Suppiluliuma wird es eine Freude sein, seinen besiegten Gegner öffentlich zu demütigen und grausam hinzurichten. Bleibt nur zu hoffen, dass er wenigstens die Frauen schnell sterben lässt."

„Du meinst, er wird auch die Frauen hinrichten lassen? Unsere Königin stammt aus diesem Haus. Das wäre eine Provokation unseres Pharaos und seiner Königin. Das wird Pharao Echnaton bestimmt nicht hinnehmen."

„Wie naiv du doch bist, Khafra. Pharao Echnaton wird auch dann nichts unternehmen. Ein anderer Pharao hätte es gar nicht erst so weit kommen lassen. Doch unseren Pharao interessieren nur Aton und seine neue Stadt Achet-Aton. Alles andere ist ihm egal. Er ist ein Träumer, der in einer irrealen Welt lebt, und seine Berater tun alles, um ihn dort zu lassen. Nur Eje und Haremhab sind anders. Doch gegen die Überzahl der Schleimer und Schöntuer können sie nichts ausrichten. Darum geschieht, was geschehen muss. Alles, was Pharao Thutmosis III. einst aufgebaut und Pharao Amenophis verteidigt hat, wird zerstört werden."

Ich schwieg, denn ich wusste nicht so recht, was ich hätte antworten sollen. Wie häufig in letzter Zeit spürte ich den Zwiespalt, in dem ich mich befand. Meine Wurzeln stammten aus diesem Land. Doch ich fühlte mich ihm fremd.

„Für uns wird es langsam Zeit, die Heimreise anzutreten, Hethiter. Noch ein paar Tage, dann denke ich, das zu haben, was wir brauchen, um zurückzukehren."

„Und was wäre das?", wollte ich wissen.

„Abschriften von Dokumenten, die den Verrat Azirus und sein Bündnis mit den Hethitern belegen. Sobald ich in dem Besitz dieser Tontafeln bin, brechen wir auf. Kaufe also Waren ein, die wir auf der Rückreise als Tarnung mit uns führen können, und sei jederzeit zu einem überraschend schnellen Aufbruch bereit, falls etwas schiefgehen sollte. "

Ich fragte nicht weiter nach. Und Semptah hätte mir auch nicht mehr gesagt. Seine nächtlichen Ausflüge und deren Zweck hielt er stets geheim, und ich konnte in solchen Nächten nur hoffen, dass er am nächsten Morgen wieder da sein würde. Oft malte ich mir wachliegend aus, wie es wäre, wenn sie nachts kämen, um mich zu verhaften und in den Kerker zu werfen. Hastig verdrängte ich diese Gedanken jedes Mal. Mir durfte nichts zustoßen, denn ich hatte eine kleine Tochter, die ich nicht in Gefahr bringen wollte. So sehr ich Ejes Versprechen vertraute, sich um sie zu kümmern, sollte mir etwas zustoßen, meinem Herrn Haremhab vertraute ich keinen Augenblick.

Drei Tage später fand auf dem Marktplatz von Hattussa ein Massenschlachten statt. Es anders zu bezeichnen, wäre Hohn gewesen. Nackt, um ihn vor den Bewohnern der Stadt zu demütigen, wurde der König von Mitanni, auf den Marktplatz geführt und dort wie ein Hund an einen bereitstehenden Pfahl gekettet. Die versammelten Menschen grölten und johlten bei seinem Anblick vor Vergnügen, und geworfene Abfälle trafen nicht nur ihn, sondern auch seine Bewacher. Dann wurde es plötzlich still auf dem Platz, denn die ersten ranghohen Offiziere des Königs wurden aneinandergekettet auf den Platz geführt. Als der erste von ihnen seinen Kopf auf den Richtblock legte, um ihn abgeschlagen zu bekommen, hätte man eine Feder fallen hören können, so ruhig war es plötzlich geworden. Der Kopf des Toten wurde auf einen Spieß gesteckt, der später auf der Stadtmauer einen Platz finden sollte. Der leblose Körper wurde auf einen bereitstehenden Karren geworfen. Dann folgte der nächste Mann, der sich in das Blut seines Vorgängers legen musste. Manche gingen tapfer in den Tod, andere versuchten, sich zu wehren, was natürlich sinnlos war, wieder andere zitterten vor Angst und manche ließen sogar vor Furcht ihr Wasser laufen, was die Menge zu belustigen schien und zu Buhrufen veranlasste.

Widerwillig war ich an diesem Morgen zu den Hinrichtungen gegangen, denn Semptah meinte, wir würden auffallen, wenn wir uns fernhielten. So sah ich einen um den anderen Kopf fallen.

Manchmal benötigte der Scharfrichter mehrere Hiebe, bis ein Kopf fiel. Es war bereits Mittag, und langsam war die Menge des Schauspieles bereits müde geworden, als König Suppiluliuma, der mit seiner Familie und seinen Vertrauten auf einer zu diesem Zweck errichteten Tribüne saß, dem Schlachten Einhalt gebot. Die noch verbliebenen Männer wurden abgeführt, um den Rest ihrer Tage in einem Steinbruch zu schuften, was einem Tod auf Raten gleichkam.

Nun wurden die königlichen Frauen Tuschrattas, Ehefrauen und Töchter, in dürftige Kittel gekleidet, herbeigebracht und auf mehreren für sie vorbereiteten Scheiterhaufen festgebunden. Manche wehrten sich heftig. Andere fügten sich ergeben in ihr Schicksal, denn sie hatten sich bereits aufgegeben. Die Scheiterhaufen wurden vor den Augen des gefesselten Königs entzündet, sodass er zuschauen musste, wie die Flammen sich langsam emporzüngelten und die Körper derer, die ihm so vertraut waren, auffraßen. Zu Beginn, als sich das Feuer unter den Füßen der Frauen auszubreiten begann, drangen deren schmerzerfüllte Schreie über den Platz. Irgendwann erstickten die Stimmen jedoch im Rauch, und das Feuer fraß sich empor, bis nichts mehr von den einstigen Schönheiten Mitannis übriggeblieben war.

Angeekelt wandte ich den Blick ab. Auch manche der Zuschauer hatten für diesen Tag genug gesehen und waren der Grausamkeiten überdrüssig geworden. Doch noch war das Schauspiel nicht am Ende, sondern näherte sich seinem eigentlichen Höhepunkt.

Während das Urteil gegen den König von Mitanni noch einmal vom Herold des Königs verlesen wurde und alles gebannt auf die Tribüne starrte, steckte ein vornehm aussehender Hethiter meinem nubischen Sklaven blitzschnell einen Lederbeutel zu und verschwand sogleich wieder in der Menge. Fragend schaute ich Semptah an, der mir nur kurz zunickte und meinte: „Morgen werden wir aufbrechen. Unsere Waren haben wir zusammen. Es wird Zeit, an einen Ort zu ziehen, wo sie dankbare Abnehmer findet."

In der Zwischenzeit hatten die Henker des Königs einen großen Krug mit drei Öffnungen auf die Tribüne geschleppt. In diesen Krug wurde der apathisch blickende König, dem vermutlich das Leid seiner Liebsten den Verstand geraubt hatte, gesteckt. Nur die Arme und der Kopf sahen noch aus je einer Öffnung des Krugs heraus. Während die Arme des Königs an Pfählen befestigt wurden, damit er sich im Krug nicht bewegen konnte, wurde sein Kopf mit Honig bestrichen, welcher an seinem Kopf hinunterlief und schließlich auch Teile seines Körpers bedeckte.

Fragend schaute ich Semptah an, der mir erklärte: „Eine unglaublich grausame Art zu sterben. Sie lassen ihn dort drinnen lebendig von Maden und Würmern auffressen, die der Honig anzieht, werden ihn sogar füttern und ihm zu trinken geben, damit das Schauspiel lange dauert. Ich kann nur hoffen, dass er zwischenzeitlich den Verstand verloren hat und nicht mehr bewusst mitbekommt, was mit ihm geschieht."

Angewidert schüttelte ich den Kopf. Hatte ein König nicht verdient, wie ein König aufrecht zu sterben, anstatt derart barbarisch hingerichtet zu werden?

„Das Ganze nennen sie „In den Topf kommen"," klärte Semptah mich noch auf, bevor er sich abwandte und wir gemeinsam unserer Herberge zustrebten, um die letzten Vorbereitungen für unsere Abreise zu treffen.

Am nächsten Morgen verließen wir ohne besondere Vorkommnisse die Stadt Richtung Küste. Unterwegs schlossen wir uns einer Karawane an, die die Stadt Haleb zum Ziel hatte. Von hier aus wollten wir dann weiter Richtung Süden reisen.

Ich war froh, Hattussa, der Stadt meiner Ahnen, den Rücken kehren zu können. Das Gemetzel des Vortags hatte mein Gemüt in Wallung gebracht. Die unterschiedlichsten Gefühle hatten sich meiner bemächtigt. Doch am Ende war nichts als Abscheu übriggeblieben. Was brachte Menschen dazu, anderen Menschen derartige Grausamkeiten anzutun? Hatte es sich nur um eine Demonstration der eigenen Macht gehandelt, die jeden Andersdenkenden zum Schweigen bringen sollte, weil Usurpatoren sich ihrer eigenen Autorität nie wirklich sicher sein konnten? Oder gab es tatsächlich Menschen, die solch menschliches Leid ergötzte? Ich wusste es nicht, doch ich kam zu dem Schluss, dass es wohl eine Mischung von beidem sein musste, was zu solchen Exzessen führte.

Es war Frühjahr. Dennoch waren die Nächte im Taurusgebirge noch immer extrem kalt, auch wenn am Tag die Sonne bereits den Boden erwärmte. Nachts suchten wir darum, wann immer es möglich war, eine Herberge auf. Doch es gab auch Nächte, in denen wir im Freien kampieren mussten. Dann rückten Semptah und ich eng aneinander, um uns gegenseitig zu wärmen. Auf unserer langen, gemeinsamen Reise waren wir uns trotz aller Unterschiede nähergekommen.

Als wir eines Abends wieder einmal nahe beieinander am Feuer saßen, meinte Semptah plötzlich: „Hör mir zu, Hethiter. Irgendwie habe ich angefangen, dich zu mögen. Darum habe ich lange über dich und deine Situation nachgedacht. Wenn wir die Küste erreicht haben, brauche ich dich nicht mehr, denn dann sind wir zurück auf dem Boden unserer Vasallen, oder angeblichen Vasallen, wie immer man es betrachten mag. Ich schlage dir darum vor, dass du dich irgendwo dort niederlässt und ich allein nach Ägypten zurückkehre. Ich werde dem General sagen, dass du auf der Rückreise an einem Fieber gestorben bist. Dann ist auch deine Tochter in Sicherheit, denn der Wesir Eje hat ja versprochen, sich um das Mädchen zu kümmern. Und der Wesir hält sein Wort."

Verwundert starrte ich den Nubier an. „Das meinst du nicht ernst?", meinte ich völlig verblüfft.

„Doch", antwortete dieser, „das meine ich völlig ernst. Niemand wird nach dir suchen, wenn ich sage, dass du tot bist. Und in den Wirren, die bald über die ganze Region hereinbrechen werden, wirst du auch nicht auffallen. Denk darüber nach. Du musst dich nicht gleich entscheiden. Wir haben noch ein paar Tage bevor wir die Küste erreichen. In Ägypten bist und bleibst du Sklave. In einer der syrischen oder phönizischen Städte kannst du die Freiheit finden."

„Ich danke dir für dein Angebot", antwortete ich ehrlich bewegt. „Das hätte ich dir nicht zugetraut. Warum willst du das für mich tun?"

„Weil ich dich mag und weil ich ahne, dass du unter dem Joch des Generals leidest. Ich habe die Narben auf deinem Rücken gesehen, und ich kann mir nicht vorstellen, dass du etwas getan haben könntest, das derlei rechtfertigt. Glaub mir, das größte Gut eines Mannes ist seine Freiheit. Ich weiß, wovon ich spreche."

„Wie meinst du das?"

„Ich habe dir erzählt, dass meine Eltern mich an Pharaos Armee verkauft haben. Und ich habe dir erzählt, dass einer meiner ersten Einsätze gegen mein eigenes Volk gerichtet war."

Ich nickte. „Ja, das hast du."

„Unter den Aufständischen, die wir gefangen nahmen, war mein kleiner Bruder. Unser damaliger Truppenkommandant, der das wusste, befahl ausgerechnet mir und anderen Nubiern, die ebenfalls Angehörige unter den Aufständischen hatten, die

Hinrichtungen zu vollziehen. Kannst du dir vorstellen, wie sich das anfühlte. In der Nacht davor desertierte ich mit drei anderen, die sich ebenfalls nicht in der Lage sahen, ihre Familienmitglieder zu pfählen. Natürlich wurden wir gefasst und zum gleichen Tod verurteilt wie unsere Angehörigen. Es war damals General Haremhab, der den Oberbefehl über die ägyptischen Truppen hatte, der mir mein Leben versprach, wenn ich in seine Dienste treten und künftig als Kundschafter für ihn arbeiten würde. Ich sagte zu, um mein Leben zu retten. Dennoch musste ich mitansehen, wie mein kleiner Bruder tagelang an einem Pfahl hing, bevor er endlich sterben konnte. Diesen Anblick werde ich nie vergessen. Ihm konnte ich damals nicht helfen. Dir geht es heute ähnlich wie mir damals. Du bist in einer Zwangslage, die du allein nicht lösen kannst. Und vielleicht kann ich, wenn ich dir helfe, etwas von dem wiedergutmachen, was ich seinerzeit nicht ändern konnte."

Ergriffen wandte ich den Kopf ab, um mir nicht anmerken zu lassen, wie sehr mich seine Geschichte berührte. Und auch nicht, wie sehr mich die Freiheit lockte. Er schien meine Gedanken zu erraten, denn er legte mir kurz die Hand auf die Schulter, dann wandte er sich ab, zog das Fell, mit dem er sich nachts zudeckte, bis unters Kinn, um zu schlafen. Ich lag noch lange wach in dieser Nacht, denn der Schlaf mied mich ob der vielen Gedanken, die mir durch den Kopf schossen. Als ich doch endlich einschlief, graute bereits der Morgen.

Drei Tage später erreichten wir die Küste. Hier schlossen wir uns nach ein paar Tagen Rast einer anderen Karawane an, die einige Tage nach uns aus Hattussa aufgebrochen war und ebenfalls Richtung Süden weiterwollte. Es war kurz vor Damaskus, als wir bemerkten, dass einige unserer Reisegefährten unterwegs krank geworden waren und sich kaum noch im Sattel halten konnten. Hohes Fieber plagte sie, sodass wir unsere Weiterreise unterbrechen mussten, um unsere Reisegefährten in einer Herberge unterzubringen und auf

Besserung zu hoffen. Ein Arzt wurde herbeigerufen, um die Kranken zu untersuchen. Dieser trat nach kurzer Zeit leichenblass aus dem Krankenzimmer, schüttelte kurz resignierend den Kopf und meinte dann, dass keiner von uns sich mehr den Kranken nähern sollte. Sie hätten die Pest, die zwischenzeitlich in Hattussa ausgebrochen war, mitgeschleppt und vermutlich auch etliche von uns anderen bereits angesteckt. Wir sollten uns voneinander fernhalten, um diejenigen, die noch nicht infiziert waren, nicht auch noch anzustecken. Erst jetzt erfuhren wir von einem anderen Mitreisenden, dass bereits auf dem Weg zur Küste etliche Teilnehmer der Karawane unterwegs wegen einer mysteriösen Erkrankung zurückgeblieben waren, uns aber niemand vor dieser offensichtlichen Gefahr hatte warnen wollen, denn jeder weitere Teilnehmer der Reisegesellschaft erhöhte die Sicherheit einer Karawane. Und da unterwegs bereits mehrere Personen ausgefallen waren, kamen wir beide gerade recht, die klaffende Lücke zu schließen.

Lange sahen Semptah und ich uns an diesem Abend an, bevor wir beide zu dem gleichen Schluss kamen. Es war Semptah, der die Sache schließlich aussprach: „Gleich morgen früh brechen wir auf, bevor es sich herumgesprochen hat, was hier los ist. Dann wird Panik ausbrechen, und die Anwohner werden uns hier einschließen und keinen mehr rauslassen, bis wir alle verreckt sind."

Ich nickte. „Das ist zu befürchten. Ja, vielleicht sollten wir sogar sofort losziehen. Morgen früh könnte es vielleicht zu spät sein. Solche Nachrichten verbreiten sich wie ein Lauffeuer.""

Semptah stimmte zu. „Du holst leise die Pferde aus dem Stall und wartest abseits der Herberge bei den Bäumen. Ich gehe in unser Zimmer und hole unsere Sachen. Sei vorsichtig, damit niemand etwas mitbekommt."

„Was ist mit unseren Waren, die im Lagerhaus liegen?", wollte ich wissen.

„Ich bringe ein paar davon mit. Den Rest lassen wir zurück. Wichtiger als die Waren ist, dass wir so schnell wie möglich hier fortkommen. Alles andere wird sich finden."

Kaum eine Stunde später waren wir bei unseren Pferden, bereit weiter Richtung Süden zu reiten, als wir unweit von uns einen gespenstisch lautlosen Fackelzug aus dem nahegelegenen Dorf herannahen sahen. Im Schatten der Bäume versteckt, konnten wir erkennen, wie die Dorfbewohner die Herberge einkreisten und die brennenden Fackeln gut verteilt in die Herberge, die Warenlager und den Stall warfen. Wenige Minten später stand alles in Flammen. Die Geräusche von knisternden Flammen und knirschendem Holz mischten sich mit den Hilfeschreien von Menschen, die dem Inferno zu entkommen suchten, und dem Gebrüll der eingesperrten, hilflosen Tiere im Stall. Doch wer sich tatsächlich aus dem Feuermeer nach draußen retten konnte, wurde von den Bauern, die das Feuer gelegt hatten, kurzerhand erschlagen.

Weder Semptah noch ich hatten für das, was dort vor sich ging, Worte. Der aus dem Dorf herbeigerufene Arzt hatte wohl nichts Besseres zu tun gehabt, als die Dorfbewohner von der ausgebrochenen Seuche zu unterrichten. Ob ihm das gut bekommen war, wagten wir angesichts dessen, was sich gerade ereignete, zu bezweifeln. Doch was hätten wir tun können? Dieser Übermacht von aufgebrachten Dorfbewohnern, die ihr Dorf vor der Verbreitung dieser furchteinflößenden Krankheit schützen wollten, hätten wir nicht trotzen können. Wir wären wie die in der Herberge Verbliebenen gestorben. Leise führten wir darum unsere Pferde noch eine ganze Weile mit uns, um nicht bemerkt zu werden. Erst als wir ein ganzes Stück zu Fuß auf der Handelsstraße nach Süden zurückgelegt hatten, wagten wir es, auf unsere Pferde zu steigen. In unseren Rücken erhellten die Flammen der brennenden Herberge noch immer den Himmel.

17.

Wir ritten die ganze Nacht und den nächsten Tag. Erst am Abend beschlossen wir, unter freiem Himmel Halt zu machen und die Nacht zu verbringen. Wir entzündeten ein Lagerfeuer und holten unsere mitgeführten Vorräte hervor, gesalzenen Fisch, Käse und Brot. Ich schlang meine Portion hungrig herunter, während Semptah schon nach ein paar Bissen die seine beiseitelegte. Fragend schaute ich ihn an. Doch er meinte nur, dass das Erlebte ihm wohl den Appetit verdorben hätte.

„Wie Menschen anderen Menschen, die eigentlich Hilfe benötigen, derartiges antun können, werde ich nie begreifen."

„Angst", antwortete ich nachdenklich. „Jeder versucht doch in erster Linie sich und die seinen zu schützen. Die Pest ist eine Krankheit, die vor niemandem Halt macht. Ganze Dörfer werden innerhalb weniger Tage durch sie ausgelöscht."

„Ja", antwortete Semptah. „Und wenn sie nun in Hattussa grassiert, hat Aziru in den Hethitern einen Verbündeten, der ihm wenig Unterstützung bieten kann, denn dann haben die Hethiter vorläufig mehr als genug mit sich selbst zu tun. Das kann Pharao sehr zum Vorteil gereichen." Er schwieg eine Weile, bevor er fortfuhr: „Was ist mit dir, Hethiter? Hast du dir meinen Vorschlag überlegt? Wenn wir erst in Gaza eintreffen, ist es für ein Untertauchen zu spät. Du solltest dich also bald entscheiden."

„Das habe ich bereits", entgegnete ich fest. „Die Aussicht auf Freiheit ist zwar sehr verlockend, aber ich werde mit dir zurückkehren. Ich kann meine Tochter nicht allein zurücklassen. Das bringe ich nicht über mich."

Semptah lachte amüsiert. „Diese Antwort habe ich befürchtet. Aber denke heute Nacht noch einmal gründlich darüber nach.

Eine solche Gelegenheit kommt nicht wieder zurück. Und was auch immer geschehen wird, als Sklave kannst du deiner Tochter nicht wirklich helfen. Sie ist wie du abhängig vom Willen ihres Herrn."

„Ich weiß. Dennoch käme ich mir wie ein Verräter vor, wenn ich jetzt einfach untertauchen würde."

„Genau darauf setzt der General wohl. Und offensichtlich kennt er dich gut genug, um zu wissen, dass du zurückkehren wirst."

Ich schwieg, denn ich wollte das Thema nicht weiter vertiefen.

„Lass uns schlafen. Wir sollten morgen früh aufbrechen."

Ich zog meine Decke über mich und legte mich zur Seite. Semptah brummte zustimmend und folgte meinem Beispiel.

Als ich am Morgen erwachte, schien Semptah noch tief und fest zu schlafen. Ich begann, unsere Sachen zusammenzupacken und auf die Pferde zu laden. Noch immer machte der Nubier keine Anstalten, sich zu erheben und mir zu helfen. Schließlich trat ich auf ihn zu, um ihn durch einen Schups zu wecken. Als ich selbst daraufhin nur ein leises Murmeln vernahm, beugte ich mich zu ihm nieder. Erst da bemerkte ich, dass er glühte und Schüttelfrost seinen Körper erbeben ließ. Mit glasigen Augen schaute er mich an: „Offensichtlich ist es mein Schicksal hier zu sterben. Wir Menschen denken, doch die Götter lenken. Es ist schon merkwürdig, welche plötzlichen Wendungen das Leben nehmen kann. Eins bleibt jedoch immer eine Tatsache. Das Leben ist sehr zerbrechlich. Lass mich hier liegen, Hethiter, und reite weiter. Mir kann keiner mehr helfen. Ich habe mich mit dieser Seuche infiziert, vermutlich als ich half, einen der Kranken in die Herberge zu tragen. Doch wenn du Glück hast, hast du dich nicht angesteckt. Also reite so schnell wie möglich weiter. Wenn du nach Ägypten zurückkehren willst, dann nimm die

Tontäfelchen mit, die in meiner Tasche stecken." Ein heftiger Hustenanfall ließ ihn innehalten.

Traurig schüttelte ich den Kopf. „Ich werde dich nicht allein hier liegen und sterben lassen. Ich bleibe, bis es dir besser geht oder du tot bist."

„Sei kein Narr. Du musst gehen. Wenn du es noch nicht hast, dann wirst du es bekommen, wenn du bleibst."

Ich schüttelte nur den Kopf und setzte mich neben den Mann, der auf seltsame Weise irgendwie mein Freund geworden war.

„Wenn du kannst, reite nach Gaza, wenn ich tot bin", meinte Semptah in einem der wenigen Augenblicke, in denen er klar und wach war. „In meiner Tasche findest du einen Schutzbrief des Generals, der uns als seine Kundschafter ausweist. Ihn musst du in jedem Fall an dich nehmen. Sobald du Gaza erreicht hast, wird man dir sicheres Geleit zum General geben."

„Was sind das für Tontafeln?", fragte ich.

„Es sind Kopien des Vertrags zwischen dem Hethiterkönig und Aziru. Aus ihnen geht klar hervor, welch falsches Spiel dieser treibt. Wenn das den Pharao nicht davon überzeugt, dass er getäuscht wird und etwas unternehmen muss, dann wird ihn nichts mehr überzeugen."

Ein heftiger Hustenanfall, bei dem sich Blut mit dem Auswurf mischte, unterbrach Semptah. Am Blut erkannte ich, dass der Freund wohl wirklich verloren war und es keine Aussicht auf Rettung gab. Dennoch wollte ich die Hoffnung nicht ganz verloren geben. Deshalb blieb ich neben ihm sitzen und wartete. Semptah schien in eine Art Delirium gefallen zu sein, in dem er phantasierte. Er sprach von Menschen, die ich nicht kannte, von deren Leiden und Tod, die Schrecken in ihm hervorzurufen schienen. Immer wieder setzte ich die Wasserflasche an seinen Mund und träufelte ihm einige Tropfen kühles Nass ein. Ich legte ihm kalte, mit Wasser getränkte Tücher auf die glühende Stirn, um das Fieber zu senken und holte meine Decke, die ich über die seine legte, um den Schüttelfrost zu bekämpfen.

Schließlich öffnete er noch einmal die Augen, und für einen Augenblick schien er klar zu sein.

„Zu Beginn unserer Reise hätte ich dich getötet, Hethiter, wie der General es mir befohlen hat, wenn du auf dem Hinweg einen Fluchtversuch unternommen hättest. Doch nachdem wir den ganzen Winter gemeinsam in Hattussa verbracht haben, hätte ich das nicht mehr gekonnt. Dazu warst du mir zu sehr ans Herz gewachsen. Hüte dich vor dem General. Er ist ein kalter und grausamer Mann."

Das waren seine letzten Worte, bevor er für immer die Augen schloss. Wie versteinert blieb ich neben dem Leichnam sitzen. Was sollte ich nun anfangen? Ich wusste es nicht.

Drei Tage verharrte ich noch an dieser Stelle, immer darauf wartend, dass sich auch bei mir erste Zeichen der Krankheit einstellten. Als ich am dritten Tag immer noch keine Symptome feststellen konnte, raffte ich mich endlich auf, denn mein Wasservorrat ging zur Neige. Ich nahm alle wichtigen Dinge von Semptah an mich, schichtete über seinen Leichnam Steine, damit keine wilden Tiere sich an ihm vergreifen konnten. Dann schnürte ich die Pferde zusammen und begann meinen Weg Richtung Süden fortzusetzen.

Ich weiß nicht, wie lange ich unterwegs war, bis ich endlich die ägyptische Grenzstation Gaza erreichte. Für mich hatte Zeit jegliche Bedeutung verloren. Ich weiß nur, dass ich alle menschlichen Siedlungen mied, um nicht am Ende doch noch jemanden zu infizieren. Das Einzige, was ich in dieser Zeit spürte, war eine unendliche Einsamkeit. Warum hatten die Götter einen so starken Baum wie Semptah gefällt und mich, einen vermeintlichen Schwächling, davonkommen lassen? Ich verstand es nicht. Doch letztendlich beseelte mich nur noch ein Wunsch. Ich wollte nach Hause. Und ich wollte zu meiner Tochter.

Als ich in Gaza durch das Festungstor ritt, wurde ich wegen meiner hethitischen Kleidung sofort festgesetzt und in den Kerker geworfen. Hier verweilte ich etliche Stunden und begann mich bereits zu Fragen, ob man mich als Spion hinrichten würde, als sich schließlich die Kerkertür öffnete und ich gefesselt aus dem Gefängnis herausgeholt und durch die halbe Festung geschleift wurde, bis wir vor der Tür des Festungskommandanten zum Halten kamen. Einer der ägyptischen Rekruten meldete dem Festungskommandanten meine Anwesenheit, und wenige Augenblicke später wurde ich durch die Tür geschoben.

Zwei kritische Augen musterten mich eine Weile, bis schließlich der Befehl erteilt wurde, mich loszubinden und mit dem Kommandanten allein zu lassen.

Ein Leuchten trat in die Augen des Kommandanten als wir alleine waren.

„Khafra, der Sklave Haremhabs. Du bist es doch? Erinnerst du dich nicht mehr? Paraemhab, einer der Freunde deines Herrn während der Ausbildung."

Zum ersten Mal wagte ich es, dem Kommandanten direkt ins Gesicht zu schauen. Und ja, ich erkannte ihn, auch wenn er offensichtlich vorschnell gealtert war. Das Leben in dieser Festung fernab der Heimat schien nicht unbedingt das Leichteste zu sein.

„Herr", antwortete ich unterwürfig.

„Ich habe deinen Geleitbrief von Haremhab gelesen. Doch dieser ist auf einen Nubier namens Semptah ausgestellt. Wo ist der?"

„Auf der Reise hierher an einem Fieber gestorben, Herr", antwortete ich wahrheitsgemäß, doch was für ein Fieber es gewesen war, ließ ich vorsorglich weg.

„Hm", meinte Paraemhab nachdenklich. „Und dann kommst du allein zurück? Warum bist du nicht einfach untergetaucht? Kein Mensch hätte dich vermisst. Und Haremhab war gewiss nicht immer ein guter Herr für dich. Ich denke nur an die Alte im Bordell."

Ein grölendes Lachen entrang sich seiner Kehle. Doch meinem Gesichtsausdruck entnahm er wohl schnell, dass ich daran nicht gerne erinnert wurde, worauf er auf das eigentliche Thema zurückkam.

„Also, warum kommst du freiwillig zurück, Khafra?"

„Wo hätte ich sonst hingehen sollen, Herr? Zuhause warten meine Frau und meine Tochter auf mich. Mein Herr hat gedroht, meiner Tochter etwas anzutun, wenn ich nicht zurückkehre. Das will ich nicht riskieren, ganz gewiss nicht. Außerdem hat es mich heimgezogen, denn eine andere Heimat als Ägypten kenne ich nicht."

„Hm! - Soldat, bring uns Wein und zwei Becher", befahl Paraemhab dem wachhabenden Rekruten. Dann forderte er mich auf, mich zu setzen. „Du musst verstehen", begann er sich zu entschuldigen. „Ich musste misstrauisch sein. Hier an der Grenze ist ständig mit Spionen zu rechnen. Aber dir glaube ich, auch wenn niemand außer dir die Gunst der Stunde nicht genutzt hätte. Berichte mir von deiner Reise und was du erlebt hast."

Wir redeten bis tief in die Nacht hinein und schliefen völlig betrunken am Tisch ein. Am nächsten Morgen versicherte Paraemhab mir, mir für den nächsten Morgen eine Eskorte zu stellen, die mich sicher nach Achet-Aton bringen würde. Diesen

Tag jedoch sollte ich nutzen, um mich von den Strapazen der Reise zu erholen, ordentlich satt zu essen und auszuschlafen. Dann verabschiedete er sich von mir und ließ mir mein Gepäck aushändigen.

„Grüße den General von mir. Ich beglückwünsche ihn zu einem so treuen Sklaven wie dir", waren seine letzten an mich gerichteten Worte, bevor er sich wieder seinem Tagesgeschäft zuwandte.

Ich ließ es mir den einen Tag wirklich gut gehen, aß, was immer man mir hinstellte, wusch mir den Staub der Straße in einem Badezuber ab und erhielt neue, saubere, ägyptische Kleidung. Mein Leben als Hethiter war damit vorbei, ebenso wie die Freiheit, die ich während dieser Zeit genossen hatte. Ich war wieder in die Rolle des Sklaven geschlüpft, der sich dem Willen seines Herrn zu beugen hatte.

Als ich am nächsten Morgen die letzte Etappe meiner Reise antrat, wurde es mir schmerzlich bewusst. Wer einmal die Freiheit geschmeckt hat, dem fällt es umso schwerer, das Joch der Sklaverei zu tragen. So erging es mir nun, und die Frage, ob ich nicht doch einen Fehler gemacht hatte, wollte nicht aus meinem Kopf gehen.

18.

Während meiner Durchreise durch das Nildelta bemächtigten sich meiner die unterschiedlichsten Eindrücke. Die fruchtbaren Ebenen des Niltals kamen mir seltsam vertraut vor. Es war der Anblick, den ich seit meiner Jugend kannte. Der Schemu, die Jahreszeit der Ernte, war angebrochen. Die Bauern standen auf ihren Feldern, um den Lohn ihrer Arbeit einzubringen. Der Anblick bewegte mich zutiefst, und wieder einmal wurde mir bewusst, dass dieses Land ein Geschenk des Nilgotts Hapi war, der jedes Jahr aufs Neue seinen Bewohnern den fruchtbaren Nilschlamm schenkte, der das Überleben des ganzen Landes sicherte.

Doch ich sah auch Bilder, die mich erschreckten. Tempel, die früher das Zentrum von Kultur und Bildung gewesen waren, standen leer und verlassen, teilweise sogar nur noch Ruinen, denen man die Willkür der Zerstörung ansah. Die Menschen, in deren Gesichter ich blickte, wirkten verstört und ängstlich. Das Lachen und die Freude schienen irgendwie abhandengekommen zu sein. Was war mit diesem Land geschehen?

Der junge Befehlshaber, der die mich begleitende Truppe befehligte, schien meinen fragenden Blick zu verstehen.

„Seit Aton der einzige Gott ist, der angebetet werden darf, sind die Menschen zutiefst verunsichert. Sie fürchten den Zorn der alten Götter, denen von Pharao die Verehrung verweigert wird. Und die Priester der alten Götter, insbesondere die Amuns, schüren diese Angst noch. Wenn du mich fragst, wünschen die Menschen sich nichts anderes als die alten Zeiten zurück, wo alles an seinem Platz war und die Menschen ihre Ordnung hatten."

„Das muss Pharao doch merken", wandte ich ein. „Er muss doch sehen, wie es seinem Volk mit seinem Gott geht."

Der junge Befehlshaber lachte kurz auf. „Pharao", spie er fast verächtlich aus. „Pharao lebt in seiner Traumstadt Achet-Aton, einer Insel fernab der Realität, in seiner Traumwelt und bekommt von den wahren Zuständen im Land nichts mit. Und seine Berater vermeiden es tunlichst, ihm von den tatsächlichen Begebenheiten im Land zu berichten. Hier im Delta mag es auch noch angehen, denn hier wurde schon immer Re besonders verehrt. Doch weiter im Süden, in der alten Reichshauptstadt Theben, kam es sogar zur offenen Revolte, angestiftet durch die Amunpriester, die ihre Macht und ihren Einfluss schwinden sehen. Wenn du mich fragst, stehen wir kurz vor einem Bürgerkrieg. Aber auch das verschweigt man Pharao aus Angst davor, ihn an die merkwürdige Krankheit zu verlieren, die ihn immer wieder befällt. Manche sehen in dieser Krankheit eine göttliche Fügung. Sie glauben, Pharao hat während dieser Fieberschübe Erleuchtungen. Doch die meisten sind der Meinung, dass Pharao verrückt und darum ein falscher Pharao ist. Es steht nicht gut um dieses Land, das ob Pharaos Träumereien immer weiter an Macht und Einfluss verliert. Mitanni, der treuste Verbündete Ägyptens, ist in einem Handstreich hinweggefegt worden. Und was tut Pharao. Er tröstet die zu uns geflohene Schwester seiner Königin mit Worten, anstatt endlich zu handeln, wie es sich für einen Pharao gehört und damit Ägyptens Macht und Stärke unter Beweis zu stellen. Wir werden unsere gesamten syrischen und phönizischen Vasallen verlieren, wenn es so weitergeht."

Ich verstand, wovon er sprach, war ich doch durch diese Region gereist und hatte die Stimmung gespürt, die dort herrschte. Man vertraute Ägypten und seiner militärischen Stärke nicht mehr. Doch die Meinungen darüber, sich eine neue Schutzmacht zu suchen, gingen unter Ägyptens Vasallen noch auseinander. Nur wie lange noch?

„Ich hoffe, du bringst dem General endlich etwas, mit dem er unseren Pharao zum Handeln bewegen kann, denn Haremhab und Eje stehen auf ziemlich verlorenem Posten mit ihren Warnungen. Pharao glaubt lieber, was bequem ist. Vor allem diesen Treuebeschwörungen Azirus, diesem Verräter."

Ich nickte, sagte jedoch nichts mehr dazu. Und auch der junge Mann schwieg, denn ihm wurde wohl bewusst, dass er vielleicht schon zu viel gesagt hatte, was, wenn ich oder ein anderer es weitertrugen, ihn seine Stellung kosten könnte.

Im Delta bestiegen wir eine Dhau, die uns bis vor die Tore Achet-Atons trug. Hier wurde ich noch bis zum Haus General Haremhabs begleitet, wo der junge Befehlshaber, seinen Namen habe ich längst vergessen, eine Botschaft seines Festungskommandanten Paraemhab sowie mich übergab, um dann sofort die Rückreise anzutreten.

Was mir beim Betreten des Hauses sofort auffiel, war die Stille, die in ihm herrschte. Jede Fröhlichkeit schien wie ausgelöscht. Da der General im Palast weilte, suchte ich die Kammer meiner Mutter auf, bei der ich meine Tochter vermutete. Doch die Kammer war leer. Weder von meiner Mutter noch von meiner Tochter war etwas zu sehen. Also ging ich in die Küche, dem Ort, an dem sich über kurz oder lang alle Bediensteten trafen, um zu essen und Neuigkeiten auszutauschen.

Die alte Köchin stieß erst einen spitzen Schrei aus, als sie mich erkannte. Dann fiel sie mir um den Hals.

„Du bist zurück. Den Göttern sei Dank. Du bist tatsächlich zurück. Keiner hier hat an deine Rückkehr geglaubt. Komm, setz dich. Hast du Hunger? Willst du etwas essen?"

„Nein danke. Ich möchte nichts essen. Sag mir lieber, wo meine Mutter und meine Tochter sind. Ich möchte sie nach der langen Zeit endlich in die Arme schließen", antwortete ich ungeduldig.

Die Köchin, eine der guten Seelen des Hauses, seufzte.

„Du kommst zu spät, mein Junge", meinte sie schließlich traurig. „Deine Mutter hat vor ein paar Wochen für immer die Augen geschlossen. Der Herr hat sie in der Wüste in einem namenlosen Grab bestatten lassen. Überhaupt hat sich hier in der Zwischenzeit einiges geändert."

„Was ist geschehen?", fragte ich aufgeregt. „Ist mit meiner Tochter alles in Ordnung, oder ist Saa auch etwas zugestoßen?"

„Nein, nein, mein Junge. Deiner Tochter geht es gut. Dennoch hat dieses Haus schwere Zeiten hinter sich und wohl auch noch vor sich."

„Was meinst du?", fragte ich verwirrt, denn mir fiel die merkwürdige Stimmung wieder ein, die überall im Haus herrschte.

„Die Herrin Amenia, von uns allen geliebt und verehrt, ist vor ein paar Monaten im Kindbett gestorben, nachdem das Kind, das sie trug, tot zur Welt kam. Es ist eine Tragödie. Du weißt, dass der einzige Mensch, von dem sich unser Herr etwas sagen und milde stimmen ließ, unsere Herrin war. Seit ihrem Tod herrscht in diesem Haus Trauer. Der Schmerz hat unserem Herrn schier den Verstand geraubt. Ich glaube, ihren Tod wird er nie verkraften. Er muss sie sehr geliebt haben. Wahrscheinlich war sie der einzige Mensch, der ihm überhaupt je etwas bedeutet hat. Seither gehen wir ihm alle so gut es geht aus dem Weg, denn seine Launen sind unberechenbarer denn je. Sei also gewarnt, wenn du ihm gegenübertrittst."

Ich war zutiefst erschüttert über diese Nachricht. Nie würde ich vergessen, wie oft Amenia mir zur Seite gestanden und mich vor Haremhabs Zornausbrüchen beschützt hatte. Nun ruhte sie mit ihren beiden totgeborenen Kindern in Haremhabs Grab in Sakkara. Wie ungerecht die Götter doch zuweilen waren. Die Guten nahmen sie vor der Zeit zu sich, während sie die Schlechten weiter walten ließen.

„Und meine Tochter? Wo ist sie?", begehrte ich zu wissen, nachdem ich mich von dem Schock, den Amenias Tod in mir auslöste, etwas erholt hatte. Ich hoffte, nicht wieder eine schockierende Antwort zu erhalten.

„Sie spielt im Garten, Khafra. Es geht ihr gut. Sie ist in der Zeit, in der du fortwarst, ziemlich gewachsen. Du wirst sie kaum wiedererkennen. Nachdem deine Mutter nicht mehr so konnte, wie sie wollte, hat Yanara sich ihrer angenommen."

„Danke", sagte ich hastig und wollte bereits in den Garten eilen, als Urbi mich unvermittelt zurückhielt.

„Da gibt es noch etwas, was du wissen solltest, bevor du zu deiner Tochter gehst."

„Und das wäre?", fragte ich ungeduldig.

„Es geht um deine Frau Myhra. Bald nach dem Tod Amenias hat sie es verstanden, unseren Herrn, Trost heuchelnd, zu umgarnen, bis er sie mit in sein Bett nahm. Wenn du mich fragst, war das schon immer ihr Ziel. Seither spielt sie sich wie die Herrin des Hauses auf, wenn der Herr nicht anwesend ist. Sie verfolgt hochfliegende Pläne. Sei also auf der Hut. Es wird ihr nicht gefallen, dass du zurückgekommen bist."

„Ich verstehe", erwiderte ich wenig überrascht.

„Es würde mich nicht wundern, wenn sie versuchen würde, dich auf die eine oder andere Art loszuwerden. Sie ist ein raffiniertes, durchtriebenes Frauenzimmer, dem jemand

Grenzen aufzeigen müsste. Doch im Augenblick sieht unser Herr in dieser Hinsicht nicht klar."

„Danke, Urbi", sagte ich. Dann konnte mich nichts mehr halten. Ich wollte endlich meine Tochter in die Arme schließen.

Noch am gleichen Tag traf ein Bote Ejes in Haremhabs Haus ein, der mich in den Palast beorderte. Zuvor hatte ein Diener des Hauses General Haremhab über meine Rückkehr informiert.

Nur schwer konnte ich mich von meiner Tochter lösen, die mich trotz der langen Trennung sofort wiedererkannt hatte. Dazu kam die Trauer um meine Mutter. Auch wenn wir uns in den letzten Jahren wenig zu sagen gehabt hatten, war sie doch meine Mutter gewesen, und trotz allem, was geschehen war, hatte ich sie geliebt. All dies konnte ich ihr nun nicht mehr sagen.

Wesir Eje empfing mich gemeinsam mit General Haremhab in seinem Arbeitszimmer im Palast. Freundlich lächelnd begrüßte er mich, während Haremhab nur ein kurzes Nicken für mich erübrigen konnte. Dann musste ich erzählen, was sich auf meiner Reise mit Semptah alles zugetragen hatte. Ich berichtete von den Küstenstädten, die wir auf dem Weg nach Hattussa besucht hatten, von der zwiespältigen Stimmung, die in den einzelnen Städten herrschte, von unserem Aufenthalt in Hattussa, dem Überfall der Hethiter auf Mitanni und was wir davon mitbekommen hatten und schließlich von unserer Rückreise und dem Ausbruch der Pest. Zuletzt übergab ich die Tontafeln, die mir Semptah vor seinem Tod anvertraut hatte.

„Vieles von dem, was du berichtest, deckt sich mit den Berichten, die ich anderweitig von unseren Spitzeln erhalten habe. Auch den Ausbruch der Pest in Hattussa haben sie mir bestätigt. Wie es aussieht, brauchen wir die Hethiter in nächster Zeit nicht fürchten, denn der Ausbruch der Krankheit hat nicht nur die Reihen ihrer Soldaten dezimiert, sondern auch für Missstimmung in der Bevölkerung gesorgt. Es wird gemunkelt, dass die Menschen glauben, die Götter würden ihnen zürnen, weil ihr König ein Usurpator sei, der den wahren König ermordet hat. All dies kann uns nur recht sein, haben wir in unserem Land doch ähnliche Probleme mit unserem Pharao. Auch über ihn wird allerorts gesagt, er sei ein falscher Pharao, der den wahren Gott Amun leugnet. Ich danke dir jedenfalls für deinen Bericht, Khafra. Du hast Ägypten einen großen Dienst erwiesen."

Ich verneigte mich vor Eje. „Danke, Herr."

Haremhab, der bis zu diesem Augenblick geschwiegen hatte, maß mich abschätzend mit seinen Blicken.

„Warum bist du zurückgekommen, Khafra? Nach Semptahs Tod wäre es dir ein Leichtes gewesen, einfach unterzutauchen. Niemand hätte je etwas über deinen Verbleib sagen können."

Es war das übliche Misstrauen, welches er allen Menschen in seiner Umgebung entgegenbrachte, mit dem er mich nun konfrontierte. Was sollte ich entgegnen, kannte ich die Antwort doch selbst nicht genau, war sie ein Gemisch aus den unterschiedlichsten Gefühlen und Überlegungen, die mich bewegten.

„Ich war einen Winter lang in Hattussa, Herr. Nichts dort hat sich wie Heimat angefühlt. Im Gegenteil, ich habe mich nach Ägypten gesehnt, dem Land, in dem ich geboren wurde und das mir vertraut ist. Und in dem meine Tochter auf mich wartet, Herr. Sie war der Hauptgrund, warum ich nicht an Flucht gedacht habe."

„Treue mir gegenüber war wohl nicht bei deinen Gründen?", fragte Haremhab zynisch.

Ich war bereits drauf und dran zu antworten, dass er mir noch nie einen Grund zur Treue ihm gegenüber gegeben hätte. Doch Eje, der meine Gefühle wohl an meinem Gesichtsausdruck erkannte, kam mir zuvor. „Lass es gut sein, Haremhab. Er hat unserem Land einen Dienst erwiesen, und wir sollten uns entsprechend erkenntlich zeigen, zumal wir seine Dienste in Zukunft vielleicht noch einmal benötigen könnten."

Haremhab schwieg, doch seine Zähne knirschten in seinem Kiefer bedenklich hin und her. In diesem Augenblick war ich mir meiner Sache sicher – er hasste mich, warum auch immer. Doch ich war mir keiner Schuld bewusst, die diesen Hass begründet haben könnte.

Nach kurzem Zögern lenkte er jedoch ein und meinte: „Du hast recht. Lassen wir das. Wie du dir denken kannst, ist deine bisherige Aufgabe inzwischen einem anderen übertragen worden. Doch der Posten eines Stallmeisters für meine Pferde in der königlichen Garnison von Achet-Aton ist gerade frei geworden. Ihn kannst du übernehmen, musst dann allerdings künftig in der Garnison leben, um jederzeit bei den Tieren sein zu können, falls etwas mit ihnen ist. Kannst du dir das vorstellen?"

Was hatte ich für eine Wahl? Keine, denn ein Sklave musste den Platz einnehmen, den der Herr ihm zuwies. Doch die Gemeinheit in seinem perfiden Plan war nicht zu übersehen. Mit dieser Stelle hatte er mich von meiner Frau, die mir allerdings gleichgültig war, ebenso wie von meiner Tochter getrennt. Das also war der Dank, den Ägypten seinen Treuen entgegenbrachte. Plötzlich konnte ich viele der phönizischen und syrischen Städte verstehen. Auch sie durften nichts als einen Tritt von ihrem Lehnsherren Ägypten erwarten.

Es war abermals Eje, der zu meinen Gunsten sprach: „Gewiss eine gute Aufgabe für deinen Sklaven. Und gewiss wirst du ihm einen Mittag in der Woche freigeben, um seine Tochter zu sehen. Ich glaube, das sind wir ihm schuldig."

„Gewiss", erwiderte Haremhab, der sich offensichtlich nicht mit dem Wesir anlegen wollte. „Einmal in der Woche werde ich die Sklavin Yanara, die sich seit einiger Zeit um die Kleine kümmert, mit dem Kind zur Kaserne schicken, damit er sie sehen kann."

Damit war das Ganze, wie üblich, über meinen Kopf hinweg entschieden. Was hätte ich dagegen einwenden können. Von meiner Frau sprach niemand, vermutlich weil jeder wusste, dass sie gelegentlich dem General das Bett wärmte. Aber auch das war sein Recht. Er durfte jede seiner Sklavinnen zu sich holen, wann und wie oft es ihm beliebte. Doch das war mir egal. Sollte er diese Natter ruhig an seiner Brust nähren. Irgendwann würde sie ihn schon beißen, oder er sie, denn beide waren sich in Anstand und Charakter ebenbürtig.

So packte ich meine wenigen Sachen und zog schweren Herzens in den Stall der Garnison um, in der Hoffnung, meine Tochter tatsächlich einmal in der Woche sehen zu dürfen.

Wider Erwarten machte mir die Aufgabe mit den Pferden Spaß. Anders als Menschen kennen Tiere keine Falschheit. Wenn du sie gut behandelst, sind sie dir freundlich gesonnen. Aber solltest du ihr Vertrauen missbrauchen, das vergessen sie dir nie. Auch meine Tochter durfte ich tatsächlich einmal in der Woche sehen, und nach allem, was ich erkennen konnte, entwickelte sie sich prächtig. Sie war eine kleine Schönheit geworden, hatte die blauen Augen und die helle Haut ihrer Mutter und mein braunes Haar geerbt Das Blut zweier Völker war in ihrem vereint worden. Schon jetzt war erkennbar, dass sie einmal eine sehr schöne und begehrenswerte Frau werden würde, deren Besonderheiten in diesem Land auffallen mussten, denn die meisten Ägypter waren dunkelhäutig, mit braunen Augen und schwarzen Haaren. Auch zeigte sie eine rasche Auffassungsgabe und entwickelte in manchen Dingen eine Feinfühligkeit, die mich oft sprachlos machte. Vielleicht durchschaute sie darum trotz ihrer Jugend das Verhältnis, das ihre Mutter mit dem Herrn des Hauses verband. So meinte sie einmal, als wir auf Myhra zu sprechen kamen, sachlich: „Die beiden sind sich sehr ähnlich, Papa. Beide suchen ihren Vorteil und versuchen, den anderen zu benutzen. Wahre Liebe gibt es zwischen ihnen nicht. Das kann nicht gut enden, denn keiner von ihnen will etwas geben."

Saas Aussage machte mich sprachlos, denn sie schien die Situation genau richtig einzuschätzen. Sie deckte sich mit den Erzählungen Yanaras über das, was sich in Haremhabs Palast zutrug. Haremhab benutzte Myhra, um für wenige Augenblicke die innere Leere auszufüllen, die Amenias Tod bei ihm hinterlassen hatte. Und Myhra gab sich einem Traum hin, dem Traum aufzusteigen in eine Welt, der sie nie angehören würde. Saa hatte recht. Das konnte nicht gutgehen.

Die Entwicklung meiner Tochter machte mich einerseits stolz, aber sie löste auch Befürchtungen in mir aus. Was würde einmal aus ihr werden? Als Sklavin war sie schutzlos dem Willen Haremhabs ausgeliefert. Noch ging es ihr gut, denn immerhin war sie die Tochter der Frau, mit der er gelegentlich das Bett teilte, auch wenn diese wenig Interesse an der Tochter zeigte. Doch was würde geschehen, wenn er dieser überdrüssig würde und sich daran erinnerte, dass sie auch meine Tochter war? An diesem Punkt unterbrach ich meine Gedanken stets, denn ich konnte und wollte nicht weiter darüber nachdenken. Der Wille der Götter geschieht.

19.

Für das Land Ägypten begann bald nach meiner Rückkehr eine der schwärzesten Perioden seiner Geschichte seit der Vertreibung der Hyksos, jenes Fremdvolkes, das Ägypten einhundert Jahre unter seine Herrschaft gezwungen hatte. Das sich anbahnende Unglück nahm mit dem plötzlichen Tod der großen Königsgemahlin Teje seinen Anfang. Sie, der Garant für Stabilität und kluge Strategie, die manch unüberlegten Beschluss Pharaos durch gutes Zureden hatte verhindern können, war nicht mehr. Pharao war untröstlich, hatte er sich doch stets trotz seiner Eigenwilligkeit auf den Rat seiner Mutter verlassen. Der Schmerz schien ihn zu zerreißen. Seine Trauer löste erneut einen seiner gefürchteten Anfälle aus, der ihn wochenlang ans Bett fesselte und im Fieber fantasieren ließ.

Doch nicht nur Pharao trauerte. Auch Haremhab und Eje hatten einen schweren Verlust erlitten, denn sie hatten ihre wichtigste Verbündete im Kampf gegen die Tatenlosigkeit, die sich in Achet-Aton ausgebreitet hatte, verloren. Niemand außer Königin Teje konnte bei Pharao etwas bewirken. Darum gab es niemanden, der sie nach ihrem Tod ersetzen konnte. Nicht zuletzt deshalb waren all die Erkenntnisse, die ich auf meiner Reise nach Hattussa gesammelt und jene Dokumente, die Semptah in Hattussa besorgt hatte, nutzlos, denn Pharao hatte wider aller Vernunft beschlossen, den Friedensbeteuerungen Azirus zu vertrauen und den um Beistand bittenden syrischen und phönizischen Städten keine Hilfstruppen zu senden. So wandte sich eine Küstenstadt nach der nächsten von Ägypten ab, und die, die Ägypten trotz allem die Treue hielten, mussten diese teuer bezahlen. Simyra wurde von Azirus Truppen erobert und vollständig zerstört, alle Ägypter in der Stadt erschlagen. Byblos wurde belagert, und es war absehbar, dass auch diese Stadt ohne

Hilfe aus Ägypten dem Untergang geweiht war. Doch Pharao konnte sich trotz allem zu keinem Eingreifen durchringen.

Dafür geschah schon bald nach Pharaos Genesung etwas, das König und Königin, zwischen denen sich bereits seit längerem eine Missstimmung breit gemacht hatte, völlig auseinanderbrachte. Echnaton, sich seiner eigenen Schwäche immer bewusster werdend, ernannte seinen Halbbruder Semechkare gegen den Willen Königin Nofretetes zum Mitregenten und zu seinem Erben. Da Königin Nofretete dem Pharao nur Töchter geschenkt hatte, die als Echnatons Nachfolger nicht in Betracht kamen, gab es außer seinem Halbbruder nur noch den kleinen Tut-anch-aton, das Kind Pharaos mit einer Nebenfrau, ein schwächlicher, kleiner Kerl, von dem niemand wusste, ob er die Kraft haben würde, zum Mann heranzureifen. Daher war Pharao davon überzeugt, das Richtige zu tun, als er Semechkare neben sich auf den Horusthron setzte, um von ihm beim Regieren entlastet zu werden. Er hoffte, sich dadurch mehr denn je seinem Atonglauben widmen zu können.

Zornig zog sich Königin Nofretete, die den Halbbruder Pharaos verabscheute, in einen Seitenflügel des Palasts zurück und weigerte sich fortan, Pharao zu empfangen. Stattdessen grübelte sie wohl darüber nach, wie sie den Halbbruder Echnatons vernichten könne, denn die offene Feindschaft, die seit der Thronbesteigung Semechkares zwischen den beiden herrschte, war für niemanden zu übersehen.

Doch nicht nur außerhalb des Landes brodelte es. Auch innerhalb des Landes war die Unzufriedenheit der Bevölkerung, geschürt durch die Priester Amuns, nicht mehr zu leugnen. Die Menschen protestierten offen gegen den falschen Pharao und wollten ihren Reichsgott Amun zurück. Es kam zur Stürmung und Plünderung etlicher Heiligtümer, die dem Gott Aton geweiht waren. Dabei kamen auch unzählige Atonpriester ums Leben.

Von all dem erfuhr Pharao so wenig wie möglich. Er sollte weiterhin beruhigt in seiner Traumwelt Achet-Aton leben und seinen Träumen von einer besseren Welt nachhängen, während General Haremhab mit brutaler Härte die Aufstände innerhalb des Reichs niederschlug. Doch auch davon erfuhr Pharao nur Halbwahrheiten, die er jedoch allzu gerne glaubte. Er war davon überzeugt, dass über kurz oder lang die Menschen seinem Gott Aton folgen würden. Und seine Berater ließen ihn in dem Glauben. Selbst der Wesir Eje hatte es aufgegeben, Pharao die Wahrheit nahezubringen. Erst als Pharao beschloss, die Großgrundbesitzer auf Kosten des Staats zu enteignen, um das Land den Bauern, die darauf arbeiteten, zu geben, platzte Eje der Kragen, denn mit einem solchen Beschluss würde Pharao sich auch noch seine letzten Getreuen im Land zum Feind machen, ganz davon zu schweigen, dass der Staat keinesfalls das Gold besaß, die Großgrundbesitzer und Tempel, die Eigner des Bodens waren, zu entschädigen.

All das bekam ich durch die Gespräche mit, die die Soldaten in der kleinen Garnison führten. Ich verstand nicht alles. Doch mir wurde schnell klar, dass Ägypten sich in einer prekären Lage befand. Weder Pharao noch sein Mitregent Semechkare, der dem Wohlleben mehr als dem Regieren zugeneigt war, hielten noch die Zügel des Reichs in der Hand. Ohne die Treue des Heers Pharao gegenüber wäre Echnaton schon längst gefallen.

Was ich auch immer meinem Herrn Haremhab vorwerfen mag, seine Loyalität Pharao Echnaton gegenüber in jener Zeit ist unumstritten, auch wenn er, ebenso wie der Wesir Eje, an den Beschlüssen Echnatons zuweilen verzweifelte.

Ich versah meinen Dienst bei den Pferden Haremhabs im königlichen Stall, sah meine Tochter einmal in der Woche, deren Anblick mein Herz jedes Mal aufs Neue zum Leuchten brachte.

Und ich kam Yanara näher, der Frau, der ich zutiefst dankbar war, weil sie sich um Saa kümmerte als wäre es ihr eigenes Kind. Zuerst unterhielten wir uns nur. Sie berichtete mir von den Vorgängen im Palast des Generals, von den vergeblichen Versuchen meiner Frau, mich beim General zu diskreditieren, um mich loszuwerden.

Yanara schüttelte lachend den Kopf: „Sie glaubt wirklich, wenn sie dich los ist, wird der General sie zu seiner Frau machen. Das ist ihr Ziel. Doch gerade darum ist der General froh, dass es dich gibt, denn du bist sein Schutzschild, mit dem er Myhra in ihre Schranken weisen kann. Du musst dir also keine Sorgen machen, Khafra. Sie ist für den Herrn wie ein Rausch. Sobald er sie besessen hat, ist er wieder nüchtern. Wenn sie ihn dann nicht in Ruhe lässt, droht er ihr, sie zu dir zu schicken, und manchmal glaube ich, dass er dies auch wirklich vorhat, um sie loszuwerden, denn sobald der Rausch vorbei ist, ist sie ihm nur noch lästig. Trotzdem schafft sie es immer wieder, ihn in ihren Bann zu schlagen und zu verführen.“

Ich seufzte erleichtert. „Für mich wäre es die härteste Strafe, mit ihr leben zu müssen. Glaub mir das. Sie ist wie ein Dämon, ohne Herz. Selbst dem eigenen Kind gegenüber kann sie nichts empfinden. Wie mag sie nur zu diesem gefühlskalten Menschen geworden sein?“

„Ich weiß es nicht“, antwortete Yanara ehrlich. „Aber ich weiß, dass einem in ihrer Gegenwart eiskalt werden kann.“

Während sie mir von den Vorgängen im Haus Haremhabs berichtete, erzählte ich ihr von den Dingen, die ich in der Garnison aufschnappte, von der Lage im Reich und außerhalb. So kamen wir uns langsam näher, bis wir uns eines Mittags unvermittelt im Stroh wiederfanden. Es passierte einfach, auch wenn wir beide wussten, dass es uns verboten war. Es war keine Liebe. Jedenfalls nicht bei mir. Aber wir schenkten uns für einige Augenblicke Trost und Wärme, wenn wir beieinanderlagen, etwas, das jeder Mensch zuweilen braucht. Jedes Mal danach schworen wir uns, es nicht wieder passieren zu lassen. Doch wir wussten beide, dass wir uns diesbezüglich etwas vormachten, dass es wieder passieren würde, wenn wir aufeinandertrafen. Und wir befürchteten, dass dies kein gutes Ende nehmen würde.

Die Nachricht vom Tod des Mitregenten Semechkare traf das Reich plötzlich und unvorbereitet. Niemand hatte damit gerechnet, außer demjenigen natürlich, der den Giftmord in Auftrag gegeben hatte. Denn dass es sich bei dem Tod des Halbbruders Pharaos um Mord handelte, stand schnell fest. Die Sempriester fanden bei seiner Einbalsamierung ausreichend Spuren eines Gifts, das seinen Tod hervorgerufen hatte. Und natürlich gab es viele Verdächtige, denen der Tod Semechkares gelegen kam, allen voran Königin Nofretete, der man schnell heimlich die Schuld zuschob. Ob sie es wirklich gewesen ist, die die Ermordung angeordnet hatte, kam jedoch nie ans Licht, denn Pharao verbot alle Untersuchungen diesbezüglich. Auch das löste Spekulationen aus.

Von größerer Tragweite für das Reich war jedoch die Tatsache, dass Pharao durch den Tod seines Halbbruders erneut jener rätselhaften Krankheit anheimfiel, die ihn wochenlang ans Bett fesselte. Diesmal sagten die Ärzte allerdings voraus, dass sich Pharao von seinem Krankheitsschub nicht vollständig erholen würde.

Endlich einigermaßen genesen, ordnete Pharao Echnaton die Thronfolge erneut, diesmal zugunsten seines einzigen Sohns Tut-anch-aton, den er trotz seines Kindesalters mit seiner Tochter Anchesenpaaton zur Sicherung seines Machtanspruchs vermählte. Offensichtlich spürte er, dass ihm nicht mehr viel Zeit blieb. Darum setzte er den Wesir Eje als Reichsverwalter für den Prinzen bis zu dessen Volljährigkeit ein. Beruhigt darüber, alles Nötige veranlasst zu haben, widmete er sich wieder ganz der

Verehrung Atons und ließ Eje an seiner statt regieren, war er doch der Bruder seiner geliebten und geschätzten Mutter. Deshalb vertraute er ihm bedingungslos und war davon überzeugt, dass dieser in seinem Sinn handeln würde.

Eje, der sich der zunehmenden Bedrängnis Ägyptens im Innern wie an seinen Grenzen nur allzu bewusst war und der das langsame Dahinsiechen Pharaos jeden Tag deutlich vor Augen sah, begann heimlich einen Kurswechsel einzuleiten. Auf seinen Befehl hin brach Haremhab mit einem Heer nach Gaza auf, um unter allen Umständen die ägyptischen Grenzen zu sichern, wenn schon die Vasallenstaaten nicht mehr zu retten waren. Zwar nickte Pharao diese Mission ab, doch der wahre Zweck blieb ihm verborgen. Er glaubte daran, dass die Grenze befestigt werden sollte, während Haremhab den Befehl hatte, Strafexpeditionen über die Grenze hinaus zu leiten, um ägyptische Stärke zu demonstrieren. Darüber hinaus begann Eje heimliche Verhandlungen mit dem Oberpriester des Amun von Theben, dem er zusicherte, nach Pharaos Tod den von der Bevölkerung verehrten Reichsgott Amun wieder zu seiner alten Macht und Größe zu verhelfen, Ländereien und Gold an die Tempel zurückzugeben und so den Frieden und die Einheit im Land wieder herzustellen. Und der Hohepriester des Amun, Meriptah, ließ sich auf den Handel nur allzu gern ein, war ihm klar, dass Eje nach Echnatons Tod der wahre Herrscher über Ägypten sein würde, und Tut-anch-aton, der gekrönte Pharao, ein Kind, das geformt werden konnte.

Dank Ejes kluger Politik schienen weitere Auseinandersetzungen mit der Priesterschaft des Amun vorerst gebannt. Meriptah war klug genug, auf das Dahinscheiden dieses unglücklichen Pharaos zu warten, um seine einstige Machtstellung zurückzuerlangen. Und mein Herr Haremhab konnte nun endlich das tun, wozu er sich berufen glaubte, Krieg führen, um Ägyptens Größe und Stärke wieder sichtbar zu machen. Gnadenlos fiel er über abtrünnige Städte unweit der

Grenzstation Gaza her, plünderte, brannte nieder und führte die dort ansässige zivile Bevölkerung in die Sklaverei nach Ägypten. Alle feindlichen Soldaten, die er gefangen nahm, ließ er gnadenlos als Verräter hinrichten. So verbreitete er schon vor Echnatons Tod Angst und Schrecken, ohne dass Pharao etwas davon ahnte.

Als mein Herr nach monatelanger Abwesenheit nach Achet-Aton zurückkehrte, schien er im ersten Augenblick seltsam befreit, als hätte ihm jemand ein Joch von den Schultern genommen. Von der Bevölkerung außerhalb Achet-Atons wurde er euphorisch empfangen, während ihm in Achet-Aton zumeist Schweigen entgegengebracht wurde. Doch auch in der Stadt Pharaos schien vieles im Wandel. Haremhab begrüßte die sich ankündigende politische Veränderung, die sich nach Echnatons Tod einstellen würde, auch wenn er Pharao ebenso wie Eje bis zu dessen Tod die Treue hielt. Doch hinter den Kulissen wurde bereits die Macht neu verteilt. Und Haremhab musste sehr schnell feststellen, dass Eje seine Abwesenheit dazu genutzt hatte, um seine Machtstellung geschickt durch politisches Taktieren so zu festigen, dass er unantastbar geworden war. Zwar stand der Großteil des Heers hinter General Haremhab, dem es zujubelte, doch die Priesterschaft, hinter der die Bevölkerung stand, war dem Wesir Eje zugetan, der ihr ein Wiederaufleben der alten Traditionen und der Priesterschaft ein erneutes Einräumen der alten Macht zugesichert hatte. Aber nicht nur von der Priesterschaft wurde der Wesir unterstützt, sondern auch General Nachtmin, der unter den Soldaten ebenfalls eine große Anhängerschaft hatte, stand dem Wesir und damit dem künftigen Thronfolger treu zur Seite. Bald musste mein Herr erkennen, dass die Gunst der Stunde verstrichen war, er nach Echnatons Tod nicht mehr die wahre Macht an Tut-anch-atons Seite werden konnte. Ich vermute, dass er bereits damals mit dem Gedanken liebäugelte, diese schwache Dynastie ihrer Macht zu berauben und nur dem Schein nach weiterregieren zu lassen. Doch der alte Fuchs Eje hatte ihn geschickt ausmanövriert. So blieb Haremhab nichts anderes übrig, als mit Eje ein Bündnis einzugehen, das ihm immerhin den zweiten Platz im Hofstaat des künftigen Pharaos sicherte. Etwas war dem General nach der Machtneuverteilung jedoch klar geworden. Über seine Position im Heer hinaus brauchte er dringend eine Legitimation, die ihn mit dem Königshaus verband, um das, was er vermutlich schon damals anstrebte, zu erringen – Macht. Der Verfall Ägyptens, eingeleitet durch die Schwäche Echnatons, hatte in seinen Augen alles möglich gemacht und jeden Respekt vor der heiligen Person Pharaos hinweggefegt.

Pharao Echnaton starb in seinem 17. Regierungsjahr nach langer Krankheit. Er hinterließ ein in seinen Grundfesten erschüttertes Reich. Es würde die Aufgabe seines Nachfolgers sein, das ägyptische Reich neu zu ordnen und zu neuer Größe und Stärke zurückzuführen. Doch war ein Kind wie Tut-anch-aton dafür der richtige Pharao?

Nach den Beisetzungsfeierlichkeiten für Pharao Echnaton, während derer sein Nachfolger die Zeremonie der Mundöffnung vollzog, wurde Pharaos Mumie in das für den Pharao errichtete Grab unweit der Stadt Achet-Aton gebracht. Der Beisetzung folgten die Krönungsfeierlichkeiten für den erst neunjährigen Tut-anch-aton, der seinem Vater auf den Horusthron folgte. Doch die wahre Macht lag von nun an allein in Ejes Händen.

Für die einfache Menschen änderte sich eigentlich nicht viel, außer dass Eje sein Wort hielt und den alten Tempeln Stück für Stück ihre Rechte und Privilegien zurückgab, sowie das wieder aufbauen ließ, was Echnaton zerstört hatte. Damit konnte jeder Ägypter wieder zu seinen Göttern beten, ohne Furcht haben zu müssen, bestraft zu werden.

Für mich ereignete sich in jener Zeit etwas Folgenschweres, das mein seit einiger Zeit recht friedlich verlaufendes Leben auf den Kopf stellen sollte. Wie so oft schlägt der Blitz gerade dann ein, wenn man es am wenigsten erwartet. Dieser Blitz trug den Namen Myhra und hatte das Gesicht einer Göttin. Aber in ihrem Wesen glich sie eher Seth, dem Zerstörer.

Es war kurz nach der Krönung Tut-anch-atons, als ich eines Nachts durch ein sanftes Rütteln gefolgt von Weinkrämpfen aus dem Schlaf gerissen wurde. Müde hob ich den Kopf, um die Ursache der nächtlichen Störung auszumachen. Es war Myhras tränenverschmiertes Gesicht, das auf mich herabblickte.

„Was willst du hier?", fragte ich überrascht, denn mit ihr hätte ich am allerwenigsten gerechnet.

Zuerst brachte sie vor lauter Tränen kein Wort hervor. Als sie sich schließlich einigermaßen beruhigt hatte, stieß sie zornig hervor: „Er hat mich vor dem gesamten Personal demütigen lassen. Kannst du dir das vorstellen, Khafra? Alle haben zugeschaut, wie ich zwanzig Stockschläge auf das Gesäß erhalten habe. Es ist so furchtbar. Ich hasse ihn. Du musst mich rächen, Khafra. Hörst du."

Ich glaubte, nicht richtig zu hören. Doch ihre großen, blauen Augen schauten mich so durchdringend an, dass ich schnell begriff, dass sie das Gesagte ernst meinte.

„Bist du von allen Sinnen, Myhra?", fragte ich entsetzt. „So etwas darfst du nicht einmal denken, geschweige denn aussprechen."

„Pha", antwortete sie trotzig. „Er hätte es mehr als verdient für das, was er mir angetan hat."

„Was hat er dir denn angetan, was du nicht auch gewollt hast?", begehrte ich zu wissen.

„Er hat mich glauben lassen, dass ich ihm etwas bedeute. Und nun hat er mir einen Tritt gegeben."

Ihre großen blauen Augen bohrten sich in mich hinein. Es waren Augen, die das Herz eines Mannes zum Schmelzen bringen konnten. Für einen Augenblick war ich versucht, sie in den Arm zu nehmen und zu trösten. Doch dann fiel mir unsere gemeinsame Tochter Saa ein und wie diese von ihrer Mutter behandelt wurde. Mein Mitgefühl war augenblicklich dahin.

„Es wäre besser, du würdest unverzüglich in sein Haus zurückkehren. Hat dir jemand erlaubt, es zu verlassen? Weiß man, wo du bist?"

„Nein", antwortete sie bissig. „Sollen sie doch nach mir suchen. Mir ist das gleichgültig. Er hat es verdient, sich Sorgen zu machen. Soll er nur sehen, wie es ohne mich ist."

„Bist du völlig von Sinnen?", fragte ich erschreckt. „Wir sind Sklaven. Er ist unser Herr, und wir schulden ihm Gehorsam. Was ist überhaupt geschehen?"

Anstatt mir zu antworten, begann sie über meine Brust zu streicheln. Langsam bahnte sich ihre Hand ihren Weg weiter nach unten zu meinem Schritt, bis ich sie entsetzt zurückstieß.

„Was soll das? Wir wissen doch beide, dass zwischen uns nichts ist."

„Immerhin bist du mein Ehemann", antwortete sie süffisant. „Es ist doch wohl nicht verboten, wenn die Ehefrau sich ihrem Mann nähert und seine Liebe spüren will."

„Liebe? Du kannst nicht lieben, weder mich noch unsere Tochter noch unseren Herrn. Also erzähl mir nichts. Sag mir lieber, was vorgefallen ist, oder kehre augenblicklich zurück, damit es keinen Ärger gibt. Ich möchte in keine deiner Machenschaften hineingezogen werden."

„Aber ich will…" Erneut versuchte sie sich an mich zu schmiegen. Erneut stieß ich sie fort, worauf sie abermals zu weinen begann.

Wütend sog ich die Luft laut ein, mir sicher, einer ihrer Maschen erliegen zu sollen. Als ich auf ihr Heulen nicht reagierte, gab sie es schließlich auf, mich auf die eine oder andere Art umgarnen zu wollen und sank neben mir in sich zusammen.

„Er wird wieder heiraten, Khafra. Aber nicht mich. Ich habe ihm daraufhin eine Szene gemacht. Da hat er mir vor der gesamten Dienerschaft zwanzig Stockhiebe versetzen lassen."

„Hast du jemals geglaubt, dass er dies wirklich im Sinn haben könnte?", fragte ich fassungslos. „Wir sind Sklaven, vergiss das nicht. Er kann sich unser jederzeit bedienen."

„Pah", zischte sie zornig. „Ich hatte ihn schon fast so weit, dass er mir hörig war. Doch diese Schlampe, die nicht einmal schön ist, kriegt ihn nun, nur weil sie einen Namen hat und aus einer Königsfamilie stammt. Wegen ihr stehe ich jetzt dumm da."

„Wovon sprichst du?", begehrte ich zu wissen, da ich mir auf ihr sinnloses Geplapper keinen Reim machen konnte.

„Ich spreche davon, dass er eine Frau sucht, die Namen und Stand hat. Erst hat er nach Echnatons Tod Königin Nofretete für sich gewinnen wollen. Doch die hat ihn brüsk zurückgewiesen, denn ihr Liebhaber, der Bildhauer Thutmosis, ist ihr lieber als Haremhab. Dann hat er sich der Schwester Nofretetes, Mutnedjem, zugewandt, die Stand und Namen hat, aber als Flüchtling weder über Geld noch Besitz verfügt. Die beiden haben zueinandergefunden und wollen heiraten. Er zieht tatsächlich diese hässliche Frau mit ihren schlechten Zähnen im Mund meiner Person vor. Kannst du dir das vorstellen?"

„Ja", antwortete ich überzeugt. „Beide ergänzen einander. Jeder gibt dem anderen, was ihm fehlt. Hier geht es um Macht, nicht um Liebe. Da spielen Menschen wie du und ich keine Rolle. Begreifst du das nicht?"

„Nein", schrie sie mich an. „Das begreife ich nicht. Schlaf mit mir, Khafra, bitte."

Unwillig schüttelte ich den Kopf. „Warum sollte ich das tun. Was willst du damit bezwecken? Ihn eifersüchtig machen? Vergiss es. Er braucht dich nur in sein Bett befehlen, und du musst gehorchen. So ist das nun einmal mit Abhängigen."

„Khafra, wenn du nicht mit mir schlafen willst, dann behaupte wenigstens, dass du es getan hast. Du bist mein Mann. Das Recht steht dir also zu."

„Ich verstehe noch immer nicht. Warum ist dir das so wichtig?"

„Weil ich ein Kind von ihm erwarte und nicht will, dass er weiß, dass es sein Kind ist. Darum. Versprich mir, dass du es als deins anerkennst. Versprich es mir."

„Warum denn das? Als Haremhabs Kind hat das Kind doch weitaus bessere Aussichten für seine Zukunft?"

„Vielleicht. Vielleicht aber auch nicht, denn es wird auf jeden Fall als Sklave geboren. Wie wird sich Mutnedjem dem Kind gegenüber verhalten, wenn sie weiß, dass es sein Kind ist. Bitte, Khafra, tu mir den Gefallen. Erkenne es als dein Kind an. Ich bitte dich."

„Warum ist dir das so wichtig?", verlangte ich erneut zu wissen.

„Ich wurde als Kind eines freien kretischen Sklavenhändlers mit einer kretischen Sklavin als Sklavin geboren. Obwohl mein Vater ein freier Mann war, verkaufte er mich mit zwölf Jahren an einen phönizischen Händler, der mich für viel Gold in Nubien an ein Bordell verkaufte. Seine Ehefrau verlangte es von ihm, so wie sie zuvor verlangt hatte, dass meine Mutter kurz nach meiner Geburt verkauft wurde. Meine ersten Männer waren nubische Fischer, alt und stinkend. Ich konnte meinen Ekel kaum unterdrücken, wenn sie sich auf mich legten, um sich zu befriedigen. Es war schrecklich. Allein mein Aussehen half mir, allmählich zu steigen und in besseren Kreisen einen neuen Herrn zu finden. Damals habe ich mir geschworen da herauszukommen. Und Haremhab war meine Chance, dieses Leben hinter mir zu lassen. Dann hat er mich gegen meinen Willen mit dir verheiratet und gezwungen, von dir ein Kind zu bekommen. Den Rest kennst du. Es ist sein Kind, das ich in mir trage, ja, aber er soll nie erfahren, dass es so ist. So hat unsere neue Herrin keinen Grund, ihm übel zu wollen. Verstehst du das?"

„Nein", antwortete ich ehrlich, auch wenn ich zum ersten Mal begriff, dass wohl einiges in ihrem Leben vorgefallen sein musste, das sie zu dem gemacht hatte, was sie heute war, eine kalte, herzlose Frau.

„Bitte", drang sie weiter auf mich ein.

Ich seufzte nachdenklich. War es nicht gleichgültig, wer der Vater dieses Kindes sein würde? Wenn ich jetzt einwilligte, würde sie vielleicht Ruhe geben und in Haremhabs Haus zurückkehren. Damit ersparte sie uns vermutlich viel Ärger, denn wenn ihr Verschwinden entdeckt würde, hatte dies gewiss unangenehme Konsequenzen.

„Also gut. Aber nur, wenn du jetzt sofort zurückkehrst."

Ihre Augen leuchteten für einen kurzen Augenblick auf. Dann fiel sie mir um den Hals, drückte mich kurz an sich, stand auf und verließ den Stall.

Ich blieb mit einem unguten Gefühl in der Magengegend zurück, denn ich bezweifelte, dass dies alles richtig war.

20.

Bald trat der erste Nachteil zu Tage, den mein Abkommen mit Myhra mit sich brachte. Es war nicht mehr Yanara, die einmal in der Woche meine Tochter zu mir brachte, sondern meine Frau. Anders hätte es sich wohl kaum erklären lassen, dass sie ein Kind von mir erwartete. Dieser wesentliche Nachteil wurde mir erst im Nachhinein bewusst, denn ich vermisste Yanara und machte mir Gedanken, was sie von all dem halten mochte. Ich befürchtete, dass sie annahm, dass auch ich Myhras Verführungskünsten erneut erlegen war. Das stimmte natürlich nicht, denn ich hielt Myhra körperlich weiterhin von mir fern. Ich hatte mir geschworen, diese Frau in meinem ganzen Leben nicht mehr zu berühren, und daran hielt ich mich, auch wenn sie ihre Versuche, mich doch noch zu verführen, erst nach geraumer Zeit einstellte.

Was außerhalb der Garnison in Haremhabs Haus vor sich ging, davon bekam ich nun wenig mit, denn anders als Yanara, die mich stets auf dem Laufenden gehalten hatte, erzählte Myhra mir nicht viel, und von dem, was sie erzählte, glaubte ich längst nicht alles. Ich bezweifelte, dass sie die Avancen, die sie unserem Herrn schon früher gemacht hatte, völlig einstellte. Doch es stimmte, dass Haremhab Mutnedjem den Hof machte und verwunderte daher niemanden, als bekannt wurde, dass die beiden den Bund der Ehe einzugehen gedachten.

Der Tag der Bekanntgabe ihrer geplanten Hochzeit war der Tag, an dem Myhra unserem Herrn gestand, ein Kind zu erwarten.

„Nachdem ich es dem Verwalter des Hauses gestanden habe, hat er mich zu sich gerufen, wohl in der Annahme, dass es sein Kind wäre, das ich erwarte. Er hat vielleicht geschaut, als ich ihm sagte, dass du der Vater seist, dass ich mich mit dir ausgesöhnt habe, nachdem er mich aus seinem Bett gestoßen hat."

„Hat er dir geglaubt?", fragte ich skeptisch.

„Zuerst wohl nicht", antwortete sie, während blanker Hass in ihren schönen blauen Augen aufleuchtete. „Doch als ich ihm sagte, dass ich einmal in der Woche mit Saa zu dir ginge, da kamen ihm dann doch Zweifel an seiner Vaterschaft."

Ein triumphierendes Lächeln glitt über ihr Gesicht. „Das hat er nun davon. Soll er doch seiner zukünftigen Gemahlin ein Kind machen, wenn er kann."

Der Hass, der in ihr brannte, erschreckte mich. Es war der Hass einer verschmähten Frau, die auf Vergeltung sann, ohne Skrupel, ohne an die Zukunft ihres Kindes zu denken, denn ganz gleich was Haremhab von Myhra tatsächlich hielt, sein Kind hätte er gewiss gut behandelt. Schon deshalb plagten mich wieder Zweifel, ob der gewählte Weg der richtige war, ob ich mich nicht von Myhra als Werkzeug ihrer Rache missbrauchen ließ.

Als ich einige Tage später zum Herrn gerufen wurde, um Myhras Behauptung zu bestätigen, denn offensichtlich hegte Haremhab Zweifel an der Richtigkeit von Myhras Aussage, da musste ich schwer schlucken, bevor mir die Lüge über die Lippen kam. Als ich es aussprach, da wusste ich bereits, dass es ein schwerer Fehler war, die Vaterschaft für das Kind Haremhabs zu übernehmen. Doch es war geschehen, und damit unmöglich geworden, all das irgendwann zu berichten, ohne ernsthafte Konsequenzen fürchten zu müssen.

Der General wirkte einerseits erleichtert, weniger des Kindes als der Mutter wegen, vermutete ich, andererseits aber auch enttäuscht, denn das beste Mannesalter würde auch er nun bald überschritten haben, und noch immer hatten die Götter ihm keinen Nachkommen geschenkt. Ob es ihm mit Mutnedjem gelingen würde, einen Erben zu bekommen, das konnte zu diesem Zeitpunkt nur die Göttin Hathor wissen.

„Wenn dem so ist, dass zwischen euch ein Eheleben stattfindet, dann will ich eurem Glück nicht im Wege stehen. Du kannst zurück ins Haus ziehen, bist aber jeden Morgen pünktlich im Stall, um nach meinen Pferden zu sehen. Der Hof wird schon bald Achet-Aton verlassen und nach Memphis ziehen, denn der Wesir will die Stadt des Ketzerpharaos der Wüste überlassen. Allein Königin Nofretete hat beschlossen, hier zurückzubleiben. Soll sie, wenn sie glaubt, hier glücklich zu sein." Eine gewisse Bitterkeit trat in seine Stimme, und ich ahnte warum. „Sie wird hier vergessen werden. In nicht allzu langer Zeit wird die Wüste sich zurückgeholt haben, was ihr in so großer Anstrengung entrissen worden ist. Alles wird dem Vergessen anheimfallen, allen voran Echnaton."

„Und warum ausgerechnet nach Memphis, Herr?", wagte ich zu fragen, denn es erschien mir unlogisch, nicht nach Theben zurückzukehren, von wo der Hof einst aufgebrochen war, um eine neue Ära zu begründen.

„Weil in Theben erneut die Amunpriester herrschen und Eje seine Politik ohne deren Einmischung gestalten will. In Memphis ist er freier, zu tun, was er für richtig hält."

Ich nickte, verwundert darüber, dass er sich dazu herabgelassen hatte, mir eine Antwort zu geben.

„In Memphis besitze ich in der Stadt nahe dem Palast eine Villa, in der ich und meine zukünftige Gattin leben werden. Außerhalb der Stadt gehört mir darüber hinaus ein Gut, auf dem ich unter anderem meine Pferde, dich und deine Familie unterbringen werde. Du wirst dort meine Pferde versorgen, aber regelmäßig ein Gespann in die Garnison bringen, das ich zum Trainieren vor meinen Kampfwagen spannen kann. Ich denke, es ist gut, wenn Myhra meiner Frau in der ersten Zeit fernbleibt."

Mehr sagte er nicht dazu, doch ich ahnte, warum er meine Frau nicht in der Nähe seiner Gattin haben wollte. Er wusste, wie unberechenbar Myhra war. Dies machte wohl einen Teil der Faszination aus, die meine Frau auf ihn ausübte. Aber diese Unberechenbarkeit machte sie auch gefährlich. Ich zweifelte nicht daran, dass er irgendwann vorhatte, sich ihrer wieder zu bedienen, wenn die Wogen sich geglättet hatten und Myhra einsah, wo ihr Platz war.

Und ich begriff mit einem Mal auch, dass ich unwiderruflich in einer Falle saß. Denn Yanara musste natürlich glauben, dass ich mich erneut mit Myhra eingelassen hatte, und aufgrund dieser einen Lüge musste ich sie das glauben lassen, denn die Wahrheit durfte ich niemandem anvertrauen, auch ihr nicht. So kam es, dass mein Verhältnis zu der einzigen Frau, die, wenn ich sie auch nicht liebte, sie mir aber doch etwas bedeutete, zerbrach. Yanara war nicht der Mensch, der auf Rache sann, nein, sie akzeptierte die neuen Begebenheiten klaglos und kümmerte sich trotzdem weiter liebevoll um Saas, denn Myhra konnte mit ihrer Tochter auch weiterhin nicht viel anfangen. Ich aber hatte den einzigen Menschen, der mir Ruhe und Frieden schenken konnte, dem ich uneingeschränkt Vertrauen entgegenbrachte, verloren.

Kurz nach unserem Umzug nach Memphis wurde ich Vater eines gesunden Sohns, der die blauen Augen seiner Mutter und das schwarze Haar seines Vaters geerbt hatte. Er erhielt den Namen Pal. Der Herr kam persönlich aus seinem Stadtpalast vorbei, um das Neugeborene in Augenschein zu nehmen, denn ganz offensichtlich hegte er insgeheim noch immer gewisse Zweifel. Doch andererseits kam ihm der Umstand meiner Vaterschaft gelegen, und so versäumte er es wohl mit Absicht, der Angelegenheit weiter auf den Grund zu gehen. Er hatte von seiner Sklavin einen neuen Sklaven geboren bekommen. Das war es.

Mein Herr Haremhab war seit der Thronbesteigung Tut-anch-atons, der mit seinem Umzug nach Memphis auch seinen Namen in Tut-anch-amun änderte, um seinem Volk damit zu signalisieren, dass der von seinem Vater eingeführte ausschließliche Atonkult beendet war und er der Pharao sein würde, der zu den alten Göttern zurückkehrte, in seiner Position gestiegen. So konnte er sich nun nicht nur Vorsteher der Generäle des Herrn beider Länder nennen, sondern auch Erster der königlichen Höflinge, Hüter der Palastgeheimnisse, Freund des Pharaos, Siegelbewahrer des Königs, Oberdomänenverwalter und Wedelträger zur Rechten des Königs. Die Anhäufung seiner Titel machte seine Stellung bei Hof deutlich. Außer dem Wesir Eje gab es niemanden, dessen Weisungen er noch zu befolgen hatte. Allein ein Stachel saß in seinem Fleisch, General Nachtmin, der bei den ägyptischen Truppen ebenfalls viele Anhänger besaß und bei Eje eine besondere Stellung, nicht nur als sein Vertrauter, sondern auch als sein Freund innehatte. Es war jener Nachtmin, der mir in meiner Jugend schon oft zur Seite gesprungen war, wenn Haremhabs Grausamkeit mich treffen sollte. Doch im Augenblick konnte ich mich über das Verhalten meines Herrn mir gegenüber nicht beklagen. Er ließ mich schlicht und einfach in Ruhe. Doch mir war klar, dass sich das schnell wieder ändern könnte.

Im Augenblick ging es im Stadtpalast Haremhabs vor allem um eins, seine Prunkhochzeit mit der mitannischen Prinzessin Mutnedjem, zu der alle Großen des Reichs, selbst der junge Pharao mit seiner Gemahlin eingeladen waren. Darum wurde vom Gut alles entbehrliche Personal abgezogen, um bei den Vorbereitungen zu dem Festakt zu helfen. Auch ich war in den Palast beordert worden, um bei dem Aufbau für die Darbietungen, die die Gäste während des Festmahles unterhalten sollten, mit Hand anzulegen. Mein Herr scheute weder Kosten noch Mühe etwas ganz Besonderes auf die Beine zu stellen, das noch lange in der Erinnerung der Gäste bleiben würde. Seine Hochzeit mit einer Prinzessin war für ihn nicht nur ein Triumph, sondern auch ein gesellschaftlicher Aufstieg, der ihn künftig mit dem Königshaus verbinden würde.

Als ich die Braut Haremhabs zum ersten Mal sah, musste ich wider Willen Myhra recht geben, denn besonders schön war sie nicht, jene mitannische Prinzessin, die Schwester unserer Königswitwe Nofretete. Einem Vergleich mit Amenia, der ersten Gattin meines Herrn, mochte diese Frau nicht standhalten, weder im Aussehen noch, wie sich herausstellen sollte, im Charakter. Trotz des ganzen Prunks und Tands, mit dem sie sich schmückte, war und blieb sie eine graue Maus mit vorzeitig gewelkter Haut, schlechten Zähnen und für ägyptischen Geschmack zu üppigen Hüften. Das Einzige, was sie offensichtlich für Haremhab begehrlich machte, war das Blut, das in ihren Adern floss – königliches Blut. Dies ließ bereits damals manchen manches ahnen.

Am Tag der Hochzeit brannte die Sonne erbarmungslos vom Himmel herab. Es war der Monat Menchet. Die heißeste Zeit des Jahres hatte begonnen. Nachdem das Paar aus dem Tempel des Ptah gekommen war, wo es den Ehevertrag unterschrieben hatte, zog es sich für einige Zeit in die Privaträume zurück, um für die am Abend stattfindenden Feierlichkeiten ausgeruht zu sein. Die ersten Gäste trafen am frühen Abend ein, und der Haushofmeister Haremhabs begrüßte sie und führte sie zu den für sie reservierten Plätzen, während eine angenehme, auf Flöten gespielte Weise das Eintreffen begleitete. Als fast alle Gäste eingetroffen waren, erschienen Haremhab und seine neue Gemahlin und nahmen auf der für sie errichteten Tribüne Platz. Bald darauf trafen auch der Pharao und seine Gemahlin ein. Es war das erste Mal, dass ich Tut-anch-amun zu Gesicht bekam, einen damals zehnjährigen Jungen mit verkrüppeltem Bein und leicht krummem Rücken, der von seiner Schwester und Gattin Anchesenamun, sie hatte wie der Pharao als Zeichen des

Neubeginns ihren Namen geändert, liebevoll umsorgt wurde. Sie hatte bei dem Jungen wohl auch die fehlende Mutter zu ersetzen. Es war herzzerreißend, die beiden in den ihnen aufoktroyierten Rollen zu beobachten. Doch sie hielten sich tapfer.

Als einer der letzten Gäste erschien Eje mit seiner Gemahlin Ti, der wahre Beherrscher Ägyptens, ein Mann, weise und überlegt, der dabei war, dem Reich Frieden und Einheit zurückzubringen, auch wenn der Preis hoch war, denn die Priesterschaft Amuns war in ihren Forderungen maßloser als je zuvor.

An jenem Abend traf ich auch General Nachtmin wieder, der sich zu meinem großen Erstaunen an mich erinnerte.

„Der Hethiter", meinte er lächelnd. „Wie geht es dir? Lässt Haremhab noch immer seine Launen an dir aus?"

„Seltener" antwortete ich kurz, denn es ziemte sich nicht, mit einem anderen über meinen Herrn zu sprechen. Doch tief in meinem Innern drängte sich mir die Frage auf, warum ich ausgerechnet Haremhab gehören musste. Warum konnte ich nicht einem Herrn wie Nachtmin gehören, bei dem ich nie erlebte hatte, dass er seine Launen an seinen Abhängigen auslebte.

Der Abend zog sich in die Länge. Je später es wurde, umso mehr wurde getrunken. Schließlich war es Pharao, der nach einem kurzen Gespräch mit Eje als Erster das Fest verließ, zu einer Zeit, zu der Kinder seines Alters bereits längst schlafen sollten. Begleitet von Anchesenamun verabschiedete er sich vom General, bevor er, geschützt von seiner Leibgarde, seine Sänfte bestieg und zum Palast zurückkehrte, sichtlich froh darüber, dem Trubel entfliehen zu können.

Dies löste jedoch keinen allgemeinen Aufbruch aus. Im Gegenteil. Nun fing das Fest erst richtig an, eingeleitet durch den

Auftritt von nur mit einem schmalen Gürtel um die Hüften bekleideten Tänzerinnen, die den männlichen Gästen ihre Reize schamlos offenbarten. So manche von ihnen würde sich wenig später im Garten in einer ruhigen Ecke den besonderen Bedürfnissen der Gäste Haremhabs widmen. Mein Blick fiel bei diesem Auftritt auf meine neue Herrin Mutnedjem, die bei all dem jedoch ganz offensichtlich nichts Anstößiges zu finden schien. Vermutlich war sie Derartiges vom Hof Mitannis gewohnt, denn sie verzog keinerlei Miene, sondern amüsierte sich mit Haremhab über das Geschehen. Ich vermute, mancher der Gäste mag an jenem Abend den Umstand verflucht haben, dass er mit Gattin gekommen war und manche Gattin die Tatsache, nicht mit Pharao aufgebrochen zu sein.

Der Morgen dämmerte bereits, als ich plötzlich einen stechenden Blick in meinem Rücken spürte. Als ich mich umwandte, stand der Wesir Eje hinter mir. Wie lange er schon hinter mir gestanden und mich beobachtet haben mag, wusste ich nicht zu sagen. Doch ich war mir sicher, dass er mich an diesem Abend bereits länger im Auge behalten hatte.

„Euer Gnaden!", stieß ich unsicher hervor. „Kann ich etwas für Euch tun?"

Der Wesir lächelte mich einen Augenblick lang an, bevor er antwortete: „Das weiß ich noch nicht. Aber es könnte sein, dass ich in der Zukunft deine Mitarbeit benötige."

„Euer Gnaden?" Verwirrt schaute ich ihn an. Er lächelte abermals.

„Du hast jetzt eine neue Herrin, eine Frau, die ehrgeizig ist und den ohnehin schon vorhandenen Ehrgeiz ihres Mannes anstacheln wird. Sei wachsam, Hethiter. Sollten die Pläne der beiden zu weit gehen, wäre es zu deinem Besten, mich davon zu unterrichten."

„Ihr meint, ich soll meinen Herrn bespitzeln und an Euch verraten?", fragte ich entsetzt. „Das ist unmöglich. Er ist mein Herr, und ich bin ihm zur Treue verpflichtet."

„Das mag sein. Doch Ägypten, das Land, das dir Heimat geworden ist, ihm bist du ebenfalls verpflichtet. Denk darüber nach und entscheide dich, sollte es jemals so weit kommen, für die richtige Seite. Das ist alles, worum ich dich bitte."

Damit wandte er sich von mir ab und ging zurück in den Festsaal, wo er seiner Gemahlin Ti von ihrer Liege emporhalf und gemeinsam mit ihr das Fest verließ. Erschüttert folgte mein Blick den beiden, sicher, dass der Wesir mich gerade zum Verrat an Haremhab aufgefordert hatte, und ich, zur Treue verpflichtet, allein schon diese Aufforderung meinem Herrn gestehen sollte. Doch ich entschied mich schnell dagegen, denn ich wusste, dass mich dieses Geständnis erneut in seinen Blick ziehen und mir nur Ärger bringen würde. Darum beschloss ich für mich, das Gespräch mit dem Wesir einfach zu vergessen.

21.

Während sich das Verhältnis meiner Gemahlin zu unserer Tochter nicht verbesserte, sie mit Saa einfach nichts anfangen konnte, liebte und hütete sie Pal vom ersten Tag seiner Geburt an, als ob es für sie keinen anderen Menschen gäbe, der ihre Fürsorge und Wärme verdiente. Es war, als wäre er ihr erstes und einziges Kind, Saa nur eine böse Erscheinung, der keine Achtung geschenkt werden musste. Hätte Saa nicht die Liebe und Aufmerksamkeit, die jedes Kind braucht, von Yanara erhalten, es wäre schlimm um das Innenleben meiner Tochter gestanden. Dennoch wurde meiner Tochter mit zunehmendem Alter bewusst, dass mit dem Verhalten ihrer Mutter ihr gegenüber etwas nicht stimmte. Dieses Gefühl wurde durch die zur Schau getragene Liebe, die Myhra ihrem Sohn entgegenbrachte, in Saa noch verstärkt. Es wunderte mich daher nicht, dass sie mich eines Abends fragte, was mit ihr nicht stimme, dass ihre Mutter nichts von ihr wissen wolle. Ich schluckte schwer und suchte lange nach einer Antwort. Sollte ich lügen? Ich entschied mich dagegen, denn Saa war ein kluges Mädchen, das schnell merken würde, wenn ich sie belog. Dies würde vielleicht das Vertrauen, das zwischen uns herrschte, zerstören. Doch die ganze Wahrheit konnte ich ihr auch nicht anvertrauen. Darum entschloss ich mich dazu, ihr wenigstens einen Teil der Geschichte zu erzählen.

„Ich kann dir nicht genau sagen, warum deine Mutter dich so übergeht, meine Kleine. Ich wünschte, es wäre anders. Doch offensichtlich kann sie dich nicht so lieben, wie sie es sollte. Ich befürchte, die Schuld daran liegt auch bei mir. Deine Mutter hat mich nicht heiraten wollen, noch hat sie ein Kind von mir empfangen wollen. Unser Herr hat uns zusammengetan, und wir mussten gehorchen."

„Aber das ist doch kein Grund. Pal hat sie ebenfalls von dir empfangen, und ihn liebt sie über alles."

Ich schluckte schwer. Wieder war es jene Lüge, die mir zum Verhängnis wurde.

„Pal hat sie anders empfangen als dich", versuchte ich zu erklären. „Als wir dich zeugten, geschah dies mehr oder weniger auf Druck unseres Herrn. Bei Pal aber geschah es aus Liebe und Hingabe. Vielleicht ist das ein Grund dafür, dass deine Mutter nie eine Bindung zu dir aufbauen konnte."

Saa schaute mich mit ihren großen, blauen Augen lange an. Dann fragte sie unvermittelt: „Aber du liebst mich doch. Oder?"

„Wie kannst du so etwas nur fragen. Natürlich liebe ich dich, mehr als alles sonst auf dieser Welt. Daran darfst du niemals zweifeln, mein Kind. Niemals."

Sie dachte einen Augenblick lang nach, dann nickte sie bestimmt. „Das tue ich auch nicht, Vater. Und weißt du was. Deine Liebe reicht mir, denn sie gehört nur mir. Du liebst Pal nicht so wie mich, das merkt man dir an. Vielleicht muss das so sein. Mutters Liebe gehört Pal, deine mir. Damit ist das Gleichgewicht hergestellt."

Ich nickte, froh darüber, dass sie sich mit meiner Erklärung zufriedengab. Doch ein Stachel blieb nach diesem Gespräch in meinem Herzen. Merkte man mir an, dass ich mir aus Pal nichts machte, dass mir dieses Kind, Haremhabs Kind, gleichgültig war. Je länger ich darüber nachdachte, umso mehr wurde mir erneut bewusst, welchen Fehler ich begangen hatte, Myhras Wunsch nach Anerkennung der Vaterschaft nachzugeben. Ich hatte Yanara verloren, Haremhab den Sohn, Pal den Vater, der ihm vielleicht den Weg aus der Sklaverei geebnet hätte. Und selbst Myhra hätte im Haus unseres Herrn als Mutter seines Sohns einen anderen Platz einnehmen können als den, den sie nun innehatte, den der abgeschobenen Geliebten. Für keinen war durch diese Lüge etwas Gutes entstanden.

Bald nach Haremhabs Eheschließung erhielten wir auf dem Gut völlig überraschend Besuch. Der junge Pharao traf in Begleitung seiner Leibgarde zusammen mit unserem Herrn ein, um die allseits berühmte Pferdezucht des Generals in Augenschein zu nehmen.

Während Haremhab den jungen Monarchen durch die Ställe führte, um ihm die neusten Züchtungen zu zeigen, ließ er von mir seinen Streitwagen anspannen, um dem Pharao seine berühmten Pferde in Aktion zu zeigen.

Begeisterung leuchtete in den Augen des jungen Herrschers auf, als er den General auf seinem Streitwagen davonpreschen sah, während die Pferde vor dem Wagen eine perfekte Einheit zu bilden schienen, darauf dressiert, der kleinsten Zügelbewegung des Lenkers zu gehorchen. Als Haremhab schließlich seinen Streitwagen direkt neben Pharao zum Stehen brachte, konnte Tut-anch-amun nicht anders, als selbst eine Runde gemeinsam mit dem General fahren zu wollen. Der Offizier seiner Leibgarde riet dem jungen Pharao dringend davon ab, verwies darauf, dass er für das Leben seines Herrschers verantwortlich sei und darum diesem Vorhaben nicht zustimmen könne. Doch Tut-anch-amun ließ sich von diesem Wunsch nicht abbringen. Er bestand darauf, und Haremhab unterstützte ihn dabei, indem er meinte, man dürfe seiner Majestät diesen Wunsch nicht abschlagen, schließlich sei Pharao einst der Mann, der seine Truppen in der ersten Reihe in den Kampf führen würde. Daher sei es für seine Majestät nur gut, so früh wie möglich Erfahrungen zu sammeln. Vermutlich spielte er dabei auf den Wesir Eje an, der den Jungen wie ein rohes Ei behandelte und alle Gefahren von ihm abzuwenden versuchte, war er doch der Letzte seines Geschlechts.

Schließlich setzte Tut-anch-amun seinen Willen kraft seiner Stellung durch. Gemeinsam mit Haremhab drehte er etliche Runden auf dessen Streitwagen, bis dieser ihn wieder sicher zum Stehen brachte und Pharao vor Begeisterung strahlend ausstieg. Dies war vielleicht der Moment, in dem Pharao seine Leidenschaft für den Streitwagen entdeckte und später bei Eje darauf bestand, künftig von seinem Stallmeister in dieser Disziplin unterrichtet zu werden. Bald entwickelte sich daraus eine weitere Leidenschaft, die den jungen Herrscher begeisterte, die Jagd.

Ich hatte Pharao und Haremhab bei ihrer Fahrt zugesehen, und beim Aussteigen unseres jungen Herrschers aus dem Wagen kam mir unwillkürlich der Gedanke, dass dieses Gefährt für ihn zur Bestimmung werden könne, denn auf dem Wagen war sein verkrüppeltes Bein ihm nicht länger im Weg. Auf dem Wagen konnte er mit den anderen mithalten, wurde durch nichts behindert. Schon deshalb war diese neue Erfahrung für ihn wie eine Erleuchtung. Und als der General dem jungen Herrscher zum Abschied einen seiner besten Streitwagen und vier seiner besten Pferde zum Geschenk machte, war der Junge glücklich. Nur etwas machte mich in diesem Augenblick stutzig, der Blick, mit dem Haremhab seinen jungen Pharao in diesem Moment maß. In ihm lagen weder Respekt noch Achtung. Es war nichts als Verachtung, die in seinen Augen brannte.

22.

Acht Jahre später

„Verflucht noch einmal", schrie Haremhab zornentbrannt, als er durch die von seinen Dienern geöffnete Flügeltüre schritt, die zu Mutnedjems Gemächern führte. „Er will einfach nicht einlenken, vertraut Eje und seiner Einschätzung der Lage weit mehr als mir. Manchmal schäme ich mich für Ägypten, das sich hinter dem Rock eines alten Mannes und eines unreifen Knaben versteckt. Wie sollen wir zu alter Macht und Größe zurückkehren, wie das durch des Ketzerpharaos offensichtliche Schwäche Verlorengegangene zurückgewinnen, wenn wir nicht endlich Stärke und Präsens zeigen."

„Beruhige dich", beschwichtigte Mutnedjem ihren Gemahl, wie so oft, wenn er wütend von einer der Sitzungen der Großen des Reichs mit Pharao kam. „Er ist ein verunsicherter Knabe, der Eje blind vertraut, da er es nicht anders kennt."

„Ach", stieß Haremhab zischend aus. „Eje wird allmählich zum Problem. Er setzt wie einst Echnaton auf Diplomatie, anstatt endlich Stärke zu zeigen und das Verlorengegangene zurückzuerobern. Und unser Pharao schließt sich seiner Meinung stets an, geht lieber mit seinen Freunden auf die Jagd, anstatt Syrer und Hethiter zu jagen. Das Schlimmste ist, dass selbst General Nachtmin gegen meine Pläne ist, mit den Rückeroberungen zu beginnen. Wenn es kein Frevel wäre, würde ich mich langsam fragen, ob Pharao wirklich den Willen der Götter kennt. Ich bezweifle das immer öfter. Sein Vater hat mit seinem unsinnigen Atonkult das Reich an den Abgrund geführt und sein unfähiger Sohn tut nichts, um es von diesem Abgrund zu entfernen."

Beschwichtigend legte Mutnedjem den Finger an die Lippen, um Haremhab zu bedeuten, dass sie nicht allein waren und allzu freie Reden gefährlich werden könnten, auch wenn ihr Gemahl der nach Pharao und Eje mächtigste Mann im Reich war. Gewöhnlich wurde in einem solchen Augenblick die um Mutnedjem versammelte Dienerschaft hinausgeschickt. Was die beiden dann unter vier Augen beredeten, blieb im Verborgenen.

Von solchen oder ähnlichen Gesprächen berichtete Saa mir häufig, wenn wir uns sahen. Seit sie zu einer der Dienerinnen Mutnedjems aufgestiegen war, bekam sie viel von dem mit, was sich im Palast Haremhabs zutrug. Vor allem berichtete sie mir immer wieder von der Unzufriedenheit unseres Herrn mit der Friedenspolitik Ejes, der davon überzeugt war, das Reich erst im Innern festigen zu müssen, bevor er sich an die Grenzen Ägyptens wagen durfte. Dass Haremhab da ganz anderer Meinung war, dass er darauf brannte, Krieg führen zu können, war ein offenes Geheimnis. Dass er jedoch jeglichen Respekt vor der geheiligten Person Pharaos verloren hatte, das wussten nur wenige. Echnatons Schwäche, die offensichtlich auch seinem Sohn zu eigen war, ließ ihn immer häufiger daran zweifeln, dass sich Pharao wirklich der Wille der Götter kundtat. Was die beiden Eheleute besprachen, wenn sie allein waren, davon bekam niemand im Palast Haremhabs etwas mit.

Die Ehe mit Mutnedjem hatte dem General wie erhofft bei Hof mehr Ansehen gebracht, war Mutnedjem doch die Tante der großen Königsgemahlin Anchesenamun und er durch sie ein Mitglied der königlichen Familie geworden. Was Ehrgeiz und Machtstreben betraf passten die beiden auch perfekt zusammen. Doch darüber hinaus war diese Ehe für beide ein Desaster. Mehrmals war Mutnedjem in den vergangenen Jahren schwanger geworden. Keins der Kinder hatte sie austragen können. Viele hatte sie bereits in den ersten drei Monaten verloren. Die zwei, die sie unter größten Vorsichtsmaßnahmen bis zum Geburtstermin bei sich behalten hatte, wurden tot geboren. Irgendwann gaben beide ihre Versuche auf, was ihnen nicht schwerfiel, denn körperlich übten sie auf den anderen keine besondere Anziehungskraft aus. So wunderte es niemanden, dass der General irgendwann das Schlafzimmer seiner Gemahlin völlig mied und diese froh darüber war, dass Haremhab sich anderswo das suchte, was ein Mann brauchte. Nur das Schmieden von Plänen, die die Zukunft Ägyptens und ihre eigenen betraf, einte sie nach wie vor, denn um ihren Ehrgeiz zu befriedigen, brauchten sie einander.

So wunderte es mich nicht, dass Haremhab kein Fest bei Hof versäumte, bei dem junge Tänzerinnen den Herren nach dem Essen und Rückzug der Damen die Abende versüßten. Auch meine Frau Myhra landete irgendwann wieder im Bett unseres Herrn, der sich der angenehmen Nächte mit ihr erinnerte. Und Myhra gehorchte, wie es sich für eine Sklavin geziemt. Haremhab war der Überzeugung, dass er sie in ihre Schranken gewiesen hatte und sie den Platz, der ihr zustand, nun kannte. Myhra hingegen fühlte nur eins in sich wachsen, den Hass auf den Mann, von dem sie sich schändlich betrogen glaubte. Oft fragte ich sie, ob sie dem Herrn nicht doch gestehen wolle, dass er der Vater ihres Sohns sei. Doch jedes Mal erhielt ich die harsche Antwort, ich solle schweigen und mich an unsere Vereinbarung halten. Also schwieg ich, auch wenn ich es für falsch erachtete und oft beobachtete, wie unser Herr einen forschenden und nachdenklichen Blick auf unseren Sohn warf. Ahnte er die Wahrheit? Ich wusste es nicht.

Als Pal sein zehntes Lebensjahr vollendet hatte, ließ Haremhab ihn in die Garnison des Ptah in Memphis bringen, wo er das Führen eines Streitwagens erlernen sollte. Pal war in seiner Kindheit oft mit mir auf die Weide und in die Ställe gekommen, um mir bei den Pferden zu helfen, und hatte so schon früh ein feines Gespür für die Tiere entwickelt. Dies war auch unserem Herrn irgendwann aufgefallen, und so hatte er beschlossen, ihn zum Lenker eines Streitwagens ausbilden zu lassen.

Myhra sträubte sich erst dagegen und bat den Herrn, von diesem Plan Abstand zu nehmen. Doch Haremhab lachte sie nur aus: „Was soll sonst aus dem Jungen werden? Ein Stallbursche, wie sein Vater einer ist? Das kannst du für ihn nicht wollen." Erst als ich sie dahingehend beruhigte, dass unter Ejes Führung, auf den Pharao Tut-anch-amun meistens hörte, auch wenn er sich mit zunehmendem Alter immer häufiger seine eigene Meinung zu bilden schien, kein Krieg zu erwarten sei, beruhigte sie sich ein wenig. Es erfüllte sie sogar ein gewisser Stolz, als sie Pal zum ersten Mal auf einem von Haremhabs Streitwagen stehen und das Gefährt geschickt lenken sah. Trotzdem gefiel ihr das Ganze nicht wirklich. Doch was hätte sie tun können? Haremhabs Wünschen und Befehlen konnte sie sich nicht widersetzen.

Dass es hinter der schönen Fassade des Hofs, der nach außen seinen alten Glanz wie unter Pharao Amenophis III. zurückgewonnen zu haben schien, bröckelte, das war all jenen, die Zugang zu den Gesprächen und Beratungen der Vertrauten Pharaos hatten, bekannt. Und natürlich blieb all dies auch ihrer Dienerschaft nicht verborgen, die aus den Gesprächen ihrer Herrschaften ihre eigenen Schlüsse ziehen konnte. Der Hof spaltete sich offensichtlich immer weiter in zwei Parteien, die Ejes und die Haremhabs. Der eine wollte das Reich von innen stabilisieren, der andere drängte auf Krieg, um die alten Grenzen Ägyptens wie unter Pharao Thutmosis III. wiederherzustellen. All dies war mir bekannt, als Haremhab mich eines Tages zu sich rufen ließ.

„Hethiter", kam er in seinem Arbeitszimmer, nachdem die Türe geschlossen worden war, sofort auf das zu sprechen, was er von mir wollte, nachdem er sich versichert hatte, dass wir allein waren und uns niemand belauschen konnte.

„Herr", antwortete ich, nichts Gutes ahnend. Was wollte er von mir, das keine Zuhörer duldete?

„Ich will es kurz machen, Hethiter, nicht lange um die Sache herumreden. Ich will, dass du mir einen Gefallen tust."

„Ja, Herr", erwiderte ich, während sich meiner ein Gefühl von drohender Gefahr bemächtigte. Doch ich schwieg, wartete, was er als nächstes sagen würde.

„Als mein Stallmeister hast du nicht nur zu meinen Pferden und Streitwagen Zugang, sondern du kommst auch unbemerkt an die Pharaos heran. Ich will, dass du eine der Radaufhängungen an einem von Pharaos Streitwagen löst, nur ein wenig. Das Rad soll sich nicht gleich lösen, sondern erst, wenn Pharaos Wagen volle Fahrt aufnimmt. Hast du das verstanden? Tue es, sobald sich dazu eine Gelegenheit ergibt."

Fassungslos starrte ich Haremhab an. Ich hatte viel erwartet, aber ganz gewiss nicht das. Mein Herr forderte mich offensichtlich dazu auf, Pharaos Wagen so zu manipulieren, dass dieser verunglückte.

„Verstehe ich das richtig, Herr? Ihr wollt, dass ich Pharao mit seinem Streitwagen verunglücken lasse?"

Haremhab musterte mich einen Augenblick lang abschätzend von oben bis unten bevor er entgegnete: „Ich sehe, du hast mich richtig verstanden. Dir dürfte es leichtfallen, an einen der Streitwagen Pharaos, die er zur Jagd benutzt, heranzukommen, ohne Verdacht zu erregen."

„Aber warum sollte ich das tun?" Ich war zutiefst entsetzt. Eine größere Missetat als Pharao, den Mittler zwischen den Menschen und den Göttern, meucheln zu wollen, gab es für einen Ägypter nicht.

„Weil ich es dir befehle. Darum. Gewiss könntest du nun zu Eje laufen und ihm erzählen, was ich von dir erwarte. Doch dann wird deine Aussage gegen meine stehen. Glaubst du wirklich, man wird einem Sklaven, der, nun sagen wir einmal, von seinem

Herrn nicht immer gut behandelt wurde, mehr glauben als dem drittmächtigsten Mann des Reichs. Wohl kaum. Man wird glauben, du willst dich für deine Behandlung an mir rächen, schon allein, weil ich mich gelegentlich deiner Frau bediene und du eifersüchtig bist. Also. Du wirst tun, was ich von dir fordere, schon allein, weil du nicht möchtest, dass deine Tochter in einem der miesesten Bordelle am Hafen landet. Oder ist dir das egal, und Pharaos Leben, das Leben eines schwächlichen Krüppels, wichtiger als das deiner Tochter?"

Entsetzt hatte ich während seiner Worte die Augen niedergeschlagen, nicht fähig zu glauben, was er sagte. Als ich nun zitternd zu ihm aufblickte, in diese kalten, lauernden Augen sah, wurde mir klar, dass er jedes Wort, das er gesagt hatte, auch so meinte. Ich sollte für ihn einen schweren Unfall, vielleicht sogar den Tod Pharaos herbeiführen. Er war es leid, Pharao vergeblich von seiner Außenpolitik überzeugen zu wollen, der Eje ablehnend gegenüberstand. Vor allem aber wollte er mit dieser Tat den eigentlichen Gegner seiner Politik treffen, Eje, den Wesir, der seit Jahren alle seine Energie darauf verwandte, aus Tut-anch-amun einen großen Pharao zu machen, würdig seines berühmten Vorgängers und Großvaters Amenophis III. Wenn Tut-anch-amun nicht mehr war, würden die Machtverhältnisse neu verteilt werden. Dann gab es nur noch zwei Männer im Staat, die diesen lenken konnten, ihn und Eje, da Pharao keinen Erben hatte. Und als Mitglied der königlichen Familie stand Haremhab der Thronfolge dann ganz nahe.

„Das kann ich nicht tun, Herr. Das könnt ihr nicht von mir verlangen", stieß ich entsetzt hervor. „Er ist der Pharao. Seine Person ist heilig."

„Pha", prustete Haremhab hervor. „Heilig! Niemals ist er heilig, der Sohn des Ketzers. Ich habe lange gebraucht, um zu begreifen, dass es nicht der Wille der Götter sein kann, Schwächlinge auf Ägyptens Thron zu sehen. Wie viele Jahre habe ich Echnaton treu gedient und tatenlos dabei zugesehen, wie er das Reich immer tiefer in den Abgrund stürzte mit seinen Träumereien und Phantastereien. Ein zweites Mal schaue ich nicht zu. Und darum wirst du tun, was ich von dir verlange, in deinem Interesse und dem deiner süßen, kleinen Tochter, der doch wohl niemand ein Leid antun soll."

Ich stand da und wusste nicht mehr ein noch aus. Mir war klar, dass dieser perfide Plan nicht allein von ihm stammen konnte, sondern dass Mutnedjem hier die Finger ebenfalls im Spiel hatte, denn eins schien mir sicher. Ein Feigling, der ein unschuldiges junges Mädchen bedrohte, war mein Herr eigentlich nicht. Zu einer solchen Gemeinheit war nur seine Frau fähig.

„Nun, was sagst du?", fragte er nach, nachdem er mich einige Zeit schweigend beobachtet hatte.

„Habe ich eine andere Wahl, Herr?", fragte ich zurück, nachdem ich mir meine Lage mehrmals durch den Kopf hatte gehen lassen. Natürlich könnte ich zu Eje gehen, wenn ich überhaupt bis zu ihm vordringen würde, und mich nicht vorher ein Unfall ereilte. Doch Haremhab hatte auch in diesem Fall recht. Man würde ihm und nicht mir glauben, und damit würde nicht nur mein Schicksal, sondern auch das meiner Tochter besiegelt sein. Nein, ich konnte es drehen und wenden, wie ich es wollte. Ich saß in einer Falle und musste gehorchen, wenn ich nicht das Liebste, das ich hatte, verlieren wollte – meine Tochter.

Ich sollte Haremhabs Auftrag so schnell wie möglich erledigen, doch ich schob das Unvermeidliche immer wieder mit einer Entschuldigung hinaus, einmal wurde ich angeblich gestört, dann wieder hatte sich keine Gelegenheit ergeben. Doch irgendwann begriff ich, dass ich dieses Spiel nicht ewig weiterspielen konnte und nichts geschehen würde, das mir die Bürde nahm.

Also schlich ich eines Abends nach dem Füttern der Pferde meines Herrn zu der neben den Stallungen stehenden Baracke mit Streitwagen hinüber, in der alle Gefährte der hohen Herrn säuberlich nebeneinander aufgereiht standen. Hier gab ich vor, einen der Streitwagen meines Herrn zu reinigen, während ich mich, nachdem ich sicher war, dass niemand außer mir anwesend war, zu dem Lieblingsstreitwagen Tut-anch-amuns schlich, den er für seine Jagdausflüge häufig benutzte. Hier drehte ich eine der Verschraubungen des Rads leicht auf, sodass sich das Rad erst allmählich weiter lockern und irgendwann lösen würde. Wenn alles gut ging, so hoffte ich, würde der Pharao rechtzeitig bemerken, dass etwas nicht stimmte und seinen Wagen zum Stehen bringen. Ich redete mir ein, dass ich meinen Auftrag damit erfüllt hatte, und wenn sich die beabsichtigten Folgen nicht einstellten, konnte mir niemand einen Vorwurf machen. Gewiss würde es Haremhab kein zweites Mal wagen zu versuchen, Pharao auf diese Weise zu beseitigen. Das hoffte ich jedenfalls, um mein Gewissen zu beruhigen. Dennoch sah ich, wann immer ich daran dachte, was ich getan hatte, jenen kleinen Jungen vor mir, der auf die Weide gekommen war, um die Pferde meines Herrn zu begutachten. Das Bild raubte mir wochenlang den Schlaf. Und Haremhab wurde bereits ungeduldig, obwohl ich ihm immer wieder versicherte, dass ich seinen Auftrag ausgeführt hätte. Bis es dann geschah. Und es kam viel schlimmer, als ich es mir hätte vorstellen können.

Die Pferde Pharaos, so wurde später überall berichtet, seien in vollem Galopp gewesen, als sich das Rad plötzlich von der Speiche löste. Pharao sei daraufhin vom Wagen gestürzt, hätte sich vermutlich aber außer ein paar Knochenbrüchen und Prellungen nichts weiter getan, wäre da nicht der nachfolgende Wagen gewesen, der nicht mehr rechtzeitig zum Stehen gebracht werden konnte und dessen eines Rad Pharao erfasste und überrollte. Die inneren Verletzungen, die Tut-anch-amun dabei erlitt, waren tödlich. Obwohl Pharao noch ein paar Stunden lebte, konnten ihm die Ärzte nicht helfen. Sie mussten zusehen, wie Pharao starb, konnten nur seine Schmerzen lindern.

Anchesenamun, seine Gemahlin, und Eje, sein Wesir, Erzieher und Freund, wachten bis zu seiner letzten Minute an seinem Bett. Als Tut-anch-amun für immer die Augen schloss, brach für die große Königsgemahlin eine Welt zusammen. Was sollte nun aus ihr werden? Mit ihrem Gemahl war der letzte männliche Spross ihres Geschlechts dahingegangen. Wer sollte nun über das Reich am Nil herrschen? Vielleicht schmiedeten sie und Eje bereits in jenen Stunden den Packt, der meinem Herrn einen Strich durch seine Pläne machen sollte? Vielleicht geschah dies alles aber auch erst viel später, nachdem Anchensenamun sich der Ausweglosigkeit ihrer Lage bewusst geworden war. Wer weiß dies schon.

Haremhab jedenfalls schien erst einmal zufrieden mit dem, was er durch mich erreicht hatte. Es war besser gekommen, als er zu hoffen gewagt hatte. Der Pharao, für den er nur ein mitleidiges Lächeln übriggehabt hatte, war nicht mehr.

Und mich, mich plagten fortan Alpträume, in denen ich jenen verhängnisvollen Unfall immer wieder vor mir sah. Ich hatte mich schuldig gemacht. Und diese Schuld fraß an mir, zerrte an meinen Nerven und ließ mich zudem bald erkennen, dass ich außer Mutnedjem vermutlich der einzige Mitwisser von Haremhabs Plan war und darum um mein Leben fürchten musste. Es hätte mich daher nicht gewundert, wenn schon bald ein Unfall oder sonstiger Tod mein Leben beendet hätte. Doch dergleichen geschah merkwürdigerweise nicht. Für den Unfall wurde der Stallbursche Pharaos verantwortlich gemacht, dem mangelnde Sorgfaltspflicht vorgeworfen wurde. Hätte er, wie es seine Aufgabe war, das Gefährt Pharaos vor der Nutzung überprüft, wäre der Unfall nicht geschehen. Der Mann wurde zur Strafe vor dem Palast, für jeden gut sichtbar, gepfählt, ein

Tod, den sonst eigentlich nur Grabräuber ereilte. Auch das lastete auf meinem Gewissen, denn schuldig war allein ich, der ich die Verschraubung des Rads gelöst hatte.

Ich war so sehr mit mir und meiner Schuld beschäftigt, dass ich von dem, was sich um mich herum ereignete, nicht viel mitbekam. Ich mied die Menschen, flüchtete zu meinen Pferden, die meinen Kummer zu ahnen schienen und mir auf ihre Weise Trost spendeten.

Als Myhra mich eines Tages darauf ansprach, was um alles in der Welt denn plötzlich mit mir los sei, warum ich stets schlecht gelaunt und mürrisch sei, konnte ich nicht umhin sie anzuschreien: „Kümmere dich um deine Angelegenheiten und lass mich in Frieden. Ich denke, du hast genug damit zu tun, unserem Herrn das Bett zu wärmen."

„Noch" zischte sie giftig zurück. „Nur werde ich dem Herrn allmählich zu alt. Er hält nach etwas Jüngerem Ausschau. Und ich denke, er wird bald fündig werden. Wenn du nicht so mit dir selbst beschäftigt wärst, hättest du Augen im Kopf."

Damit wandte sie sich von mir ab und ließ mich nachdenklich zurück. Was hatte sie mit ihrer Andeutung gemeint? Ich wusste es nicht und vergrub mich deshalb schon bald erneut in mein Selbstmitleid, blind für das, was um mich herum vor sich ging.

23.

Bis zur feierlichen Beisetzung Pharaos herrschte zwischen den beiden unterschiedlichen Parteien Ejes und Haremhabs Waffenstillstand. Als die Barke mit der Mumie Tut-anch-amuns auf einem Nilschiff nach Theben aufbrach, um im Tal der Könige beigesetzt zu werden, war jedoch jedem klar, dass danach der Kampf um die ungeordnete Thronfolge beginnen würde. Und es gab nur zwei Männer, die für eine Nachfolge in Frage kamen, Eje oder Haremhab. Doch wer von beiden sich durchsetzen würde, konnte im Augenblick noch niemand mit Sicherheit sagen.

Von all dem bekam ich jedoch wenig mit, bis in Memphis plötzlich die Nachricht auftauchte, dass der alternde Wesir Eje, selbst erst vor ein paar Monaten zum Witwer geworden, die junge Anchesenamun in Theben gleich nach der Beisetzung Tut-anch-amuns im Tempel von Karnak geheiratet und sich daraufhin sofort vom Hohepriester des Amun zum neuen Pharao habe ausrufen lassen. Es stand wohl auch die Prophezeiung im Raum, dass allein Eje den Segen der Götter habe, was die Menschen gerne glaubten, fürchteten sie doch ein erneutes Chaos wie unter Pharao Echnaton. Zweifellos stand die gesamte Priesterschaft des Landes geschlossen hinter dem Wesir. Dazu kamen Teile des Heers, all jene, die General Nachtmin und nicht General Haremhab folgten. Es war ein genialer Schachzug Ejes, den er wohl schon kurz nach dem Tod Tut-anch-amuns mit der hilflosen, sich einer ungewissen Zukunft entgegensehenden Anchesenamun ausgehandelt haben mochte und mit dem Haremhab gewiss nicht gerechnet hatte. Alles, was Haremhab nun noch unternehmen konnte, war, einen Bürgerkrieg anzuzetteln. Doch dieser würde das Reich erneut in einer Art und Weise schwächen, die keine der beiden Parteien wirklich wollte.

Es wurde erzählt, dass es nach einigen Drohgebärden der beiden Gegner zu Verhandlungen zwischen ihnen kam. Was genau zwischen ihnen besprochen wurde, blieb natürlich ein Geheimnis, doch es war wohl darauf hinausgelaufen, dass Eje, der Anchesenamun allein aus taktischen Gründen geheiratet hatte und mit keinerlei legitimen Kindern mehr rechnete, Haremhab zu seinem Nachfolger bestimmte, wenn seine Ehe kinderlos bleiben würde, was niemand wirklich bezweifelte.

Damit gab sich mein Herr vorerst zufrieden, denn Eje war ein alter Mann, dessen Jahre gezählt waren. Es konnte daher nicht allzu lange dauern, bis er den Wesir beerbte. Der Wesir hingegen erfüllte Haremhab seinen brennenden Wunsch nach Krieg, indem er den General nach Nubien sandte, wo erneut einige Stämme den Aufstand probten. Damit hatte er den Kontrahenten vorerst aus dem Weg geschafft, um im Geheimen seinen eigentlichen Plan umzusetzen.

Als mein Herr nach Nubien aufbrach, um dort erneut jeden Widerstand gegen die ägyptische Vorherrschaft niederzuschlagen, war er mit dem Erreichten sichtlich zufrieden. Allein Mutnedjem schien die Entwicklung nicht zu gefallen, hatte sie sich doch bereits wie einst ihre Schwester als große Königsgemahlin gesehen. Nun sollte sie warten bis der alte Mann, der den Horusthron besetzt hatte, starb. Nur mühsam konnte sie ihre Enttäuschung verbergen und ließ Haremhab dies vor seiner Abreise deutlich spüren. Doch den kümmerten ihre Nörgeleien und Sticheleien nicht, denn er konnte nun endlich wieder das tun, was er als seine Berufung ansah, Ägyptens Glanz und Größe durch die Niederwerfung anderer Völker mehren und damit Ruhm sammeln.

Vor seinem Aufbruch befahl er Pal aus der Garnison zu sich, um sich von ihm zeigen zu lassen, welche Fortschritte er beim Lenken des Streitwagens gemacht hatte. Der Junge war gut geworden, lenkte seinen Wagen sicher über oder um jedes

Hindernis herum, und so bestimmte unser Herr, dass Pal ihn auf seinen Feldzug nach Nubien begleiten dürfe. Er sollte der Ersatzfahrer für Haremhabs Streitwagen sein, sollte sein eigentlicher Lenker aus irgendeinem Grund ausfallen. Während der General in einer Schlacht Speer, Pfeil und Bogen sowie Schwert führte und sowohl sich als auch seinen Wagenlenker mit dem Schild vor den feindlichen Angreifern zu schützen hatte, war der Lenker des Gefährts völlig von der Zuverlässigkeit und Geschicklichkeit seines Kämpfers abhängig. Nur als zusammengewachsene Einheit konnten sie sicher durch die Reihen der Feinde gelangen. Wenn einer fiel, war zumeist der andere auch verloren.

Als Myhra hiervon erfuhr, wurde sie fast wahnsinnig vor Sorge. Was immer ich gegen meine Frau haben mochte, welch schlechte Eigenschaften ich ihr vorhalten konnte, eins konnte ich ihr gewiss nicht absprechen. Sie liebte ihren Sohn über alles. Darum wunderte es mich auch nicht, dass sie eine der gemeinsamen Nächte mit unserem Herrn, die jedoch in den letzten Jahren immer seltener geworden waren, nutzte, um ihn darum zu bitten, Pal nicht mit nach Nubien zu nehmen. Am Ende der Nacht hatte sie ihr Ziel zwar nicht erreicht, doch der Herr hatte ihr zugesichert, dass er den Jungen in kein Kampfgeschehen hineinziehen würde. Dazu sei er noch viel zu unerfahren, das wisse er selbst. Doch es sei an der Zeit, dass er praktische Erfahrungen sammle, und dazu sei dieser Feldzug ideal. Widerwillig fügte Myhra sich, denn gegen den Willen des Herrn war sie machtlos. Und die Faszination, die sie einst auf Haremhab ausgeübt hatte, wo er in einem schwachen Augenblick manchem ihrer Wünsche nachgegeben hatte, war lange dahin. Übrig geblieben war eine gewisse Gewohnheit, die es bequem machte, die sichtlich alternde Frau zu sich kommen zu lassen.

In Myhras Gesicht zeichneten sich deutlich erste Falten ab, ihr Fleisch um Bauch und Schenkel war schon lange nicht mehr fest und straff. Und auch ihr einst blond leuchtendes Haar war von weißen Strähnen durchzogen. Dennoch war sie für ihr Alter noch immer eine schöne Frau, weitaus attraktiver als Mutnedjem, der das Alter viel mehr zugesetzt hatte.

Eine herausragende Schönheit wie ihre Schwester Nofretete war Mutnedjem nie gewesen. Doch immerhin mochte sie in ihrer Jugend vorzeigbar gewesen sein. Diese Ansehnlichkeit war jedoch früh vergangen. Sie war vorzeitig gealtert. Vermutlich war dieser Prozess durch ihre Flucht aus Mitanni, dem Tod ihrer Familie und ihre Zukunftsängste beschleunigt worden. Ihre Verbitterung über die Tatenlosigkeit Echnatons und seiner Gemahlin bei ihrer Ankunft in Ägypten mochten dabei eine wesentliche Rolle gespielt haben. Und nun kam auch noch die Enttäuschung über Haremhabs Versagen hinzu, den Horusthron nicht an sich gerissen und ihr damit endlich den Platz, der ihr von Geburt her zuzustehen schien, gegeben zu haben. Diese in ihrem Innern aufgestaute Unzufriedenheit, die Verschlagenheit, die daraus gewachsen war, machten diese Frau gefährlich. Mutnedjem würde vor nichts zurückschrecken, um an das Ziel ihrer Wünsche zu kommen. Und hiervon war nicht nur ich überzeugt.

Nicht zuletzt darum überlief mich ein kalter Schauer, als eines Tages Haremhabs Haushofmeister persönlich im Pferdestall erschien, in dem ich gerade die Tiere fütterte, und mir mitteilte, dass die Herrin mich am Abend in ihrem Empfangszimmer zu sehen wünsche. Mit einem unguten Gefühl in der Magengegend machte ich mich auf den Weg, nicht ahnend, was Mutnedjem vom mir wollen könnte. Hatte ich etwas getan, was ihren Ärger erregt hatte? Bei den Großen und Reichen wusste man nie genau, was ihnen missfiel. Man war jedoch schnell in Ungnade gefallen.

Als ich ihr von einem Diener gemeldet und wenig später vorgelassen wurde und vor ihr auf die Knie fiel, wagte ich es kaum, den Blick zu heben. Diese Frau ließ mir das Blut in den

Adern gerinnen, als ich ihren stechenden Blick auf meinem gebeugten Rücken ruhen fühlte.

„Steh auf, Khafra, und sieh mich an. Mit deinem Rücken unterhält es sich nicht gut."

Gehorsam erhob ich mich und blickte in ihre kalten Augen, die mich eine Weile von oben bis unten taxierten.

„Du fragst dich bestimmt, warum du hier bist", unterbrach sie schließlich die beklemmende Stille.

„Ja, Herrin", antwortete ich kurz.

Sie lächelte einen Augenblick zynisch, bevor sie sich auf einem breiten, bequemen Sessel niederließ.

„Nun, dafür gibt es mehrere Gründe. Zum einen war ich neugierig, den Mann aus der Nähe zu sehen, der meinem Gemahl schon seit seiner Kindheit dient und dessen Leben er gegen meinen Rat nach dem kleinen Unfall verschont hat, eine Tatsache, die ich bis heute nicht verstehe. Was findet er an dir, dass er sich der Gefahr ausgesetzt hat, dass deine Mitwirkung entdeckt werden könnte und du unter Folter seine Anstiftung gestanden hättest. Das hättest du doch, oder?"

„Ich hätte es nicht vorgehabt, Herrin. Doch kein Mensch weiß im vornhinein, wie viele Schmerzen er ertragen kann, ohne zusammenzubrechen."

„Da magst du wohl recht haben. Gerade darum sah ich in dir ein unnötiges Risiko. Doch in diesem Punkt konnte ich meinen Gatten nicht überzeugen. Er blieb dabei, dich am Leben zu lassen. Warum auch immer. Ich werde es wohl nie verstehen, was euch beide verbindet. Dunkle Geheimnisse in der Vergangenheit?"

„Ich wüsste keins, Herrin", erwiderte ich ehrlich.

„Was dann?", bohrte sie unbeirrt weiter. Was sollte ich sagen? Sie würde gewiss keine Ruhe geben, bis sie eine Antwort erhalten hatte.

„Der Herr hat mich als Kind vor einer furchtbaren Strafe bewahrt und ist dafür von seinem Lehrer hart bestraft worden. Ich habe ihm daraufhin lebenslange Treue geschworen und dass ich jederzeit mein Leben für ihn geben würde. Vielleicht ist das der Grund, Herrin. Einen anderen kenne ich nicht."

Mutnedjem rümpfte die Nase. Dies war gewiss nicht die Antwort, die sie sich erhofft hatte. Doch sie sah wohl ein, dass sie keine andere von mir erhalten würde.

„Die Narben auf deinem Rücken, woher stammen sie?", lenkte sie das Gespräch auf ein anderes Thema um.

„Von meinem Herrn, Herrin."

„Wie kam es dazu?", begehrte sie zu wissen.

„Der Herr war der Meinung, ich hätte beim Bau seines Grabes in Sakkara nicht genügend Einsatz gezeigt und mich darum persönlich ausgepeitscht."

Mutnedjem schnalzte interessiert mit der Zunge. „Also scheint euer Verhältnis nicht gerade auf Freundschaft zu basieren", stellte sie fest. Ich merkte, dass sie sich noch immer keinen Reim auf das machen konnte, was Haremhab und mich verband. Doch dies konnte ich oft selbst nicht. Wie hätte ich es ihr da erklären können. Seine Handlungsweise mir gegenüber gab mir selbst allzu oft Rätsel auf. Dass er mir gegen den Rat seiner Frau das Leben gelassen hatte, wunderte mich, denn ich selbst hatte damit gerechnet, dass man mich aus dem Weg räumen würde, um alle Zeugen der Missetat für immer zum Schweigen zu bringen.

Offensichtlich schien Mutnedjem nach kurzem Zögern einzusehen, dass sie mir keine weiteren Informationen entlocken würde, denn sie wechselte schließlich erneut das Thema.

„Wie mein Gemahl mir erzählte, hast du in früheren Jahren für ihn Briefe verfasst, deren Inhalt geheim bleiben sollte."

Ich nickte. „Ja, Herrin, das habe ich."

„Und du hast dich stets daran gehalten zu schweigen."

„Ja, Herrin."

Mutnedjem nickte zufrieden. „Gut, dann wirst du heute Abend für mich ebenfalls einen Brief verfassen, über dessen Inhalt du niemandem etwas sagen wirst. Mir als Haremhabs Gattin schuldest du die gleiche Treue, die du deinem Herrn schuldest."

Ich nickte, denn ich wagte es nicht, ihr zu widersprechen. Doch erst als sie mir Papyrus und Farbe bringen ließ und zu diktieren begann, wurde ich mir der Brisanz des Schreibens bewusst, das an Haremhab gerichtet war.

„Mein geliebter Gemahl", begann sie zu diktieren.

„Ich hoffe, die Götter sind dir gewogen und haben dir inzwischen Siege und reiche Beute beschert, sodass du schnell nach Memphis zurückkehren kannst, denn durch meine Spione am Hof Pharaos habe ich erfahren, dass hier hinter deinem Rücken Dinge vorangetrieben werden, die nicht in unserem gemeinsamen Interesse liegen können. Pharao Eje nutzt deine Abwesenheit, um General Nachtmin als seinen Nachfolger zu etablieren. Durch deine Abwesenheit vom Hof glaubt er, freie Hand zu haben und dich bei deiner Rückkehr vor vollendete Tatsachen stellen zu können. Wenn du mich fragst, war dein Feldzug gegen Nubien nichts als eine Falle, um dich vom Hof zu entfernen und deine Macht beim Heer zu untergraben. Eile also und kehre als Sieger zurück, vor dem das Volk und der gesamte Hof die Knie beugen müssen.

Deine dich liebende Gemahlin

Mutnedjem."

Als sie geendet hatte und ich die letzte Hieroglyphe auf den Papyrus gesetzt hatte, nahm sie mir das Schreiben aus der Hand, betrachtete ausgiebig die darauf geschriebenen Zeichen und nickte kurz. Dann rollte sie den Papyrus zusammen, band ihn zu und siegelte ihn, bevor sie das Ganze in einer für Schreiben vorgesehenen Rolle verschwinden ließ.

Ihr kritischer Blick, mit dem sie mein Schreiben begutachtet hatte, hatte mir deutlich gemacht, dass sie in der ägyptischen Sprache weder lesen noch schreiben konnte. Daher war sie gezwungen gewesen, sich jemandem anzuvertrauen, etwas, das ihr sichtlich schwerfiel, denn diese Frau vertraute eigentlich niemandem außer sich selbst. Entsprechend misstrauisch ließ sie darum nun den Blick auf mir ruhen.

„Dir ist klar, dass du über das, was du eben erfahren hast, mit keinem Menschen reden darfst", zischte sie drohend. „Haremhabs Erfolg oder Misserfolg kann vielleicht allein davon abhängen, dass er die Gefahr rechtzeitig erkennt und den Überraschungseffekt für sich nutzt. Wenn unser Gegner zu früh erfährt, dass wir gewarnt sind, können wir ihn vielleicht nicht überrumpeln."

Ich nickte ergeben.

„Ihr könnt mir vertrauen, Herrin. Ich werde niemandem etwas sagen. Ganz bestimmt nicht," versicherte ich.

„Ich hoffe es für dich und deine Tochter, an der dir wohl offensichtlich sehr viel liegt. Sollte jemand davon erfahren, dass ich Haremhab diese Warnung zukommen lasse, wird sie die

Erste sein, an der ich meinen Zorn auslassen werde. Was ich dann mit ihr tun werde, das möchtest du nicht wissen. Glaube mir."

Mir lief es bei der Drohung dieser Frau eiskalt den Rücken hinunter, denn ich bezweifelte keinen Augenblick, dass sie ihrer Drohung entsprechende Taten folgen lassen würde.

„Ich gebe Euch mein Wort, dass ich schweigen werde, Herrin. Von mir wird niemand etwas erfahren. Bitte, tut meinem Kind nichts. Ich flehe Euch an."

Mutnedjem lächelte zynisch. „Ich sehe, wir haben uns verstanden, Hethiter. Wenn ich deine Dienste erneut brauche, werde ich dich rufen lassen. Du bist für heute entlassen."

Mit weichen Knien verließ ich den Saal. Natürlich würde ich schweigen, auch wenn ich nicht nur unseren Pharao Eje, sondern auch General Nachtmin schätzte. Besonders General Nachtmin gegenüber fühlte ich mich verpflichtet, hatte er mir in der Vergangenheit mehr als einmal geholfen. Doch all das zählte nichts gegen das Leben meiner Tochter, das durch die Herrin Mutnedjem bedroht war. Und noch eine andere Sorge erfasste mich plötzlich. Was würde geschehen, wenn von anderer Seite bekannt wurde, dass Haremhab vor seiner drohenden Entmachtung gewarnt worden war. Würde Saa dann auch für die Entdeckung bezahlen müssen? Ich verbot mir, weiter darüber nachzudenken, denn dann wäre ich verrückt geworden vor Angst. Stattdessen ging ich zum ersten Mal in meinem Leben in den Tempel des Gottes Ptah, dem Schutzpatron der Stadt Memphis, und flehte ihn um seinen Schutz für meine Tochter und mich an.

Ich wurde noch einige Male zur Herrin Mutnedjem gerufen, um ihr Haremhabs Antwortschreiben vorzulesen oder neue Briefe mit dem aktuellen Stand der Dinge an ihn zu verfassen. Auffällig war, dass der General in seinen Antworten nie schrieb, was er zu tun beabsichtigte, sondern Mutnedjem immer nur Anweisungen gab, was sie tun oder für ihn in Erfahrung bringen solle. Ganz offensichtlich war mein Herr umsichtig genug, seine Gedanken und Vorhaben für sich zu behalten, falls doch jemand eine dieser Nachrichten abfangen würde.

Mutnedjem störte es nicht, dass Haremhab sie nicht in seine Pläne einweihte. Sie vertraute ihrem Gemahl und war davon überzeugt, dass er das Richtige tun würde, um seine Machtansprüche zu sichern.

24.

Mutnedjems Vertrauen in ihren Gemahl sollte nicht enttäuscht werden. Entschlossen die Kriegshandlungen so schnell wie möglich erfolgreich zu beenden, griff Haremhab mit harter Hand durch, brannte nubische Dörfer nieder, vergiftete deren Brunnen, trieb deren dürftige Herden mit sich oder ließ, was er nicht mitnehmen konnte, töten, legte die Jugend der überfallenen Dörfer in Ketten, um sie als Sklaven nach Ägypten zu führen und ließ nur Alte, Kranke und Kleinkinder zurück, deren Überleben angesichts der hinterlassenen Zerstörung mehr als fragwürdig schien. Mit seiner Beute machte er sich auf den Rückweg, diesmal jedoch nicht auf dem Nil, sondern zu Land. Und überall im Reich, wo er auftauchte, jubelte die Bevölkerung ihm zu, wenn er auf seinem Streitwagen stolz erhobenen Hauptes durch die Straßen fuhr und den Menschen zuwinkte, seinen Wagen gelenkt von dem jungen, stattlichen Pal, dessen Gesicht vor Freude strahlte. Das war es, was die Bevölkerung des Landes endlich wieder sehen wollte, einen Mann, der für das Land Siege erringen konnte, um Ägyptens Größe zu mehren. Die Menschen waren es leid, von Verrückten, Kindern und Greisen regiert zu werden. Sie sehnten sich nach einem Herrscher, der Stärke zeigte, dem sie zujubeln konnten. Dieser Mann war General Haremhab in ihren Augen.

Diesen Siegeszug unterbrach Haremhab in Theben, wo er nicht nur die dort stationierte Garnison aufforderte, ihm nach Memphis zu folgen, sondern auch dem Hohepriester des Amun, einem Parteigänger Ejes, mehr oder weniger seine Gastfreundschaft aufzwang und schließlich nötigte, ihm nach Memphis zu folgen. Mit diesem Schachzug hatte er die Priesterschaft Amuns ruhiggestellt, denn solange sich ihr Hohepriester in Haremhabs Hand befand, würde es niemand wagen, sich gegen den General zu stellen.

Nach kurzem Zeremoniell und Opferung im Tempel von Karnak, wo der Hohepriester des Amun öffentlich gezwungenermaßen Amuns Wohlwollen dem General gegenüber kundtat, setzte mein Herr seinen Siegeszug nach Memphis fort. Unterwegs schlossen sich ihm immer weitere Truppenverbände an oder schworen ihm die Treue. Es kam einer Sturmflut gleich, die sich der Hauptstadt Memphis in rasender Geschwindigkeit näherte, der weder Pharao Eje noch General Nachtmin etwas entgegensetzen konnten. Sie starrten wie gebannt nach Süden, von wo ihr Untergang unaufhaltsam auf sie zuzurollen schien. Bald bröckelte auch Pharao Ejes Rückhalt in Memphis, denn niemand am Hof wollte auf der Verliererseite stehen, wenn der General vor den Toren der Stadt eintraf. Pharao Eje blieb nichts anderes übrig, als einen Unterhändler an Haremhab zu senden, um die Bedingungen für eine Übergabe der Stadt auszuhandeln. Es waren harte Bedingungen, die mein Herr Pharao Eje auferlegte, wenn er die Stadt vor einer gewaltsamen Einnahme schützen wolle. Teile davon wurden bald in der Stadt bekannt. Doch niemand störte sich daran, denn die Menschen im Land waren es leid, von Schwächlingen regiert zu werden. Sie sehnten sich nach der harten Hand eines Herrschers, der den zu gehenden Weg deutlich aufzeigte und gnadenlos durchsetzte.

Ich erfuhr von diesen Bedingungen aus erster Hand, denn ich wurde wieder einmal zu meiner Herrin Mutnedjem gerufen, der ich den Papyrus, den der General seiner Gemahlin gesandt hatte, vorlesen sollte. Darin berichtete Haremhab seiner Gattin, dass er Pharao Eje aufgefordert habe, die Stadt zu entwaffnen, die Nachtmin treuen Truppenteile auf die syrischen Grenzfestungen zu verteilen und den General selbst festzusetzen und wegen Hochverrates anzuklagen. Darüber hinaus habe Pharao Eje den gesamten Staatsrat seiner Ämter zu entheben und in die Verbannung zu schicken. Haremhab selbst sollte er öffentlich als seinen Nachfolger und Thronerben anerkennen. Diese Erhebung sollte durch den Hohepriester des Amun, der sich in seiner Begleitung befinde, bestätigt und von Amun selbst durch einen Orakelspruch abgesegnet werden.

Mutnedjem strahlte über ihr ganzes Gesicht, als ich mit dem Verlesen des Papyrus geendet hatte. Endlich, nach all den Jahren, war sie greifbar nah am Ziel ihrer Wünsche. Sie würde die Frau des neuen Thronfolgers sein und schon bald die neue große Königsgemahlin werden.

Entzückt über die Zukunftsaussichten drückte sie mir einen Kupferdeben in die Hand: „Ich danke dir für deine Dienste. Du bist ein brauchbarer Sklave. Darum gebe ich dir außer dem Deben auch noch einen guten Rat mit auf den Weg. Pass auf deine Tochter auf. Mir scheint, sie ist dabei, sich zu verirren. Doch wer vom Weg abkommt, der läuft Gefahr zu fallen und sich das Genick zu brechen."

Ich schaute sie verwirrt an, wollte fragen, was sie meine. Doch sie winkte nur mit der Hand als Zeichen dafür, dass ich entlassen sei. Also verließ ich mit dem Deben in der Hand und einem unguten Gefühl ihre Gemächer. Was hatte sie gemeint? Ich konnte mir darauf keinen Reim machen.

Pharao Eje ging auf alle Forderungen Haremhabs ein. Es blieb ihm wohl nichts anderes übrig, wenn er von der Übermacht, die der General mit sich führte, nicht überrollt werden wollte.

Als mein Herr mit seinem Streitwagen in die Stadt einfuhr, das Gespann geschickt von Pal gelenkt, der vor Stolz fast barst, standen überall an den Straßen Menschen, die ihm nicht nur zujubelten, sondern in ihm auch den künftigen Beherrscher Ägyptens sahen. Er war ein Mann nach ihrem Geschmack, stattlich anzusehen auf seinem Streitwagen, mit sauber gefaltetem Lendenschurz, der von einem goldenen Gürtel gehalten wurde, einem großen Goldpektoral auf der Brust und einen blauen Nemes, geschmückt mit einer goldenen Kobra, auf dem Kopf. Muskulös und durchtrainiert wirkte er wie eine Erlösung nach dem fanatischen Echnaton, der in einer Traumwelt gelebt hatte, dem Kindpharao Tut-anch-amun, der zu jung gestorben war, um seine Fähigkeiten als Pharao unter Beweis zu stellen und dem alten Eje, dem Mann, der in seinem Leben zu viel gesehen und erlebt hatte, um noch Illusionen und Träume zu haben. Mein Herr war das, wonach das Land rief, die starke Hand, um endgültig Ordnung in das angerichtete Chaos zu bringen. Und der junge Mann, der vor ihm mit stolzgeschwellter Brust auf dem Streitwagen stand, er entwickelte sich immer mehr zum Ebenbild seines Vaters. Nur ein Blinder konnte leugnen, aus wessen Lenden er tatsächlich stammte.

Schon bald nach seiner öffentlichen Erhebung zum Thronfolger ließ Haremhab mich zu sich rufen. Wie immer, wenn ich seinem Ruf folgen musste, überkam mich ein ungutes Gefühl. Und auch diesmal sollte es mich nicht trügen, denn der General forderte mich auf, ihm in den Kerker zu folgen, in dem General Nachtmin auf seinen Prozess wartete. Erst verstand ich nicht, warum ich ihn an diesen unwirtlichen Ort begleiten sollte. Doch schon bald wurde mir klar, dass es sich dabei um eine Art Rache Haremhabs handelte, indem er Nachtmin zeigte, dass er nicht nur als Verlierer aus diesem Duell mit ihm hervorgegangen war, sondern auch, dass seine Art des menschlichen Umgangs mit Sklaven die falsche war. Ein Sklave musste zum bedingungslosen Gehorsam seinem Herrn gegenüber erzogen werden. Dass ich zu einem willenlosen Werkzeug in seinen Händen geworden war, zeigte die Tatsache, dass ich nun den Niedergang meines einstigen Fürsprechers hautnah und klaglos miterleben musste. Haremhab vergaß offensichtlich nie etwas.

Nachtmin lag angekettet in einem der dunkelsten Löcher, die das Gefängnis von Memphis aufzuweisen hatte. Als der General mir eine Fackel in die Hand drückte und das Loch von einem der Wärter öffnen ließ, verschlug mir der Gestank nach Kot, Urin und Fäulnis fast den Atem. Doch Haremhab scherte das wenig. Unbeirrt trat er ein und gab mir mit einem Wink zu verstehen, ihm zu folgen und zu leuchten.

Nachtmins Augen mussten einen Augenblick gegen das plötzliche Licht, das den Raum erleuchtete, ankämpfen, um zu erkennen, wer sich ihm näherte. Als er schließlich Haremhab und mich erkannte, trat für einen Augenblick ein zynisches Lächeln auf sein Gesicht, denn ihm war sofort klar, was Haremhab mit meiner Anwesenheit beabsichtigte. Er wollte ihn demütigen und mich lehren, wie weit man mit zu viel Güte und Nachsicht kam. Ein Blick von mir in die Augen meines ehemaligen Fürsprechers genügte. Wir verstanden beide, um was es hier ging. Doch uns war ebenfalls in diesem Augenblick klar, dass wir der Willkür und Bosheit Haremhabs völlig ausgeliefert waren. Wie weit würde er es treiben?

„General", hob Haremhab an. „Ich freue mich, dich nach so langer Zeit wiederzusehen. Erinnerst du dich? Wir waren einmal so etwas wie Freunde, auch wenn wir schon immer sehr verschieden und stets anderer Ansicht gewesen sind."

Nachtmin seufzte. „Ja, so kann man das wohl sehen, dass wir schon immer sehr verschieden waren. Das werden wir bis zu unserem Tod wohl auch bleiben. Bist du gekommen, um diesen heute herbeizuführen, um einen aufsehenerregenden Prozess zu vermeiden? Gut. Wenn es so ist, dann soll es wohl so sein. Als Freund habe ich eine letzte Bitte an dich. Lass mich anständig beerdigen, einem ägyptischen Adligen würdig. Verwehr mir das nicht, wenn du schon beschlossen hast, mir die Möglichkeit der Rechtfertigung vor einem Gericht zu verweigern."

Haremhab lachte kurz auf.

„Keine Sorge, mein Freund. Ich bin nicht gekommen, um deinem Leben ein Ende zu setzen. Ich bin kein Mörder, auch wenn du mir das zutraust. Doch in gewisser Weise hast du recht. Ich bin hier, um einen aufsehenerregenden Prozess zu vermeiden. Er würde keinem von uns etwas nützen."

„Was willst du dann?", fragte Nachtmin misstrauisch.

„Was wohl? Dich loswerden, ohne allzu viel Aufsehen zu erregen. Ein Prozess zum jetzigen Zeitpunkt wäre für niemanden von Vorteil, für mich nicht, weil er Diskussionen anstoßen würde, die ich vermeiden möchte, und für dich nicht, weil das Urteil in jedem Fall schon heute feststeht. Oder zweifelst du daran?"

„Nein, gewiss nicht. Und ich verstehe es sogar. Du musst mich loswerden, damit ich dir künftig nicht mehr im Weg stehen kann. Ich habe es gewagt, dich herauszufordern und verloren."

„Gewiss. Ich muss dich unschädlich machen. Hättest du dich nicht zwischen den Pakt gedrängt, den Eje und ich geschlossen haben, alles wäre heute gut. Aber nein, du musstest ja versuchen, mich auszustechen. Darum stehen wir heute hier. Und es wäre mir nun ein Leichtes, meinem Sklaven hier zu befehlen, dir eine Schlinge um den Hals zu legen und zuzuziehen. Zweifle nicht. Glaub mir, er würde es tun. Jeder Mensch hat einen Schwachpunkt, der ihn erpressbar macht. Doch auch dein plötzlicher Tod würde Fragen aufwerfen, die ich nicht brauchen kann. Darum will ich dir einen Vorschlag zur Güte unterbreiten. Ich ziehe meinen Freund Paraemhab von seinem Grenzposten im Norden ab und sende dich anstatt seiner dorthin. Deine dir noch immer treuen Soldaten kannst du mitnehmen und unsere Grenze mit ihnen schützen, bis ich mich der abtrünnigen syrischen Städte und ihrer Bestrafung selbst annehmen kann. Du gibst mir im Gegenzug bei deiner Ehre dein Wort, dass du von dort nie mehr zurückkehren wirst."

„Das kommt einer lebenslangen Verbannung gleich", warf Nachtmin ein.

„Das stimmt. Doch bedenke die Folgen, wenn du nicht einwilligst. Es käme zum Prozess und nicht nur du, sondern auch deine treuen Gefolgsleute müssten sterben, denn ich kann nur für dieses Land einen Neubeginn anstreben, wenn alles Alte und Störende beseitigt ist. Was denkst du? Tod oder Verbannung?"

Ich sah, wie Nachtmins Hand sich zur Faust ballte, die nur allzu gern Haremhabs Gesicht getroffen hätte. Doch die Ketten machten einen solchen Angriff unmöglich.

„Sag mir vorher eins, Haremhab. Trifft das, was Pharao Eje vermutet, zu? Hattest du die Hände beim Tod Tut-anch-amuns im Spiel?"

Mir gefror das Blut in den Adern. Und auch Haremhab zuckte für einen Augenblick kaum merklich zusammen. Doch sogleich entspannten sich seine Gesichtszüge wieder und gelassen antwortete er: „Der Wille der Götter geschieht. Das Schicksal unseres jungen Pharaos lag in ihrer Hand. Es war ein schlimmer Unfall, wie du weißt. Und dieser Unfall war ein Segen, denn er wäre ein Schwächling wie sein Vater geworden, unfähig dieses Land wieder aufzurichten."

Angewidert wandte Nachtmin das Gesicht ab. Er hatte verstanden.

„Was ist", bohrte Haremhab nach. „Wirst du freiwillig gehen und mir das Feld überlassen, oder willst du lieber sterben und deine dir treu Ergebenen mit in den Tod nehmen? Wenn ich dich hinrichten lassen muss, kann ich keinen von ihnen am Leben lassen, denn sie wären eine Quelle ständiger Gefahr. Und ich habe nicht die Zeit, mich mit derlei Dingen rumzuschlagen, wenn ich in diesem Land Ordnung schaffen will."

„Wenn es nur um mich ginge, ich würde lieber sterben als mich dir zu beugen. Aber es geht offensichtlich nicht nur um mich, sondern auch um die Männer, die mir die Treue halten. Ihren Tod will ich nicht verschulden. Darum füge ich mich deiner Forderung."

„Ich wusste, dass du vernünftig sein würdest", triumphierte Haremhab, während sein Blick von Nachtmin zu mir wanderte.

„Siehst du, Hethiter. So werden Helden gemacht. General Nachtmin wird unsere Nordgrenze in Zukunft mit seinem Leben verteidigen und Ägypten damit den größten Dienst erweisen, zu dem er fähig ist."

Was immer die letzte Aussage Haremhabs bedeuten sollte, etwas Gutes konnte es nicht sein.

Wenige Tage nach diesem Gespräch wurde General Nachtmin aus der Haft entlassen und zog unverzüglich mit seinen ihm verbliebenen Truppen nach Norden, um den Garnisonskommandanten Paraemhab auf seinem Außenposten abzulösen.

Warum Haremhab ihn verschont hatte, konnte ich nicht wirklich begreifen, stellte er doch, solange er lebte, ein Risiko dar, das jederzeit auch von seinem Außenposten aus Unruhe in die Planungen meines Herrn bringen könnte. Es war mir ebenso unbegreiflich wie die Tatsache, dass er mir mein Leben nach Tut-anch-amuns Tod gelassen hatte. Zuweilen war General Haremhab selbst mir ein Rätsel.

Bald nach Nachtmins Aufbruch zur syrischen Grenze starb Pharao Eje plötzlich und unerwartet. Ob bei seinem Tod jemand nachgeholfen hat oder ob er der Mühsal des Lebens überdrüssig geworden und sein Herz einfach stehengeblieben war, konnte ich nie herausfinden. Vielleicht hatte Mutnedjem die Hände dabei im Spiel, weil sie endlich an das Ziel ihrer Wünsche gelangen wollte. Vielleicht war es aber auch einfach der Wille der Götter gewesen, Pharao Eje zu sich zu rufen. Eine Gefahr für die Pläne meines Herrn stellte er jedenfalls zu diesem Zeitpunkt längst nicht mehr dar, denn seit Haremhabs erfolgreichem Marsch auf Memphis hatte mein Herr die Macht im Staat in seinen Händen. Pharao Eje war ein gebrochener Mann, der wohl zu der Einsicht gelangt war, dass seine Zeit vorüber war und er seinen Platz einem Jüngeren räumen sollte.

Nach der vorgeschriebenen Trauerzeit, in der der Leichnam Pharaos einbalsamiert wurde, brach der Hof auf Nilbarken nach Theben auf, um Pharao Eje im Tal der Könige in seinem zwischenzeitlich fertiggestellten Grab beizusetzen. Erneut kam Anchesenamun die Aufgabe zu, als trauernde Witwe den Gatten zu seiner letzten Ruhestätte zu begleiten. Doch während bei Tut-anch-amuns Bestattung bei Echnatons Tochter echte Trauer im Spiel gewesen war, standen bei Pharao Ejes Bestattung eher Furcht und Sorge um die eigene Zukunft im Vordergrund. Was sollte aus ihr, der zweifachen Pharaonenwitwe, nun werden?

Nach ihrer Rückkehr nach Memphis wusste sie daher keinen besseren Rat, als sich dem Schutz ihrer Tante, der künftigen großen königlichen Gemahlin anzuvertrauen. Diese, von Misstrauen und Argwohn gegen die Jüngere und in der Rangfolge höherstehenden Frau geplagt, musste diese als ernstzunehmende Rivalin um die Gunst Haremhabs gesehen haben. Was, wenn dieser sich von ihr abwenden und der jüngeren und hübscheren Frau zuwenden würde, die in gerader Linie von einem Pharao abstammte. Dies würde seine neue Position als Pharao weiter festigen und legitimieren. Vielleicht lag Mutnedjem mit dieser Befürchtung nicht einmal falsch. Ich vermute, nur so lässt es sich erklären, dass Anchesenamun eines morgens Tod in ihrem Schlafzimmer aufgefunden wurde. Öffentlich sprach man von Herzstillstand, ausgelöst durch den erneuten Verlust der jungen Pharaonenwitwe. Doch hinter vorgehaltener Hand wurde allerorts von Mord gesprochen. Und ich befürchte, dass dies auch zutraf. Doch natürlich zeigte Haremhab keinerlei Interesse daran, der Angelegenheit auf den Grund zu gehen, wollte er seine Thronbesteigung nicht mit einem Skandal belasten. So wurde die letzte Tochter Echnatons in aller Stille einbalsamiert und im Tal der Königinnen beigesetzt, während Haremhab sich im Tempel von Karnak unter dem Jubel der Bevölkerung zum neuen Pharao Ägyptens krönen ließ.

25.

Bald nach Haremhabs Krönungsfeierlichkeiten bemerkte ich es zum ersten Mal. Es war während eines Jagdausflugs, auf dem Mutnedjem ihren Gemahl mit einigen Dienerinnen begleitete. Auch ich war zugegen, um gegebenenfalls die Pferde vor Pharaos Gespann zu wechseln. Saa folgte der Sänfte ihrer Herrin mit anderen Mädchen, um Mutnedjem jederzeit zu Diensten sein zu können. Doch die Augen meiner Tochter weilten nicht bei ihrer Herrin, um deren Wünsche zu erkennen, sondern folgten Pharao, und der Glanz, der sich darin spiegelte, wenn er ihren Blick erwiderte, schalt mich einen Narren. Wie hatte ich nur so blind sein können, wie so taub, die Warnungen, die mir Myhra und Mutnedjem zugeflüstert hatten, unbeachtet zu lassen. In Saas Augen lag eine schwärmerische Verliebtheit, die mich erschreckte. Alles hätte ich für möglich gehalten, doch nicht, dass meine Tochter, mein Fleisch und Blut, diesen Mann anhimmelte, einen Mann, der ihren Vater sein Leben lang gedemütigt, gequält und schließlich sogar zum Mörder gemacht hatte, der ihre Mutter benutzt und dann fortgestoßen hatte. Nein, das konnte nicht sein. Es durfte nicht sein. Ich zwang mich zur Ruhe, sagte mir, dass eine Verliebtheit noch nichts bedeuten musste, dass unserem Herrn ganz andere, bedeutende Frauen zu Füßen lagen, nun, da er der Pharao Ägyptens war. Was zählte da schon die Verliebtheit eines jungen, unschuldigen, namenlosen Mädchens, das sich vom Glanz der Macht blenden ließ. Schließlich kam ich zu dem Schluss, dass ich mich getäuscht haben musste. Ein so unschuldiges, argloses Geschöpf wie meine Tochter konnte einen Mann wie unseren Herrn, der die verführerischsten Frauen Ägyptens zugeführt bekam, nicht reizen. Trotzdem beschloss ich, mit Saa zu reden, um mir Gewissheit zu verschaffen und bat sie in einem unbeobachteten Moment, so bald als möglich zu mir zu kommen, da ich sie unter vier Augen sprechen müsse.

„Sicher, Vater", erwiderte sie fröhlich. „Es trifft sich gut. Auch ich habe dir etwas zu erzählen."

Ihre Ankündigung ließ mein Herz erneut zusammenzucken. Doch wieder sagte ich mir, dass das unmöglich war. Und doch wollten Angst und Furcht an diesem Tag nicht mehr von mir weichen. Darum sehnte ich die Stunde herbei, in der wir endlich ungestört sein würden.

Spät am Abend, lange nachdem Mutnedjem sich zur Ruhe gelegt hatte, erschien sie bei mir im Stall, schön und zerbrechlich wie immer. Ihr Lächeln erwärmte mein Herz. Und plötzlich schalt ich mich einen Narren, so etwas von meiner Tochter geglaubt zu haben. Fast wollte ich meinen Verdacht gar nicht aussprechen, doch nun war sie da, also sollte ich sie zumindest warnen.

„Schön dich zu sehen, mein Kind. Wie geht es dir?", fragte ich.

„Mir geht es gut, Vater. Und dir? Mir scheint, du kommst langsam in die Jahre. Dein Haar färbt sich allmählich grau, und erste Falten zeigen sich um deine Augen."

Ich lächelte, und wir ließen uns im Heu nieder. „Das sind nur Äußerlichkeiten. Doch innerlich fühle ich mich kräftig wie immer." Dies stimmte zwar nicht, denn ich spürte die Last des Alters, vor allem aber der Schuld, schwer auf meinen Schultern lasten seit jener unglücklichen Geschichte mit Pharao Tut-anch-amun. In den vier Jahren, die seither vergangen waren, hatte mir mein Gewissen schwer zugesetzt. Dies spiegelte sich in meiner äußeren Erscheinung offensichtlich wider.

„Reden wir nicht von mir, mein Kind. Du jedenfalls bist erblüht und strahlst ein solches Glück und eine Zufriedenheit aus, dass mir das Herz aufgeht. Geht es dir gut?"

„Ja", antwortete sie lächelnd. „Mir geht es gut, Vater."

„Und was macht dich so zufrieden und glücklich?". fragte ich vorsichtig.

„Ich liebe, Vater. Dieses Gefühl, einen Menschen mehr als alles andere auf der Welt zu lieben, lässt die Welt in hellen Farben erleuchten."

Ich schluckte schwer. Sollte ich mich vielleicht doch nicht geirrt haben?

„Und wen liebst du?", fragte ich vorsichtig. Ich ahnte es zwar, was nun kommen sollte, doch etwas in mir hielt sich verzweifelt daran fest, dass es nicht sein konnte, nicht sein durfte.

„Vater." Saa wandte ihren Blick zu mir, sah mir fest in die Augen. „Ich fürchte, dass dir das, was ich dir nun sagen werde, nicht gefallen wird. Aber es geht nun schon viel zu lange. Darum wird es Zeit, dass du es erfährst. Ich liebe unseren Herrn von ganzem Herzen, schon seit Jahren. Ich glaube, es fing bereits an, als du so lange irgendwo für ihn unterwegs warst. In dieser Zeit kam er oft zu mir und erkundigte sich nach meinem Befinden, fragte, ob ich dich vermisse und prophezeite mir, dass du zurückkommen würdest. Schon damals habe ich sehnsüchtig auf seine Besuche gewartet. Doch ich verstand noch nicht, warum. Später hat seine neue Gemahlin Mutnedjem mich auf seine Fürsprache hin zu ihrer Dienerin gemacht, eine hohe Ehre für ein einfaches Sklavenmädchen wie mich. Von da an sah ich ihn fast jeden Tag, und irgendwann sah er auch mich, nicht als Dienerin meine ich, sondern als Frau. Irgendwann ist es dann eben passiert, ich meine das, was zwischen Mann und Frau geschieht, wenn sie einander zugetan sind. Seither lässt er mich ab und zu rufen, wir lieben uns, und danach reden wir oft stundenlang."

Ich schüttelte ungläubig den Kopf. Das war doch nicht möglich. Mein kleines, unschuldiges Mädchen die Konkubine dieses Mannes.

„Hat er dich dazu gezwungen? Ich meine, als seine Sklavin hättest du dann gar keine andere Wahl gehabt als dich zu fügen." Krampfhaft versuchte ich mich an einer Illusion festzuhalten, da ich die Wahrheit nicht akzeptieren wollte. Doch Saa ließ diese Hoffnung zerplatzen.

„Aber nein, Vater. Natürlich nicht. Im Gegenteil. Er hat mir freigestellt wieder zu gehen, nachdem er mir zuvor erzählt hatte, dass er meine Mutter seit Jahren gelegentlich zu sich holt, obwohl er sich nach jedem Beischlaf schwor, dies nie wieder zu tun. Doch irgendwie sei sie für ihn wie ein Rauschmittel, von dem man abschwören will, doch es nicht kann. Damit erzählte er mir aber nur, was ich schon lange wusste. Seit dem tragischen Tod unserer Herrin Amenia, die er über alles geliebt hat, ist er ein einsamer Mann. Für Mutnedjem empfindet er gar nichts. Doch das beruht auf Gegenseitigkeit. Beide brauchen einander, um ihre Ziele zu erreichen. Und beide schlafen schon lange nicht mehr miteinander, seit sie sicher sind, dass es keine gemeinsamen Kinder geben wird. Dazu ist Mutnedjem inzwischen viel zu alt."

Sie sah mich mit ihren großen, blauen Augen, den Augen, die denen ihrer Mutter so ähnlich waren, ängstlich an, wohl wissend, was ich von ihrer Beichte halten würde.

Ich schloss für einen Moment die Augen und schluckte schwer. Mir wurde bewusst, dass von meiner jetzigen Reaktion die zukünftige Beziehung zu meiner Tochter abhängen würde. Darum begann ich so vorsichtig wie möglich: „Deine Mutter hat sich von der Beziehung zu unserem Herrn stets mehr erhofft als dieser auch nur ansatzweise in Betracht gezogen hat. Sie wollte durch ihn aufsteigen, er wollte nur seinen Spaß", sagte ich so ruhig ich konnte, obwohl alles in mir in Aufruhr war.

„Warum sagst du das?", fragte Saa mich. „Das zwischen unserem Pharao und mir ist etwas ganz anderes als zwischen ihm und meiner Mutter."

„Ich sage das", erwiderte ich gereizt, „weil ich will, dass meine einzige Tochter sich bewusst ist, dass sie nie mehr als ein Spielzeug für ihn sein kann, das er beiseiteschieben wird, wenn es ihn nicht mehr reizt. Er ist inzwischen der Pharao dieses Landes. Um so weit zu kommen, muss man über Leichen gehen können. Jede einflussreiche Familie im Land wird fortan versuchen, eine Tochter oder Schwester in sein Bett zu bekommen, um Macht und Einfluss zu gewinnen. Wie lange, glaubst du, wird er sich für dich interessieren bei all den Angeboten, die er täglich aus In – und Ausland bekommt. Versteh mich richtig, mein Kind. Ich will nicht, dass er dir wehtut, dir das Herz bricht."

Saa seufzte schwer. „Für deine Warnung ist es längst zu spät, Vater. Doch tröste dich. Das, was du mir sagst, weiß ich längst. Ich wusste es, bevor es überhaupt begann. Und doch möchte ich keinen Augenblick des Glücks, das ich mit ihm genossen habe, missen. Er ist ein großer, aber auch sehr einsamer Mann. Und wenn ich dazu beitragen konnte, ihm für ein paar Augenblicke die Last, die auf seinen Schultern ruht, vergessen zu lassen, dann hat es sich gelohnt. Ich bin nicht wie Mutter, die der Ehrgeiz treibt und die nun verbittert ist, weil sie am Ende nichts erreicht hat. Ich möchte lieben und geliebt werden. Und wenn es vorbei ist, dann werde ich weiter lieben, auch wenn er mich längst vergessen hat."

Ich schluchzte leise in mich hinein vor Verzweiflung, denn ich wusste, nichts, aber auch gar nichts, würde die Meinung meiner Tochter ändern. Was würde es da bringen, ihr zu erzählen, dass mich der Mann, den sie zu lieben glaubte, schon zwei Mal skrupellos mit ihrem Leben erpresst hatte, dass ich sogar befürchtete, dass er ihre Verliebtheit nutzte, um mich erneut zu demütigen und zu verletzen. All das würde sie nicht dazu bewegen können, anders über ihn zu denken. Es würde ihr nur wehtun. Und das wollte ich nicht. Darum schwieg ich, denn ich ahnte, dass Saas die Wahrheit, meine Wahrheit, noch früh genug erfahren würde.

26.

Bald nach Haremhabs Thronbesteigung erschien der Totengott Anubis im Palast, um die große Königsgemahlin Mutnedjem in das Reich des Osiris zu geleiten. Doch bevor sie dahingelangen konnte, musste sie auf der Waage der Maat als gerecht gewogen werden. Ich bezweifelte, dass sie diese Prüfung bestehen würde. Zu viel Blut klebte an ihren Fingern. Fast erschien mir ihr plötzlicher Tod wie eine Strafe der Götter, die ihr ein langes Auskosten ihres Triumphs nicht gönnen wollten.

Pharao Haremhab ordnete die übliche Trauerzeit an, die die Sempriester benötigten, um den Körper der Königin Ägyptens für die Ewigkeit vorzubereiten. In einer feierlichen Prozession wurde der Leichnam Mutnedjems dann neunzig Tage später in das Grab überführt, in dem bereits die erste Gemahlin Haremhabs, Amenia, und die zwei Fehlgeburten, die diese gehabt hatte, ruhten. Mutnedjem war zu schnell nach ihrer Krönung gestorben, um im Tal der Königinnen ihren Platz für die Ewigkeit bauen zu können.

Im Sommer darauf erkrankte auch Myhra schwer an einem der Sommerfieber, die Ägypten Jahr für Jahr in der heißen Zeit heimsuchten. Es raffte sie innerhalb weniger Tage dahin. Ihre beiden Kinder und ich standen an ihrem Sterbebett, kurz bevor sie für immer die Augen schloss. Mit einem wehmütigen Lächeln auf den Lippen bat sie ihre Kinder, sie mit mir für einige Augenblicke allein zu lassen. Ihr Blick schien mich zu durchdringen, als sie entschlossen mit kraftloser Hand die meine ergriff.

„Du musst es ihm sagen, wenn ich tot bin. Du musst ihm sagen, dass Pal sein Sohn ist. Versprich mir das", forderte sie mich flehend auf.

„Wie könnte ich das nach all den Jahren, in denen wir gelogen haben. Das ist unmöglich, Myhra. Sein Zorn würde mich treffen und vielleicht sogar Saa. Nein, Myhra, für die Wahrheit ist es zu spät."

„Für die Wahrheit ist es nie zu spät, Khafra. Ich weiß, es war mein Fehler. Ich habe das Chaos verschuldet, das nun herrscht. Ich war enttäuscht, wütend und voller Hass, weil ich spürte, dass ich selbst mit einem Kind nie das erreichen würde, was ich mir erträumt hatte. Mir wurde immer klarer, dass trotz des Kindes, das ich erwartete, schon bald eine andere meinen erhofften Platz einnehmen würde. Darum beschloss ich, ihm das Kind, das ich erwartete, vorzuenthalten. Doch es war falsch, denn ich habe in diesem Augenblick nur an mich und meine Rache gedacht. Keinen Augenblick kam mir der Gedanke, was ich meinem geliebten Sohn damit rauben könnte, nämlich eine große Zukunft. Als seine Mutter hätte dann auch mir ein Teil dieser Zukunft gehört, nur anders als ich es mir gewünscht habe. Ich habe bald eingesehen, dass die Lüge ein großer Fehler gewesen ist. Von dem Augenblick an, in dem ich Pal in den Armen hielt, kannte ich meine Schuld. Doch dann hatte ich nicht mehr den Mut umzukehren. Das musst du nun für mich tun."

„Das ist unmöglich, Myhra, und das weißt du", antwortete ich bedauernd. Myhras Gesicht verzog sich zu einer hässlichen Fratze.

„Weißt du, warum ich dich nie lieben konnte, Khafra? Weil du ein Feigling bist, es immer warst und immer sein wirst. Man merkt dir einfach an, dass du als Sklave geboren wurdest, nie die Freiheit kennengelernt hast. Was man nicht kennt, vermisst man offensichtlich auch nicht. Nur ein Narr konnte aus dem Hethiterreich, in dem er frei hätte leben können, freiwillig nach Ägypten zurückkehren. Oder hast du tatsächlich geglaubt, er hätte deiner geliebten Tochter deswegen etwas angetan. Dazu war er schon damals viel zu sehr in die Kleine vernarrt. Nein, er hätte ihr nichts getan. Seine Drohung war für dich nur eine Ausrede unter seine Knute zurückzukehren. Was für ein Schwächling du doch bist, Hethiter." Die letzten Worte spuckte sie voll Verachtung aus.

„Und du…", hob ich an, hielt dann aber inne, eingedenk der Tatsache, dass diese Frau im Sterben lag.

„Sag es nur, Khafra. Es spielt keine Rolle mehr. Du verachtest mich ebenso, wie ich dich immer verachtet habe. Wir beide waren eben viel zu verschieden, um einander näherkommen zu können. Doch im Angesicht des Todes ist selbst das ohne Bedeutung. Gewiss, du hattest schon immer mehr Ehrgefühl in dir als ich. Das muss ich dir zugestehen. Darum bitte ich dich noch einmal, sag ihm die Wahrheit. Schenke Pal die Zukunft, die ich ihm in meiner maßlosen Enttäuschung geraubt habe."

Ich schüttelte traurig den Kopf. „Das kann ich nicht. Und das weißt du."

Sie schaute mich noch einen Augenblick hasserfüllt an. Dann wandte sie den Blick ab, und ich sah Tränen in ihren Augen aufblitzen.

Am Abend des gleichen Tags starb sie. Pal, dem sie stets die Mutter gewesen war, die sie auch für Saa hätte sein sollen, war untröstlich, denn er hatte seine Mutter über alles geliebt. Doch selbst Saa rannen einige Tränen über die Wangen, als man auf Befehl des Haushofmeisters den Leichnam ins Haus der Toten überführte, wo er die einfache Einbalsamierung für arme Leute erhalten sollte, bevor er in eines der Massengräber für Bedienstete gelegt werden würde.

Bald darauf ereignete sich etwas, das ich nicht für möglich gehalten hätte, was aber Myhras Aussage, dass Pharao für meine kleine Tochter wirklich etwas empfinden musste, bestätigen sollte.

Da Saa durch Mutnedjems Tod nicht nur ihre Herrin, sondern auch ihre Stellung verloren hatte, musste sie nun im Frauenhaus, das Pharao Haremhab von Pharao Tut-anch-amun und Pharao Eje übernommen hatte, den Damen zu Diensten sein. Wie alle Sklavinnen wurde sie hier von den verwöhnten Damen der verstorbenen Pharaonen schikaniert. Als Haremhab dies eines Tages durch Zufall mitbekam, handelte er wie stets sofort. Er ließ im Tempel des Ptah Saas Freilassungsurkunde ausstellen und machte sie danach zur Vorsteherin des Frauenhauses. Damit war ihre Zukunft gesichert, ganz gleich wie ihre Liaison mit Pharao enden mochte. Wenn meine Tochter eine andere gewesen wäre, sie hätte die ihr nun übertragene Macht auskosten und sich an den Frauen rächen können. Doch meiner Tochter war, anders als ihrer Mutter, das Wort Rache fremd. Sie war und blieb ein einfühlsames, zu Mitleid fähiges Wesen, das niemandem etwas Böses wollte. Und sie blieb noch lange die Favoritin unseres alternden Pharaos, der für sich beschlossen hatte, keine weitere Ehe einzugehen, obwohl ihm von überall her verlockende Angebote gemacht wurden. Selbst als Pharao begann, andere Frauen in sein Bett zu holen, kam er zu ihr, wenn ihn etwas quälte oder die Sorgen um das Land ihn nicht schlafen ließen. So wandelte meine Tochter sich im Laufe der Jahre von der Konkubine zur Vertrauten Pharaos. Ob es das war, was sie sich wirklich gewünscht hatte, weiß ich nicht. Sie hat sich jedenfalls nie beklagt.

Die Zeit, die nach Haremhabs Machtübernahme anbrach, wurde für Ägypten eine Zeit der Neuordnung, Umstrukturierung und Reformation. Tatkräftig führte mein Herr Änderungen in der Gerichtsbarkeit durch und erließ harte Strafen für Bestechung und Korruption. Er entließ unfähige Beamte und Priester, die er durch verdiente Männer des Militärs ersetzte. So wurde unter anderem sein alter Jugendfreund Paraemhab Hohepriester des Re in Hermopolis. Den jungen

Paramessu, ebenfalls ein Mann des Militärs, den er während seines Feldzugs nach Nubien schätzen gelernt hatte, erhob er zum Wesir des Landes und, nachdem er davon überzeugt war, keinen leiblichen Erben mehr zu erhalten, zu seinem Nachfolger. Er baute weiter auf, was unter Pharao Echnaton zerstört worden war und ließ den Namen des Ketzerpharaos aus Inschriften meißeln und seine Statuen zerschlagen. In späteren Jahren begnügte er sich damit nicht mehr, sondern ließ auch Tut-anch-amuns und Ejes Andenken löschen, wo immer er konnte, denn auch ihnen gab er eine Mitschuld am Niedergang des Reichs. Vielleicht wollte er damit aber auch nur seinen eigenen Ruhm mehren und seine Machtergreifung rechtfertigen. Das jedenfalls scheint mir als Grund wahrscheinlicher. Auch das Andenken General Nachtmins schonte er nicht, nachdem dieser auf einer Strafexpedition nach Syrien eingedrungen und dort von hethitischen Truppen getötet worden war. Er ließ ihn zwar, wie es seiner Stellung als Adliger zukam, einbalsamieren und in seinem Grab beisetzen. Doch seinen Namen ließ er aus allen Inschriften seines Grabs löschen, um ihn auf ewig dem Vergessen anheimfallen zu lassen.

Alles, was Pharao Haremhab anordnete, das kann ich nicht leugnen, führte zu einem Wiederaufblühen des Landes. Dass er ein genialer Stratege war, der mit harter Hand durchgriff, kann ihm niemand streitig machen. Er war wohl genau der richtige Mann, den das Land brauchte, um seinen Niedergang zu überwinden.

Doch es dauerte Jahre der Neuordnung und des harten Durchgreifens, bis er sich endlich dem zuwenden konnte, das er nie aus dem Auge verloren hatte, der Zurückgewinnung des ägyptischen Einflusses in den verlorenen asiatischen Gebieten. Der Asienfeldzug, den er plante, sollte die Grundlage der Machterweiterung werden. Das Heer, an dessen Spitze er sich stellte, führte er über die Stadt Byblos in die Region Karkemisch, wo sich die ägyptische Streitmacht dem Heer der Hethiter stellte.

Mein Herr war ein genialer Feldherr. Niemand würde es wagen, dies zu bestreiten. Doch er war inzwischen ein alter Mann geworden und nicht mehr so belastbar und schnell wie in früheren Jahren. Vermutlich war dies der Grund, warum das ägyptische Heer eine herbe Niederlage einstecken und sich nach vielen Verlusten zurückziehen musste. Viele ägyptische Soldaten blieben tot auf dem Schlachtfeld zurück. Die zurückgelassenen Verwundeten wurden ausnahmslos von den Hethitern hingerichtet. Nur wenige Leichen konnten von den Ägyptern geborgen, konserviert und nach Hause zur Einbalsamierung gebracht werden. Unter ihnen war Pal, der wie immer den Streitwagen seines Pharaos gelenkt hatte, als ein Pfeil ihn in den Hals traf. Er schaffte es noch, Pharaos Wagen sicher aus dem Schlachtgeschehen zu lenken, bevor er tot zusammenbrach. Der Verlust seines langjährigen Fahrers, dem er bedenkenlos sein Leben anvertraut hatte, traf unseren Herrn schwer, noch schwerer aber die Niederlage, die die ägyptische Armee hatte einstecken müssen.

Pharao kam persönlich, um mir die Leiche meines Sohns zur Einbalsamierung zu übergeben, deren Kosten er, ebenso wie die Ausstattung eines angemessenen Grabs, angesichts der treuen Dienste, die Pal ihm erwiesen hatte, übernehmen würde.

„Es tut mir aufrichtig leid um deinen Sohn, Khafra. Ich hätte ihn dir gerne lebend zurückgebracht", beteuerte er.

Ich nickte stumm, während ich in das blasse, von Natron konservierte Gesicht des Mannes schaute, der mich sein Leben lang als seinen Vater gekannt hatte, denn ich hatte Myhras Wunsch, die Wahrheit zutage zu bringen, nie erfüllt. Vielleicht war ich eben wirklich der Feigling, als den sie mich bezeichnet hatte. Doch nun fühlte ich, dass ich nicht länger schweigen durfte, gleichgültig, was anschließend mit mir geschehen würde. Wenigstens im Tod sollten Pal die Ehren erwiesen werden, die ihm gebührten und er die Stellung einnehmen können, die ihm zustand.

„Auch mir tut es leid, Majestät. Es tut mir leid um diesen Mann, der in mir einen Vater sah, der ich aber nicht war. Die Wahrheit ist, dass ich Myhra nach der Geburt unserer Tochter nie wieder angerührt habe. Sie hat mich viel zu sehr angeekelt, als dass ich das gekonnt hätte."

Langsam wandte ich den Blick von dem Toten ab hin zu dem Mann, der mein Herr und Gebieter war und den ich belogen und betrogen hatte. Für einen Augenblick sah ich, wie sich auf seiner Stirn eine Zornesfalte zusammenzog, die sich jedoch nach einigen Augenblicken wieder in Wohlgefallen auflöste.

„Ich habe es immer geahnt, aber nie wirklich gewusst. Ich glaube, ich wollte es gar nicht wirklich wissen, denn sonst hätte ich beharrlicher nachgeforscht. Erst als Saa mir erzählte, wie es zwischen dir und Myhra wirklich stand, wie sehr ihr euch gehasst habt, ist mir endgültig klar geworden, dass du nicht sein Vater sein kannst. Und als er mir mit den Jahren immer ähnlicher wurde, ich mich in ihm als jungen Mann wiedererkannte, da war ich mir ganz sicher. Und doch habe ich alles gelassen, wie es war, denn so war es bequem, und ich glaubte, immer noch die Zeit zu haben, daran etwas zu ändern, wenn ich es wollte. Doch die Götter haben es nun anders entschieden. Sie strafen unsere Versäumnisse. Ich nehme an, Myhra war es, die mir aus verletzter Eitelkeit den Sohn entziehen wollte. Das sieht ihrem Charakter ähnlich. Doch warum hast du nichts nach ihrem Tod gesagt. Warum hast du geschwiegen?"

„Vielleicht wird eine Lüge, wenn sie zu lange in der Welt ist, einfach unumkehrbar. Vielleich auch, weil ich der Feigling bin, den meine Frau in mir gesehen und warum sie mich so verachtet hat."

„Du bist kein Feigling, Hethiter. Das muss ich anerkennen. Du wärst lieber gestorben, als ich dich fast totprügelte, als um Gnade zu betteln. Außerdem wäre ein Feigling den Weg des geringsten Widerstands gegangen und nicht mehr nach Ägypten zurückgekehrt, nachdem sich ihm die Möglichkeit bot. Du hast dich freiwillig erneut meiner Willkür ausgeliefert. Oder hast du tatsächlich geglaubt, ich hätte deine Tochter für dich büßen lassen?"

„Ich hielt es durchaus für denkbar, Majestät", gestand ich.

„Vielleicht hast du sogar recht. Ich weiß es nicht. Wenn mich mein Zorn überkommt, ist manches denkbar. Im Augenblick begreife ich nur, dass ich das einzige Kind, das ich jemals hatte und haben werde, für immer verloren habe. Doch daran gebe ich dir keine Schuld. Ausnahmsweise nicht. Hier trifft allein mich Schuld. Ich wollte mit Amenia, der einzigen Frau, die meinem Herzen jemals nahegekommen ist, ein Kind, nicht mit einer ehrgeizigen, machthungrigen Hure wie Myhra. Nach jedem Beischlaf mit ihr habe ich mich meiner geschämt. Darum war es mir recht, dass Pal als dein Sohn galt. Ich habe ihn gefördert, ihm auf dem Streitwagen sogar mein Leben anvertraut. Doch wirklich nahe ist er meinem Herzen nie gekommen, denn jedes Mal, wenn ich ihn anschaute, sah ich seine Mutter und meine Schwäche. Ich weiß nicht, ob du das verstehen kannst. Vielleicht ist es auch unverzeihlich, aber es ist wie es ist. Die Götter haben nun endgültig entschieden, denn sie haben mir keine Zeit gelassen, mich vielleicht doch noch eines Besseren zu besinnen und zu diesem Sohn zu stehen. Ihr Wille geschieht."

Schweigend hatte ich ihm zugehört, entsetzt über das, was er da sagte. Wie konnte sich ein Vater derart von seinem eigenen Kind abwenden? Welche Abgründe mussten sich in seinem Ka auftun, so herzlos zu sein?

„Und meine Tochter, Majestät?", fragte ich schließlich vorsichtig. „Was bedeutet sie Euch?"

Er lachte mich hämisch an. „Es muss für dich ein Schock gewesen sein, sie in meinem Bett zu finden. Es würde mich nicht wundern, wenn du dir einbilden würdest, ich hätte sie nur zu mir geholt, um dir weh zu tun. Doch dem war nicht so. Sie ist wie ein Anker, rein und unbefleckt, der mich ohne Eigeninteressen lieben kann, der mich für eine Weile zur Ruhe kommen und mich meine Trauer um Amenia vergessen lässt. Um diese Tochter, die mir als kleines Mädchen einmal entschlossen gegenübertrat und von mir forderte, dich nie mehr zu schlagen oder zu quälen, habe ich dich schon immer beneidet."

„Genau das hatte ich am Anfang tatsächlich befürchtet, Majestät, dass ihr sie zu Euch holt, um mich und sie zu verletzen. Erst mit der Zeit ist mir klar geworden, dass mehr dahinterstecken musste als die kleinliche Rache an mir, wofür auch immer."

„Das weißt du nicht?" Er schaute mich überrascht, dann nachdenklich an. „Nein, du weißt es tatsächlich nicht. Obwohl ich so viel höher stand als du, habe ich dich als Kind und später sogar noch als junger Mann beneidet, weil du etwas doppelt hattest, was ich nicht ein einziges Mal besessen habe, eine Mutter, die ihr Kind liebt. Meine Mutter hat dich geliebt, deine Mutter hat dich geliebt, so sehr sogar, dass sie mit meinem Lehrer herumgehurt hat, um dich zu schützen. Ich hingegen hatte nur dumme, herzlose Kindermädchen, denen ich völlig gleichgültig war und einen Vater, der mich für etwas hasste, was nicht meine Schuld war. Es tut weh, zu sehen, dass ein einfacher Sklavenjunge mehr geliebt wird als der Sohn des Herren. Glaub mir, es tut wirklich weh."

„Warum, Eure Majestät, habt Ihr mich dann vor dieser schrecklichen Strafe bewahrt. Es hätte Euch doch Genugtuung verschaffen müssen, mich verstümmeln zu lassen. Das habe ich nie verstanden."

„Weil ich dich nie vernichten wollte, denn das hätte mich meines Spaßes beraubt. Doch dir sollte immer bewusst sein, wie tief du unter mir stehst und dass ich dich jederzeit vernichten kann, wenn ich es will. Irgendwie hat es mir auch gutgetan und Genugtuung verschafft, dich für das zu strafen, was mein Vater mir mit seiner Missachtung antat."

Ich seufzte schwer, erstaunt darüber, welche Abgründe sich hier auftaten, Abgründe, die mich vermutlich verschlingen würden.

„Darum also all die Grausamkeiten, Demütigungen und Kränkungen, weil Ihr Euch ungerecht behandelt und gekränkt fühltet? Ich kann mich nicht einmal mehr an das Gesicht Eurer Mutter erinnern, noch an die Zeit, in der sie für mich da war. Ich war viel zu klein. Und nun, Majestät. Was wird jetzt mit mir geschehen?"

Ich war auf alles gefasst. Doch er lächelte nur und meinte: „Nun wirst du deinen Sohn einbalsamieren und beerdigen lassen und dann zurück zu meinen Pferden gehen, die dich brauchen. Ich habe Amenia auf dem Sterbebett versprochen, dass ich dich, solltest du aus dem Hethiterreich tatsächlich zurückkehren, weder töten noch weiter quälen werde. Dieses Versprechen werde ich halten. Als ich dich damals fast totschlug, hat sie etwas zu mir gesagt, das mich tief getroffen hat. -Was für ein Held, der sich an Wehrlosen vergreift, anstatt sich dem zu stellen, der die Ursache der aufgestauten Wut ist, deinem Vater.- Sie hat mich wirklich durchschaut. Sie kannte mein Innerstes wie keiner sonst."

Damit wandte er sich ab und ging. Ich blieb betroffen mit dem Leichnam seines Sohns zurück und dankte den Göttern dafür, dass ich nicht in der Haut dieses Mannes steckte. Die Götter hatten ihm zwar die höchste Ehre zuteilwerden lassen, hatten ihn zu einem der ihren erhoben, dafür aber ein Herz aus Stein in seine Brust gesenkt. Ich begriff, dass mit Amenias Tod jegliches

Gefühl für andere endgültig in ihm erloschen war, ihm ihr Andenken jedoch heilig war. Vermutlich war das mein Glück. Vielleicht muss ein Mann, der zu Großem bestimmt ist, frei von Gefühlen sein, um sich vorbehaltlos dem großen Ganzen widmen zu können? Vielleicht hatte Amenia deshalb so früh sterben müssen, damit sein Herz frei für die Aufgabe wurde, die die Götter ihm stellten?

Und er hat diese Aufgabe nach bestem Wissen und Gewissen erfüllt. Heute ist Ägypten wieder ein geeintes Land, das den alten Göttern huldigt, aber durch die dringend benötigten Reformen Haremhabs erst zu sich selbst zurückfinden konnte. Recht und Gerechtigkeit haben Korruption und Bestechung abgelöst. Heute zählen wieder der Wert und das Können eines Mannes, nicht ausnahmslos woher er kommt oder wer seine Eltern sind.

Pharao Echnaton hatte einen Traum, und viele seiner Gedanken waren gut. Doch er war nicht der Mann, das, was gut und richtig an seinen Illusionen war, durchzusetzen. Und er hat nie erkannt, dass ihn hauptsächlich Lügner und Heuchler umgaben, die nur ihren persönlichen Vorteil suchten. Darum war er ein schwacher Pharao, der des Führens unfähig war, dessen Scherben hinweggefegt werden mussten, um einen Neubeginn zu ermöglichen. Der Mann, der dies mit seinem eisernen Willen bewerkstelligte, war zweifellos mein Herr. Bis auf seinen Traum, die syrischen und phönizischen Provinzen zurückzuerobern, hat er alles Angestrebte erreicht. Nur in den Krieg ist er nach seiner Niederlage bei Karkemisch nie wieder gezogen, denn die Aufgaben im Reich ließen ihm keine Zeit dafür. Diese Aufgabe ist seinen Nachfolgern geblieben.

Was mich am Ende mit diesem Mann verbindet, ist nicht die Frau, die uns beiden eine Mutter hat sein wollen und an die wir uns beide nicht erinnern konnten, auch nicht die Grausamkeiten und Demütigungen, die er mir zufügte, um mich, wohl wahr, wissentlich zu quälen, nein, es ist einzig und allein jenes dunkle Geheimnis, das niemals ans Tageslicht dringen darf, das uns beide als Mörder eines jungen Mannes zeichnet, der nie zeigen durfte, was er wirklich hätte bewirken können. Ein zerstörtes Leben, vielleicht von den Göttern gewollt, vielleicht von ihnen gebilligt, vielleicht aber auch von ihnen verdammt, vielleicht notwendig, um Großes zu erreichen? Am Tag des Gerichts, vor der Waage der Maat, wenn unsere Herzen gewogen werden, werden wir es wissen.

Seit nunmehr einem Jahr ruht Pharao Haremhab in seinem Grab im Tal der Könige, an dem er nach seiner Thronbesteigung siebzehn Jahre hat bauen lassen, unweit des Mannes, den er für unfähig hielt, den er durch mich hat töten lassen und dessen Andenken er im ganzen Reich gelöscht hat.

Ich bin ein alter Mann, der schon bald für immer die Augen schließen wird. Dann werden die Horuspriester meinen Leichnam in der Wüste verscharren, und ich werde dem Vergessen anheimfallen. Es ist mir gleichgültig, denn ich glaube schon lange nicht mehr an ein Leben nach dem Tod. Doch ich weiß, dass meine Tat, ob freiwillig oder unfreiwillig geschehen, die Geschicke dieses Landes mitbestimmt hat, ob zum Guten oder Schlechten, das wird die Zukunft zeigen. Selbst wenn ich nicht nur ein Werkzeug meines Herrn, sondern auch eins der Götter war, bereue ich zutiefst, was ich getan habe und bitte um Vergebung.

Zeittafel

1388 – 1351 v. Chr.	Pharao Amenophis III.
1351 – 1334 v. Chr.	Pharao Echnaton
1332 – 1323 v. Chr.	Pharao Tut-anch-amun
1323 – 1319 v. Chr.	Pharao Eje
1319 - 1292 v. Chr.	Pharao Haremhab

Zur Geschichte

Haremhab war der letzte Pharao der 18. Dynastie.

Vermutlich war er bereits unter Pharao Amenophis III. im Staatsdienst tätig. Erstmals erwähnt wurde er als Rekrutenschreiber. Seine genaue Herkunft ist unbekannt. Wahrscheinlich entstammte er einer Beamten- oder Militärfamilie.

Unter Pharao Echnaton, dem Begründer des ausgeprägten Atonkults, erlebte er, wie die Schwäche des Pharaos das ägyptische Reich in seinen Grundfesten erschütterte. Seine Friedenspolitik führte zum Zerfall der ägyptischen Vormachtstellung in Syrien und ließ das Reich der Hethiter und Assyrer ungestört Ägyptens Vormachtstellung dort übernehmen. Auch im Innern des Reichs rumorte es. Die mächtige Priesterschaft des Amun begehrte gegen Pharaos Politik ihrer Entmachtung auf. Unterstützt wurde sie von der Bevölkerung, die sich ihren Gott Amun nicht nehmen lassen wollte. Echnaton verlegte seine Hauptstadt von Theben nach Achet-Aton, um den ständigen Unruhen in Theben zu entfliehen.

Nach seinem Tod folgte ihm Tut-anch-amun auf den Horusthron. Seine genaue Herkunft ist bis heute nicht eindeutig geklärt. Wahrscheinlich handelte es sich bei ihm um einen Sohn Echnatons mit einer Nebenfrau. Der junge Pharao, Tut-anch-amun kam mit neun Jahren auf den Thron, tat alles, um die Innenpolitik seines Vaters rückgängig zu machen und eine Aussöhnung mit der mächtigen Priesterschaft des Gottes Amun herbeizuführen, um die Spaltung in der Bevölkerung, die durch die Religionsänderung seines Vaters herbeigeführt wurde, zu überwinden. Die tatsächliche Macht aber hielt zu dieser Zeit bereits Eje, der Erzieher und Berater Pharaos, in seinen Händen.

Unter der Regierung Tut-anch-amuns stieg auch General Haremhab zu einem der mächtigsten Männer im Reich auf, der Ämter und Titel häufte.

Nach dem frühen Tod Tut-anch-amuns, der keinen legitimen Erben aufzuweisen hatte, sicherte sich Eje die Macht im Reich, indem er die Witwe Tut-anch-amuns, Anchesenamun, eine Tochter Echnatons, heiratete und damit seinen Thronanspruch legitimierte. Vermutlich gab es bereits zu diesem Zeitpunkt eine Übereinkunft zwischen den beiden mächtigsten Männern Ägyptens, dass Haremhab dem bereits in die Jahre gekommenen Eje auf den Thron folgen sollte. Diese Übereinkunft brach Pharao Eje aus irgendeinem nicht bekannten Grund, denn schon bald versuchte er, Nachtmin als seinen Nachfolger zu etablieren.

Als Pharao Eje nach vierjähriger Amtszeit starb, konnte Haremhab sich als Pharao jedoch durchsetzen. Er setzte eine Politik der Befriedung, die seine Vorgänger bereits begonnen hatten, fort, führte dringend nötige Reformen durch und stärkte damit Ägypten von innen. Er versuchte alles, was an den Ketzerpharao Echnaton und seine Nachfolger erinnerte, auszulöschen. Statuen wurden zerschlagen, Namen ausgekratzt und damit für die Ewigkeit gelöscht. Außenpolitisch konnte er jedoch keine Erfolge aufweisen. Diese Aufgabe musste er seinen Nachfolgern, den Begründern der 19. Dynastie, überlassen, da auch er keinen Erben aufzuweisen hatte.

Weitere Romane von Birgit Furrer-Linse sind:

…denn der einzige wahre Gott Ägyptens ist der Nil

Die Ägypter gaben ihr den Namen Nofretete

Die Seherin des Amun

Die Schwingen der Isis

Semiramis, Herrin von Assur

Die Kurtisane von Rom

Valeria Messalina, Kaiserin von Rom

Steppenbrand – Die Erben des Dschingis Khans

Steppenbrand 2 – Kublai Khan und Kaidu Khan

Härter als Krebs

Semiramis, Herrin von Assur

Es war der Tag des Neujahrsfestes. Überall auf den Straßen und Gassen der Hafenstadt Askalon herrschte reges Treiben. Seit den frühen Morgenstunden drängten die Menschen zu den Tempeln, um Opfer darzubringen und den Schutz und Segen der Götter für das neue Jahr zu erflehen. Vor den Tempeln hatten die Händler ihre Stände aufgebaut. Hier konnten neben glücksbringenden Amuletten und segenverheißenden Statuen auch süßes Gebäck, frisches Obst und anderes Naschwerk erstanden werden. Wohin man blickte, herrschte an diesem Tag ausgelassene Heiterkeit. Und obwohl die Sonne noch hoch am Himmel stand, hatten die Schankwirte auf ihren Bänken kaum noch Platz frei. So mancher Zecher hatte bereits zu tief in den Becher geschaut und schlief nun in irgendeinem abgelegenen Winkel der Schänke seinen Rausch aus. Andere erlagen in ihrem Suff dem geschickten Locken einer billigen Straßendirne. Gewiss würde mancher dieser Unseligen sich am nächsten Morgen ausgeraubt in einem dreckigen Straßengraben oder Misthaufen wiederfinden. Doch das gehörte zum Neujahrsfest dazu, ebenso wie die mit zunehmender Trunkenheit einsetzenden Streitereien, die nicht selten in Mord und Totschlag endeten. Nie hatten die Scharfrichter der Stadt mehr Arbeit als nach einem ausgelassenen Festtag. Und zu Beginn des neuen Jahres hatten die Bewohner Askalons ganz besonderen Grund, die Götter zu preisen.

Kein halbes Jahr war es her, dass der gefürchtete König Salmanassar von Assur mit einem riesigen Heer vor den Toren der Stadt gestanden hatte. Gewiss hätte ihn nichts von der Eroberung der Stadt abhalten können, wenn er dies im Sinn gehabt hätte. Doch aus irgendeinem Grund begnügte Salmanassar sich mit einer vom Herrscher der Stadt angebotenen, nicht allzu hohen Tributzahlung und der Abtretung von einigen Weidegründen vor den Toren der Stadt. Ohne irgendwelche nennenswerten Verwüstungen angerichtet zu haben, zog er mit seinem Heer wieder ab. Nur der zum obersten Hüter der königlichen Herden Assurs in Syrien ernannte Simma, der seither unweit der Stadt ein großes Landhaus bewohnte, erinnerte nun noch an die Bedrohung. Vielleicht feierten die Bewohner Askalons darum diesen Neujahrstag sogar ausgelassener als sonst üblich, denn Nachbarstädte waren weit weniger gut davongekommen. Wer sich dem assyrischen Löwen nicht freiwillig unterwarf, der durfte auf keine Schonung hoffen. Ebenso wie sein Vater Assurnasirpal kannte König Salmanassar mit seinen Gegnern kein Erbarmen. Eroberte Städte legte er in Schutt und Asche, seine Bewohner starben auf grausamste Weise oder wurden in die Sklaverei entführt.

Während das feierliche Treiben in der Stadt allmählich seinen Höhepunkt erreichte, stand einsam und verlassen eine junge Frau an einem der Hafenkais. Ihr trauriger Blick verlor sich für endlose Zeit in der Weite des Meeres von Ammuru. Der auffrischende Wind pfiff durch ihr zerschlissenes Wollkleid, unter dem sich ein massiger Leib wölbte. Doch weder die Lumpen, die sie trug, noch der massige Bauch vermochten ihrer edlen Erscheinung etwas anzuhaben. Ihr fein geschnittenes Gesicht, das von großen braunen Augen beherrscht wurde, ließ jeden Betrachter schnell alles andere vergessen.

Zitternd zog Daria die Wolldecke, die sie lose um ihre Schultern gelegt hatte, plötzlich enger an ihren Körper. Sie fühlte, dass ihre Stunde nahte.

„Aphrodite, du Beschützerin der Liebenden, deren Bann mich ins Unglück gezogen hat, wenn du Klaustria und mir schon deinen Schutz entzogen hast, so hilf wenigstens dem Kind, das ich unter meinem Herzen trage. Es ist dein Kind, ein Kind deines Liebesbanns. Hilf wenigstens ihm in der Stunde der Not."

Eine einzelne Träne rann über Darias Gesicht. Für einen kurzen Augenblick glaubte sie, Klaustrias Gesicht vor sich zu sehen, seinen Atem auf ihrem Gesicht zu spüren, während sein Mund den ihren berührte, erst ganz sanft, dann immer fordernder und leidenschaftlicher. Doch dies waren letztlich nichts als süße Erinnerungen, die sie so sehr liebte und die doch schmerzten. Klaustria war tot, untergegangen mit dem Schiff, das ihn zu ihr zurückbringen sollte. Er würde sie nie wieder küssen können. Und er würde sie auch nicht mehr von hier fortholen können. Tapfer wischte sie ihre Tränen fort.

„Ich will nicht weinen und nicht klagen, Derketo. Ich habe dir Treue gelobt und dich dann verraten. Klaustria und ich haben Strafe verdient. Doch dieses Kind ist unschuldig. Lass es überleben. Ich weihe es dir. Vergib ihm und hilf ihm. Hilf!"

Ein stechender Schmerz durchfuhr plötzlich wie ein Blitz Darias Körper. Wenig später spürte die ehemalige Priesterin, wie eine warme Flüssigkeit die Innenseite ihrer Schenkel herunterrann. Nach Atem ringend stützte sie sich auf einen der vielen Holzpfosten, die kleineren Fischerbooten zum Vertäuen dienten.

Nachdem die erste Schmerzwelle allmählich verebbte, begann sich in Daria panische Angst auszubreiten. Wo sollte sie zu dieser Stunde Hilfe finden? Alle waren in ausgelassener Stimmung und feierten. Wer würde sich jetzt um eine mittellose schwangere Frau kümmern, deren Stunde gekommen war?

Es verging einige Zeit, bis es Daria gelang, den Kampf mit ihrer Furcht aufzunehmen. Hatte sie nicht in Derketos Dienst gelernt, Selbstdisziplin zu üben? Wie oft hatte sie ihren ganzen Mut zusammennehmen müssen, um allein in der Nacht in dem kalten, dunklen Tempel, vor dem Abbild der fischkörprigen Göttin betend, die Wache zu halten. Dunkle Schatten waren ihr in jenen Nächten immer wieder erschienen, die ihr kalte Schauer über den Rücken gejagt hatten. Manchmal hatte sie sogar das Gefühl gehabt, von diesen Schatten in Derketos kaltes Wasserreich hinabgezogen zu werden....